Herbert Rosendorfer

Monolog in Schwarz

Herbert Rosendorfer

Monolog in Schwarz

und andere dunkle
Erzählungen

Langen*Müller*

Dem Andenken meines alten Freundes
Nils Wiberg (1934–2007)
gewidmet.

Besuchen Sie uns im Internet unter
www.langen-mueller-verlag.net

Schutzumschlag: Wolfgang Heinzel
Schutzumschlagillustration: Felix Weinold
Satz: Filmsatz Schröter GmbH, München
Gesetzt aus: 10.8/14.9 Garamond BQ
Druck und Binden: CPI Moravia Books GmbH, Korneuburg
Printed in Austria
ISBN 978-3-7844-3105-5

Inhalt

Monolog in Schwarz

Ich spreche leise zu Ihnen. Ich weiß nicht, wie gut seine Ohren sind. Die Entfernung ist nicht groß. Ich beobachte ihn seit Wochen. Seit wann er mich beobachtet, weiß ich nicht. Er beobachtet mich Tag und Nacht, das heißt: sooft ich aus dem einen Fenster dort schaue, das einzige Fenster, das in die betreffende Richtung geht. Sie sehen es dort, das Fenster, es ist verhängt, mit einem Laken verhängt. Für einen richtigen Vorhang habe ich kein Geld, oder besser gesagt: Wieso soll ich mein Geld, von dem ich, das dürften Sie schon an meinem Aufzug sehen, wie ich hier vor Ihnen sitze, nicht gerade übermäßig habe, für einen Vorhang ausgeben, nur weil der Schwarze Tag und Nacht zu mir herüberschaut, über kurze Entfernung, über relativ kurze Entfernung – jetzt habe ich den Faden verloren. Was wollte ich sagen? Weiß nicht mehr. Weiß nicht mehr. (Pause.)

Ob er überhaupt ein Schwarzer ist? Und nicht eine Schwarze? An und für sich ist die Entfernung kurz genug, daß man sowas erkennen könnte, aber sie, oder er, trägt – wie soll man sagen – ach so, jetzt weiß ich wieder, was ich vorhin sagen wollte: daß ich nicht weiß, logischerweise nicht weiß, ob er mich Tag und Nacht beobachtet. Oder schaut er nur so herüber? Ohne mich zu beobachten? Schaut nur in meine Richtung? Ungefähr in meine Richtung? Ich interessiere ihn gar nicht? Er schaut durch mich hindurch? Tag und Nacht? Ja, das wollte ich sagen: Ich weiß selbstredend nicht, ob er – oder sie, wie gesagt – wirklich Tag und Nacht zu mir herüberschaut oder in meine Richtung schaut, obwohl ich schon eher das Gefühl habe, er schaut keineswegs nur so zu mir herüber, durch mich hindurch, quasi, ich habe schon eher das Gefühl, er schaut, wenn man es so ausdrücken kann, gezielt zu mir herüber, er fixiert mich förmlich. Mit starrem Blick. Er hat sich noch nie bewegt. Sitzt Tag und Nacht da – also, ich wiederhole – nein, ich wiederhole nicht, habe es ja noch gar nicht gesagt: Ich weiß, logischerweise, nicht, ob er wirklich Tag und Nacht herüberschaut; jedenfalls aber, sooft ich aus dem Fenster schaue, sitzt er dort, in seinen weißen Burnus gehüllt, oder wie man sagen soll, und fixiert. Ein Schwarzer oder eine Schwarze in einem weißen Burnus, eine Art Kapuze über dem Kopf, was, das ist nachzuholen, selbstverständlich erschwert zu erkennen, ob es sich um einen Schwarzen oder eine Schwarze handelt. Ein schneeweißer Burnus, Sie verstehen, so ein Umhang, ein loser, in Falten fallender Umhang oder Überwurf. Die Augen im Schatten. Der Blick stechend.

Sie fragen, woher ich das weiß, »der Blick stechend«? Wo sich die Augen im Schatten befinden? Ich bitte, wenn einer – oder eine – so unbewegt, so förmlich starr oder besser gesagt: wie versteinert oder zu Marmor geworden Tag und Nacht so dasitzt, dann muß er einen stechenden Blick haben. (Pause.) Es wäre ja ein großer, um nicht zu sagen unglaublicher Zufall, wenn er nur jedesmal, wenn ich aus dem Fenster schaue, auch aus dem Fenster schaute. Ich meine, nur dann aus dem Fenster schaute. Also, wenn wir immer zufällig gleichzeitig aus dem Fenster schauten. Ein nahezu unbegreiflicher Zufall. Das wäre förmlich die Aneinanderkettung zweier Schicksale. Wenn ich jetzt dort nach hinten gehe, zu meinem hinteren Fenster, das Laken wegziehe, würde ich ihn quasi zwingen, vielmehr gezwungen haben, sich wenige Sekunden vorher in seinen Burnus – oder, wie gesagt: in ihren Burnus – tragen schwarze Weiber eigentlich Burnusse? gleichgültig – sie, wenn sie eine Sie ist, trägt einen – also zu hüllen und sich hinzusetzen … (erschrickt) oder er zwingt mich … ich wollte nämlich jetzt nach hinten gehen … wollte er mich zwingen? Hat er sich in seinem weißen Burnus hingesetzt, um mich quasi zu zwingen, das Laken von meinem Fenster zu ziehen und hinüberzuschauen? (Pause.) Ich tue ihm den Gefallen nicht. Ich schaue nicht hinüber. (Pause.) Ich lasse mich nicht zwingen. Nicht von einem Schwarzen in einem weißen Burnus.

Oder – (kichert) wenn ich beschließe, nicht hinüberzuschauen, und schaue doch hinüber? Vielleicht ist er dann nicht da, weil er meint, daß er mich diesmal nicht zwingen hat können? (Er schleicht zum Fenster, hebt nur den Zipfel des Lakens, schaut, kehrt dann zu seinem Stuhl zurück. Nach einer Pause:) Er sitzt da. Hat er mich jetzt gezwungen, obwohl ich gar nicht eigentlich geschaut habe, weil ich ja, wie gesagt, gar nicht schauen wollte? Mich entschlossen hatte, nicht zu schauen? Also eigentlich nicht geschaut habe? »Eigentlich nicht schauen« ist aber doch schauen. Sehe ich ein. Vielleicht ist er auch dann nur eigentlich nicht dagesessen … Sie verstehen, was ich meine. Ob er jetzt dort sitzt? Obwohl ich nicht schaue?

Ich werde es nie erfahren; es ist wie mit dem Licht im Kühlschrank. Ich habe keinen Kühlschrank mehr. Was soll ich mit so was anfangen. Aber ich hatte einen Kühlschrank. Wenn er offen war, brannte immer das Licht. Angeblich – angeblich! – erlosch das Licht, wenn man ihn schloß. Wie überprüfen? Schließen – ganz schnell wieder aufmachen – nachschauen? Geht nicht. Das Licht brennt ja sofort wieder. Kein Guckloch, kein Fensterchen – nichts. Ich habe, gestehe ich, schon mit dem Gedanken gespielt, mich – für kurze Zeit, versteht sich, es hätte ja eine Minute, eine halbe Minute, ach was, eine Sekunde, genügt – im Kühlschrank einschließen zu lassen. Damals hat noch meine Mutter gelebt. Ob sie Verständnis für das Experiment oder vielmehr diese experimentelle Überprüfung gehabt hätte, bezweifle ich. Schon aufgrund ihrer extremen Schwerhörigkeit wäre es schwierig gewesen, ihr die ganze Angelegenheit zu erklären. Und bis sie das begriffen hätte! Wo sie schon viel einfachere Dinge nicht oder nur ganz, ganz langsam begriffen hat.

Zum Beispiel, daß ich grundsätzlich das weiche Ei beim Frühstück mit einem Schraubenzieher öffne. Geöffnet hab'. Ich esse keine weichen Eier mehr. Ich esse überhaupt keine Eier mehr. Sie schaden mir. Aber damals schon. Auch bis sie, also meine Mutter, begriffen hat, daß daher neben dem Besteck oder, besser gesagt, zusätzlich zum Besteck ein selbstverständlich sorgfältig gereinigter Schraubenzieher zu liegen hat – Jahre! Jahre hat das gedauert. Dabei war sie damals noch nicht einmal so stark schwerhörig … bis sie das mit der experimentellen Überprüfung der Kühlschrank-Innenbeleuchtung begriffen hätte … oh je. Aber diese Frage ist ohnedies sozusagen akademisch gewesen, denn der Kühlschrank war zu klein. Ein entfernter Verwandter, ich glaube, der Sohn des Cousins meiner Großmutter, ein gewisser Knut Hasenöhrl – wir waren so weitschichtig verwandt, daß wir uns siezten, dies nebenbei – besuchte uns einmal. An sich hatten wir Besuche nicht gern, nur was willst du machen, wenn einer kommt, der, wenngleich weitschichtig, verwandt ist! Er war mir herzlich unsympathisch. Ein Elektroingenieur! Was soll ich mit einem Elektroingenieur reden?

Oder war er Wasseringenieur? Also Ingenieur für Waschbecken und Kloschüsseln und so weiter? Ich weiß es nicht mehr. Doch auch mit einem Wasseringenieur wüßte ich nicht, was reden. Vielleicht: »So, so, und was gibt es Neues auf dem Gebiet des Badewannenabflusses?« Ich bitte Sie. Das ödet einen doch an. Meiner Mutter war er allerdings sympathisch, der Ingenieur und Vetter Hasenöhrl, weil er beim Reden nämlich so gebrüllt hat. Er sei, sagte sie später, der einzige Mensch gewesen, dessen Reden sie verstanden habe. Dabei war das, was Vetter Hasenöhrl gesagt hat, nicht der Mühe wert, verstanden zu werden. Aus Verlegenheit, weil ich sonst nicht wußte, was mit ihm reden – für höhere, geistige Dinge hat ja wohl so ein Elektro- oder Abortingenieur kein Gespür –, habe ich ihm das Problem mit dem Kühlschrank-Innenlicht auseinandergesetzt, meinend, daß es ja gewissermaßen sein Berufsfeld berühre. Er hat gesagt: »Kommen Sie, ich zeige Ihnen was!«, und wir sind zum Kühlschrank gegangen – meine Mutter ist hinterhergestiefelt, teuflisch neugierig, wie sie war, hat aber natürlich nichts begriffen –, und er, der Vetter, hat mir einen seitlichen Knopf im Kühlschrank gezeigt, auf den die Tür, wird sie geschlossen, drückt und damit das Licht auslöscht. Er, der Vetter, hielt die Tür offen, drückte mit dem Daumen auf den Knopf, und das Licht erlosch. »So geht das!« sagte der Dümmling. Doch ob der Türrahmen den Knopf wirklich erfaßt – ob der Knopf vielleicht zu kurz ist und so weiter, und also das Licht nur erlischt, wenn man bei geöffneter Tür den Knopf drückt … alles ungelöst. Keine Ahnung, was aus dem Elektro-Vetter geworden ist. Er ist nie mehr gekommen. Gott sei Dank. Warum soll ich Leute sympathisch finden, nur weil ich mit ihnen verwandt bin? (Pause.) Wie mit dem Kühlschrank – so ist es mit ihm, mit dem Schwarzen.

Das Kühlschrankproblem hat sich von allein gelöst, erübrigt, wenn man so will. Ich habe den Kühlschrank verkauft, lege die Butter vors Fenster. Es ist eh meistens blödsinnig kalt in diesen Gegenden hier. Soll sich ein anderer mit der Frage auseinandersetzen, ob das Licht … und so fort. (Pause.) Er sitzt da und schaut. Er steht nicht, er sitzt. Das ist daran zu erkennen, daß nur der obere Teil seines Oberkörpers und natürlich der Kopf sichtbar sind. Hände nicht. Alles in einen weißen, sogar schneeweißen Burnus gehüllt, der eigentlich nur das Gesicht frei läßt. Ein schwarzes, ein kohlschwarzes, ein tiefschwarzes und lackschwarzes Gesicht. Starr wie eine … (er stutzt) … ob es eine Puppe ist? Warum sollen die, die dort wohnen, eine Puppe ins Fenster stellen, noch dazu eine lebensgroße, schwarze Puppe? Was sollte das für einen Sinn haben? Ich kenne die Leute, die dort drüben wohnen – deren Untermieter vielleicht der Neger ist –, natürlich nicht. Aber für so beschränkt halte ich sie nicht, daß sie eine lebensgroße Negerpuppe ins Fenster stellen. Aber – wer weiß. Ich kenne die Leute nicht. Ich vermeide peinlich jeden Umgang mit den Leuten hier in der Umgebung. Warum wäre ich sonst hierhergezogen? Sorgfältig, um nicht zu sagen sorgfältigst, habe ich mir eine Gegend ausgesucht, in der nicht die geringste Gefahr besteht, daß dort jemand wohnt, den ich kenne. Da werde ich mich also hüten, nachbarlichen Verkehr anzufangen. Oder Besuche zu empfangen. Womöglich den entfernten Vetter Hasenöhrl, den Klosett-Ingenieur. Täte mich bestens bedanken. Hatte Überdruß genug mit Besuchen und Bekannten und dem ganzen Gesindel, mit dem man zwangsläufig zu tun hat, wenn man lange genug an einem Ort wohnt und nicht achtgibt.

Hier gebe ich acht. Einmal hat eine Pfarrschwester geläutet. Ich habe sie an ihrem Hut erkannt. Nur Pfarrschwestern tragen solche Hüte. Habe durch den Türspion hinausgeschaut, dann habe ich mich auf dem Dachboden versteckt. Weiß der Teufel, was die Pfarrschwester wollte. Es war kurz nachdem ich hier eingezogen bin. Geld, wahrscheinlich, wollte sie. Was sonst. Aber mit dem Neger habe ich nicht gerechnet.

Ich kann mich daran erinnern, wann ich den ersten Neger meines Lebens gesehen habe. Das war im Krieg. Ich will die Stadt nicht nennen, in der ich damals – ein Kind, etwa sieben oder acht Jahre alt – gelebt habe, denn ich habe diese Stadt hassengelernt. Auf Schritt und Tritt ist man mehr oder weniger guten Bekannten begegnet. Und diese ganzen Friedhöfe, auf die meine Mutter ständig rennen zu müssen glaubte. Kaum ein Tag im Jahr, in dem nicht eines

Todes- oder Geburtstages eines Verwandten gedacht werden und aufs Grab gerannt werden mußte. Selbstredend mußte ich immer mit, das Blumengesteck und die Gießkanne tragen. Was meine Mutter allein an Geld für diese Blumengestecke ausgegeben hat – nein, ich habe diese Stadt hassengelernt, aber immerhin habe ich dort den ersten Neger meines Lebens gesehen. Es war im Krieg, wie gesagt, und ich war auf dem Heimweg von der Schule. Der Heimweg führte mich am Fluß vorbei, der die Stadt durchfließt. Ein elender, übler Fluß. Entweder ein trübes, lächerliches Rinnsal oder eine gefährliche, reißende Brühe … kennt kein Mittelding. Nun gut, mein Fluß ist es nicht mehr. Es war, damals, als ich den ersten Neger meines Lebens gesehen habe, ein sonniger, warmer Sommertag. Es waren wenig Leute unterwegs, nein, es waren überhaupt keine Leute unterwegs, nur ich und eben – der Neger. Ich wußte aus Bildern und so weiter, daß es Neger gibt, doch gesehen hatte ich noch keinen. Und da kam mir, mitten im Krieg, ein Neger entgegen. Trotz des warmen, des fast heißen Tages trug der Neger, ich sehe ihn noch vor mir, einen dicken, schweren, seine Gestalt förmlich aufplusternden Überzieher, einen Wintermantel, kniekurz mit Hahnentrittmuster. Ich wüßte gerne, wo dieser Neger hergekommen ist. Heutigentags – nichts Besonderes; aber man muß bedenken: damals im Krieg, und Hitler führte ja ringsum Krieg … wie sollte da ein Neger nach Deutschland gekommen sein? Und was machte er hier? Ein Rätsel. (Pause.)

Oder ob … (er denkt scharf nach) … ich seh ja von hier aus nicht das Haus, das hinter dem Haus steht, aus dem mich der Neger anstarrt; es könnte ja leicht sein – bei näherem Nachdenken ... ob nicht ... von jenem Haus auf das Haus vom Neger einer hinstarrte – bei näherem Nachdenken sogar höchstwahrscheinlich, denn nur so entkommt man dem ständigen Angestarrtsein, wenn man selbst ... von der anderen Seite ... in die sozusagen jenseitige Richtung starrt. (Er steht auf und kramt in seinem Gerümpel.)

Ob ich mir auch einen weißen Burnus anschaffe? Und mich mit starrem Blick ins Fenster setze? Oder, weil ich ja weiß bin, einen schwarzen Burnus? Und zu ihm hinüberstarre? Oder, konträr, auf der gegenüberliegenden Seite aus dem Fenster starre? Bis mich dort einer bemerkt, der sich dann seinerseits einen vielleicht grünen oder auch blauen Burnus anschafft und jenseits aus dem Fenster starrt und so weiter und so fort, bis um die ganze Erde herum quasi eine Kette ... (stutzt) ... oder ob vielleicht? (Pause.)

Es ist kein Zweifel. Ich habe es bis jetzt nur noch nicht begriffen. Die starrende Kette um die Erde. (Er sucht.) Noch nicht um die ganze Erde ... erst bis zu dem Neger im weißen Burnus. (Er findet einen schwarzen Fetzen.) Habe es bis jetzt nur noch nicht begriffen. Wie eine Erlösung. Wie eine Erlösung. (Er hängt sich den Fetzen um.) Förmlich wie eine Erlösung. (Er setzt sich ans andere Fenster und blickt starr hinaus.)

Die Hunde-Vernichtung

Und so zog sich der Chemiker in eine der schönsten deutschen Landschaften zurück, die er kannte. Das Schloß ganz in der Nähe hieß mit Recht »Nonpareil«, und für die Gegend war kein anderes Wort angebracht, als dies, für dessen Gebrauch man sich schon förmlich entschuldigen muß: anmutig. Einige wilde Felsen, die gelegentlich das Tal begrenzten, unterstrichen nur die Anmut; und Natur und menschliche Hand hatte die Erscheinung dieses Landstriches aufs lieblichste gemischt – würde ein Romantiker sagen; hat es vielleicht gesagt, denn es schien Dr. Woblistin, so hieß der Chemiker, ganz unmöglich, daß hier nicht irgendwann Eichendorff durchgekommen war. Oder mindestens Rilke.

Bis die Hunde kamen. »Hunde haben«, so Erich Kästner, »drei Eigenschaft zuviel: sie stinken, sie bellen und sie gehorchen.« Die erste und die dritte Eigenschaft hätten Dr. Woblistin nicht tangiert; aber die zweite tangierte ihn wohl. Nein, tangierte ihn nicht, traf ihn ins Herz.

Nicht eigentlich die Hunde kamen, jedenfalls nicht sofort und nicht erkennbar. Es kam ein Mensch namens Troppschuh, der zunächst nur dadurch auffiel, daß er am Bach saß und Ratten schoß. Damit beschäftigte er sich, bis sein Haus fertig war, das etwa hundert Meter von Dr. Woblistins Haus entfernt lag. Baugenehmigung war erteilt, auch die Gewerbegenehmigung für den Betrieb des Hundezwingers.

(Dr. Woblistin erkundigte sich später auf den zuständigen Ämtern; es war alles in Ordnung, leider.)

Die Hunde kamen offenbar in Kisten oder die Junghunde, oder die noch nicht ganz ausgebrüteten oder wie, jedenfalls kamen Kisten, und als Dr. Woblistin abends gegen halb acht, nachdem seine Haushälterin das Geschirr weggeräumt hatte und gegangen war, genüßlich in einem nach seinen eigenen Angaben gefertigten, mit Stoff im schottischen Karo (Tartan: Sutherland) bezogenen Sessel zurückgelehnt saß und der »Gran Partita KV 361« zuhörte, oder besser gesagt: zuhören wollte, ging es los.

Ob die Hunde da ins Freie gelassen wurden, erstmals, oder ob sie vorher noch nicht bellen konnten und erst dann, in diesem Moment zum Bellen gelangten, war nicht auszumachen, interessierte Dr. Woblistin auch nicht.

Die Hunde bellten. Sie jaulten. Sie heulten. Langgezogene Kreischtöne. Sägende Staccatozacken. Grunzartige Kläffungen. Nervöse akustische Zusammenraffungen. Rülps-Salven. Hinschmetterungen flacher Bellknaller. Wie ersterbendes (aber leider nie erstorbenes) Winseln, sirenenartig. Furzgleiche Kehllaute. Langgezogene, noch länger gezogene Luftzermalmer. Von einer Ausdauer – so eine Ausdauer ist gegen die Weltordnung. »Irgendwann muß doch das Vieh erschöpft sein«, ächzte Dr. Woblistin. Ein Hund wird jedoch von allem möglichen erschöpft, vom Bellen nicht.

Dr. Woblistin drehte die »Gran Partita KV 361« ab und telephonierte höflich mit Herrn Troppschuh. Dann telephonierte er unhöflich. Dann erhob er Beschwerde. Dann erhob er Einspruch. Dann erstattete er Anzeige. Dann prozessierte er.

Es half alles nichts. Die Schaltstellen der Welt sind offenbar mit seelischen Mißgeburten besetzt, denen Hunde näherstehen als die »Gran Partita KV 361« und der Friede eines alten Mannes.

Da besann sich Dr. Woblistin auf seinen ehemaligen Beruf, von dem er sich zurückgezogen hatte, um den Lebensabend in dieser schönen Gegend zu genießen. Vorher hatte er einiges andere erwogen, unter anderem die Anschaffung einer Haubitze, auch Selbstmord oder Auswanderung. Die Haubitze hatte er schon beim Landratsamt beantragt, in einer Anwandlung scherzhafter Lösungsversuche. Das Landratsamt hatte den Antrag aber ernstgenommen, und um ein Haar wäre Dr. Woblistin in die Nervenheilanstalt eingewiesen worden. »Eine Haubitze wird keinesfalls genehmigt«, schrieb er erbost, »das Sperrfeuer aus Hundegejaule schon.«

Mit Selbstmord hätte er, meinte Dr. Woblistin, den Kötern und ihrem Troppschuh oder dem Troppschuh und seinen Kötern zuviel Ehre angetan. Und Auswanderung ist wahrscheinlich zwecklos, denn es gibt auf der Erde mehr Hunde als Teufel in der Hölle.

Also besann sich Dr. Woblistin auf seinen erlernten Beruf als Chemiker. Er experimentierte. Das ließ ihn sogar zeitweilig den Köterlärm vergessen. Dann, eines Tages, hatte er, Dr. Woblistin, die Lösung: eine Mischung aus hochexplosivem, aber nicht zu hoch explosivem Sprengpulver und einer auf Magensäure reagierenden Chemikalie. Er formte kleine Bälle aus Hackfleisch mit einer tüchtigen Ladung des – wie er es bei sich nannte – »Woblistinits«. In der Nacht schlich er sich im Schutze der Gebellwolke an das Gehege heran und verteilte die kleinen Bällchen am Gitter.

Es waren – zunächst – acht Bällchen. Es gab jedoch nur sieben Explosionen. Eine der Lärmbestien mußte also zwei Bällchen gefressen haben.

Selbstverständlich fiel der Verdacht sofort auf Dr. Woblistin, der natürlich schlauer war als ein Hundeausbrüter und auch als die Polizei. Man fand außer ein paar harmlosen Chemikalien und einer nicht zu beanstandenden Sammlung von Schallträgern mit klassischer Musik nichts – die Bällchen hatte ja niemand gesehen. Eine Autopsie der Köter war dank der verheerenden Wirkung des »Woblistinits« ausgeschlossen.

Der Lärm der Köter ließ durch die Dezimierung der Herde nicht merklich nach. Mag auch sein, es waren schon wieder welche nachgewachsen. Dr. Woblistin wiegte Troppschuh in Sicherheit, wartete also drei Wochen, dann noch mal zwei Wochen, ehe er mit neuerlichem Jäten einsetzte. Diesmal gab es dreiundzwanzig Explosionen. Eine davon ereignete sich, da der Hund vor seiner Zerreißung noch rasch ins Haus gelaufen war, innerhalb des Anwesens, das daraufhin frisch gestrichen werden mußte. Frau Troppschuh stank noch im Krankenhaus, wo sie wegen des Nervenschocks behandelt werden mußte, nach Hundekacke.

Diesmal wurde der Lärm tatsächlich weniger. Noch zwei-, dreimal, dachte Dr. Woblistin, und die akustische Hölle ist gelöscht.

Es kam anders, allerdings auch nicht schlechter.

Es war ein Donnerstag im Juli und schönes, warmes Wetter. Dr. Woblistin hatte nur noch vier Bällchen ausgelegt, denn es waren nicht mehr viele Hunde da, und die hatte Troppschuh über Nacht, wohl aus Sicherheitsgründen, ins Haus gesperrt.

Woblistin stand am Fenster und schaute hinüber, als der Tag zu glänzen begann. Nach einiger Zeit öffnete sich drüben die Tür. Das konnte Woblistin mit bloßem Auge sehen, aber nun setzte er sein Fernglas an. Nicht die Hunde stürzten heraus, um sogleich den unschuldigen Morgen mit Gekläff zu verseuchen, sondern Herr Troppschuh im Morgenmantel.

Er schloß die Tür hinter sich. Dann inspizierte er den Gitterzaun. »Oh je«, dachte Dr. Woblistin, »jetzt findet er die Bällchen. Na ja – sie sind ja nicht signiert.«

Er fand eins der Bällchen. Was tut er? Als echter Hundefreund unterscheidet er nicht zwischen Nahrung für sich und seine Hunde. Wahrscheinlich aßen Troppschuhs weniger fein, als ihre Köter fraßen.

Er aß das Bällchen. Dann das zweite. Zum dritten kam er nicht mehr.

Natürlich erzählte Dr. Woblistin niemandem, daß er das beobachtet hatte, auch der Polizei nicht, die selbstredend bei ihm strengstens nachfragte, schließlich ging es um einen Mord: Es ging langsam wie in Zeitlupe, oder jedenfalls kam es Woblistin so vor. Erst blähte sich der Morgenmantel Troppschuhs zu Ballongröße auf, dann hob es ihn etwa zwei Meter in die Luft, dann sprangen ihm die Augen wie Geschosse aus dem Gesicht, dann tat es einen Knall und …

Dr. Woblistin setzte das Fernglas ab, zog sich in seinen Sessel zurück und legte endlich wieder die »Gran Partita

KV 361« auf. Nach dem dritten Satz hielt er die Platte an und schaute nochmals hinaus. Die Feuerwehr sammelte gerade den Troppschuh ein.

*

Die Staatsanwaltschaft legte den Mordfall als ungeklärt ad acta. Dr. Woblistin schickte zur Beerdigung ein Fichtengesteck mit leicht bräunlichen Nelken.

Der Totbeter

»Verzeihung ...«

»Ja?!«

»Verzeihung.«

»Kommen Sie bitte ganz herein, und machen Sie die Tür zu. Wer sind Sie? Was wollen Sie?«

»Habe ich das Vergnügen – Verz – Verzeihung, natürlich nicht Vergnügen, habe ich die Ehre mit Herrn Staatsanwalt Riegel ...?«

»Ja. Der bin ich. Und das da vor mir ist der Berg Akten, der darauf wartet – und so weiter. Bitte fassen Sie sich kurz. Ich nehme ohnedies an, Sie haben sich in der Tür geirrt.«

»Oh nein, Herr Staatsanwalt. Sie sind für Kapitaldelikte zuständig? Gehört dazu auch ... *Mord*?«

»Vor allem natürlich Mord, logisch. Aber jetzt ...«

»Auch medialer Mord?«

»Medialer *was*?«

»Ich meine, Mord durch – durch mediale Mittel?«

»Ich verstehe Sie nicht. Und ich muß auch sagen ...«

»Mein Name ist Harnisch. Ja. Ganz einfach Harnisch. Wie ›in Harnisch geraten‹. Sie verstehen. Gottfried mit Vornamen, aber ich bin friedlich. Ausgesprochen ruhig, Sie verstehen? Ein friedfertiger Mensch. Gerate nie in Harnisch, heiße nur so. Darf ich mich setzen? Es wird Sie nicht reuen, wenn Sie mir zuhören. Sie werden sehen. *Bald* sehen. So einen Mord haben Sie noch nie erlebt.«

»Ich habe überhaupt noch nie einen Mord erlebt, Herr Harnisch. Ich bin Staatsanwalt und nicht Mörder.«

»Ja, ja. Ich weiß. Ich meine, *so* ein Mord ist Ihnen in Ihrer Praxis noch nie untergekommen. Das meine ich mit ›noch nie erlebt‹. Sie verstehen. Im Grunde genommen bin *ich* der Mörder. Ja. Aber ich muß anders anfangen. Ich heiße zwar Harnisch, gerate jedoch nie in einen solchen respektive diesen, wie gesagt. Ich bin Bundesbahnbeamter. Gewesen. Also *a. D.*, Sie verstehen. Außerdem Kleingärtner. *Licht und Sonne – Ost.* Es gibt nämlich auch *Licht und Sonne – Nord.* Sie verstehen. Das Gelände gehört der Bundesbahn, und an und für sich dürfen nur Bundesbahnbedienstete und solche ehemalige dort Kleingartenpächter sein, nach der Satzung, doch ab und zu sehen wir darüber hinweg. Ich selbst – ich bin nämlich im Vorstand, Kassenwart – habe dafür gestimmt, daß der Kolowski ... ich muß weiter ausholen ...«

»Herr Harnisch, Sie holen für meine Begriffe schon zu weit aus ...«

»Nein, nein, Sie werden es nicht bereuen, wenn Sie mir zuhören beziehungsweise zugehört haben. Haben werden. Nicht bereuen. Sie werden sehen. Also, Kolowski war bei der Fahndungsstelle nach verlorenen Reisegepäckstücken, das ist lang her. Er war mein Nachbar, also in *Licht und Sonne – Ost*, hat also, Sie verstehen, den benachbarten Garten gehabt, den *mir* benachbarten Garten. War ja alles in Ordnung. Dann hat ihn die Witwe geerbt, war auch in Ordnung. Kolowski Ida hat sie geheißen. Auch in Ordnung, denn nach der Satzung dürfen Witwen von Pächtern, wenn sie wollen, den Garten weiterbe ... – wie soll ich sagen, weiterbe ... – begärtern – also weiterhin bleiben. Sie verstehen. Jetzt aber – passen Sie auf, jetzt wird es interessant – hat diese Ida Kolowski, kein Jahr ist vergangen, wieder geheiratet. Einen gewissen Gschwindhuber. Na ja – spätes Glück und so. So weit, so gut. Hat natürlich niemand etwas dagegengehabt, daß dieser neue Gschwindhuber, obwohl *nicht* Bundesbahnangehöriger und nie gewesen, den Garten mitbenutzt. Hat ihn auch wunderbar in Schuß gehalten. Tomaten, Bohnen, auch Blumen, tipptopp, kann man nicht anders sagen. Aber. *Aber!* Er hat einen Sohn mit in die Ehe gebracht, den Gschwindhuber Kurt. Dem ist der Kleingartengedanke völlig fremd. Fremd *gewesen*. Um es abzukürzen ...«

»Ja, ich möchte schon bitten!«

»Der Gschwindhuber, also der alte solche, stirbt 1984, 1985 die Ida, also die Kolowski respektive wiederverheiratete Gschwindhuber. Und was sage ich Ihnen – will der Kurt, dieses Früchtchen, den Garten weiterbehalten. Als solcher völlig außenstehend. Mit einem Bundesbahnbediensteten nicht einmal blutsverwandt! Und auch unverzüglich die Schwierigkeiten. Sie können sich das gar nicht vorstellen. In der Satzung steht, daß jeder Pächter verpflichtet ist, seinen Garten sauber zu bepflanzen und nach kleingärtnerischem Standpunkt in Ordnung zu halten. Und der junge Gschwindhuber? Eine Kolonie von Unkraut. Der Löwenzahn wuchert nur so. Der Samen fliegt überall herum. Was ich allein heuer für Unkrautvernichter ausgegeben habe, geht auf keine Kuhhaut. Chemische Keule, Sie verstehen. Die Obstbäume beschneidet er nicht mehr, die Hecken sind eine Katastrophe, vor allem aber das Unkraut.

Selbstverständlich haben wir ihn zur Rede gestellt. Er sagt uns, also dem Vorstand, ins Gesicht, das sei kein Unkraut bei ihm, das ist Ökologie. ›Unkraut‹, hat er frech gesagt, ›gibt es nicht. Der Begriff *Unkraut* ist botanischer Rassismus‹, hat er gesagt. Wir haben prozessiert – verloren. Unverständlich, ein krasses Fehlurteil; aber leider nicht berufungsfähig. Wie ich mein Magengeschwür dann operiert gehabt habe, habe ich mir gesagt: Wenn nicht gesetzlich, so muß der Kerl sonst irgendwie weg. An und für sich hat meine Frau die Idee gehabt. Ich nämlich war drauf und dran, man ist ja schließlich auch nur ein Mensch, wenngleich ehemaliger Bahnbeamter, war drauf und dran – bevor ich mir zum Magengeschwür auch noch einen Herzinfarkt anärgere, nehme ich den Kleinkrimmer …«

»Den was?«

»Na ja, den Kleinkrimmer, so eine Art Hacke, nicht wahr, und wenn er am Zaun steht, der Gschwindhuber …« Harnisch holte aus, fiel sich selbst in den Arm. »Aber meine Frau, Frauen sind ja oft in solchen Sachen vernünftiger, sagt: ›Mach dich nicht unglücklich, und die Familie, und du kriegst ja lebenslänglich, du mußt es feiner machen.‹ Und da haben wir die Annonce aufgegeben.«

»So, eine Annonce?«

»Ja. ›Totbeter gesucht‹.«

Staatsanwalt Riegel lacht.

»Es hat sich einer gemeldet. Eine ziemlich abgerissene Figur. Seinen Namen, hat er gesagt, gibt er nicht bekannt. Er hat nur gefragt, wie der heißt, den er totbeten soll, und wer der ist, und hat zweihundert Euro Vorschuß kassiert und gesagt: ›Den Rest‹, wieder zweihundert, ›danach‹, und ist gegangen.«

»Und?« Den Staatsanwalt begann die Sache zu interessieren.

»Drei Wochen«, sagte Harnisch.

»Was, drei Wochen?«

»Na ja. Nach drei Wochen war der junge Gschwindhuber tot. Mit dem Motorrad gegen einen Alleebaum gebrummt.«

»Ach!«

»Logisch. Wenn er totgebetet wird. Der abgerissene Typ ist dann gekommen – mir wird ganz schlecht, Herr Staatsanwalt. Sie können sich ja denken, daß ich in höchster Not bin, sonst würde ich doch nicht zu Ihnen kommen und quasi einen Mord beichten – er ist gekommen und hat gesagt: ›Meine restlichen vierhundert Euro, bitte!‹«

»Ich denke zweihundert?«

»Eben! Sage ich auch zu ihm. ›Zweihundert!‹ sage ich, ›*insgesamt* vierhundert, zweihundert haben Sie schon gekriegt ...‹ ›Vierhundert‹, sagt er dumpf. Da hat meine Frau geschrien: ›So ein Gauner, wo kommen wir da hin‹, hat ihm zweihundert in die Hand gedrückt und die Tür zugeschlagen. Manchmal sind Frauen eben auch unvernünftig, vor allem in Sachen Geiz. Das war gestern, verstehen Sie, und kaum war die Tür zugeschlagen, ist es mir gekommen. Entsetzlich, Herr Staatsanwalt! Sie müssen mir helfen.«

»Was ist da so entsetzlich?«

»Der betet doch *mich* jetzt tot! Ich habe sofort die Tür wieder aufgemacht, wollte ihm nach, doch er war schon weg. Der Mann muß gefunden werden. Mir ist ganz schlecht. Der Mann muß gefunden werden. Schließlich ist er ja der Mörder vom jungen Gschwindhuber. Was soll ich jetzt machen?«

»Ich empfehle Ihnen«, sagte der Staatsanwalt, »daß Sie beichten gehen. Natürlich nur, sofern Sie katholisch sind.«

*

Der Kriminalbeamte wollte Staatsanwalt Riegel den Vortritt lassen, doch der Staatsanwalt sagte: »Bitte hier keine Umstände. Steigen Sie voraus.« Die Frau – nun Witwe – saß unten im Versandhausstil-Wohnzimmer (imitierte Eiche, altdeutsch) und heulte. »Selbst wenn sie nur noch mit ihm gestritten haben«, flüsterte der Kriminaler, »heulen sie.«

»Umgekehrt nicht anders«, sagte Riegel, »ich meine, die Witwer. Trauer ist Konvention.«

Die Treppe war steil, eigentlich gar keine Treppe, eher fast eine Leiter. Das Häuschen war eines der damals fortschrittlichen Bauten, die Ende der zwanziger Jahre für öffentliche Bedienstete gebaut wurden. Die Erbpacht ist heute noch so niedrig wie damals. Die Bewohner können sich immer die neuesten Mercedes leisten. »Der da«, sagte der Kriminaler, »hatte einen arizonagelb-metallic. Mein Lieber. *Ich* habe nur einen Opel Rekord.« Den Dachboden hatte der Pächter selbst ausgebaut. Jetzt lag er dort. Vom Dachboden hing eine Schlinge. Kein schöner Anblick, aber Riegel war an dergleichen gewöhnt. *Harnisch*. Riegel erkannte ihn wieder. Der Polizeiphotograph machte Bilder. Ein anderer Kriminaler zog die üblichen Kreidestriche um die Leiche.

»Merkwürdig ist«, so faßte der Kriminalbeamte das vorläufige Ermittlungsergebnis zusammen, »diese Schlinge. Denn er ist nicht durch Erhängen gestorben. Komisch. Offenbar hatte er alles hergerichtet, um Selbstmord zu begehen. Sehen Sie: die Schlinge, der Hocker drunter. Hier der Abschiedsbrief – das heißt, nur das Briefpapier und der Stift. Offenbar wollte er ihn schreiben, ist jedoch nicht mehr dazu gekommen. Bevor er auf den Hocker steigen konnte, hat ihn der Schlag getroffen, meint der Arzt. Vorbehaltlich natürlich des Obduktionsbefundes. Nur die Umstände sind doch so komisch, daß wir dachten, wir ermitteln einmal.«

»Er heißt Harnisch?«

»Ja«, sagte der Kriminaler.

»Ich habe ihn gekannt«, sagte der Staatsanwalt, »also gekannt ist zuviel gesagt. Er war vor nicht sehr langer Zeit bei mir und hat mir eine sehr merkwürdige Geschichte erzählt. Eine eher krause Geschichte. Schon sehr eigenartig.« Der Staatsanwalt ging um die Leiche herum. »Im Büro, anhand meines Kalenders, kann ich feststellen, an welchem Tag er bei mir war. Obwohl – die Geschichte, die er mir erzählt hat, ist *zu* absurd. Ich werde einen kurzen dienstlichen Vermerk machen, leite ihn Ihnen dann zu.«

»Was hat er erzählt?«

»Ich glaube nicht, daß das irgend etwas bringt. Würde jetzt zu weit führen. Zusammenfassend: Der Mann hat offenbar unter Verfolgungswahn gelitten. Gehen wir, oder ist noch etwas zu tun?«

Unten drückte der Staatsanwalt der Witwe Harnisch die Hand und murmelte: »Tiefempfundenes Beileid.«

*

Im Oktober – das Ermittlungsverfahren *gegen Unbekannt* im Fall Harnisch war eingestellt, da keine Straftat vorlag und die Obduktion einen natürlichen Tod Harnischs ergab –, gab Riegel eine Annonce auf: »*Totbeter gesucht*«. Er hatte lang darüber nachgedacht. Mitte September war er mit seiner Mutter in Urlaub gefahren (*TouriGeria*, sehr günstig in der Nachsaison, Mallorca). Wie immer hatte Frau Riegel verschiedene Anfälle im Urlaub gehabt. Wie immer stachelte sie ihren Sohn an, wieder eine Frau zu suchen. »Gernot, geh' an den Strand, schau' dich um.« Gernot ging an den Strand und schaute sich um. Viele fast nackte Frauen lagen in der Sonne. Brüste aller Größen und Formen. Gernot entwarf im Geist eine Typologie der Damenbrüste. Schon allein welche Vielfalt der Brustwarzen es gab: groß, klein, rund, oval, spitz, knopflig, von hellrosa bis schwarzbraun; dann, wohin sie, wenn man so sagen kann, *schauten*: stechend nach vorn, seitlich, womöglich nach oben oder, leider, nach unten. Es gab sogar schielende Brüste.

Die Bademode des Jahres gestattete es, daß die Mädchen hinten so gut wie nackt waren, nur so ein Bändchen zwischen den Backen. Gernot entwarf auch eine Typologie der Hintern: flach, gewölbt, birnig, äpfelig, kugelig. Weiter draußen lagen die Frauen ganz nackt. Gernot spazierte oft am Strand entlang, schaute, zählte, typisierte. Eine neue Frau fand er nicht. Meistens waren die, die in der Typologie in die oberste (und für Gernot allein in Frage kommende) Kategorie gehörten, in festen Händen. (Oft buchstäblich.) Viele waren sichtlich erst siebzehn oder achtzehn, für den vierundvierzigjährigen Gernot, der schon deutlich Haare verlor, zu jung. Ein einziges Mal ergab sich ein Plausch von Liegestuhl zu Liegestuhl. Anita war siebenundzwanzig, hatte zwar einen Dackel dabei, war aber sonst Kategorie eins a. Die Brustwarzen wiesen steil nach oben, die Brüste hatten die Form reifer Avocados, die Farbe (da gebräunt) dunkler Aprikosen, der Hintern: Halbkugeln der Sonderklasse. Etwas zu kurze Beine, leider, und, wie gesagt, der Dackel. Dennoch lud Gernot sie zum Abendessen ein. Anita war mit einer Freundin da, aber die Freundin (allenfalls Kategorie drei) war keine so nahe Freundin, die konnte schon einmal allein bleiben. Als der Abend kam, bekam Frau Riegel jedoch einen Asthma-Anfall. Gernot mußte absagen. Am nächsten Tag legten sich Anita und ihre Freundin in Liegestühle, die ganz weit weg standen. »So finde ich natürlich keine«, sagte Gernot zu seiner Mutter, die, trotz der Hitze in eine Decke gewickelt, auf der Terrasse saß. »Ich möchte, daß du eine findest, die auch auf deine Mutter Rücksicht nimmt. Und frag doch den Kellner, ob sie Fencheltee haben.«

Riegel war schon einmal verheiratet gewesen, hatte eine Tochter gehabt. Biologisch war sie noch seine Tochter, rechtlich nicht mehr. Hildegard war kurz nach dem elften Hochzeitstag, zu dem ihr Riegel ahnungslos noch einen zwei gegeneinander gerichtete Widderköpfe darstellenden Armreif geschenkt hatte (Silber, der in Gold hätte über zweitausend Euro gekostet), mit einem Maler und Graphiker davongelaufen. Der Maler hieß Knut Schmidt (kann auch sein Schmitt oder Schmied oder sonstwie). »Wenn einer nur Schmidt heißt und noch dazu Knut«, sagte Frau

Riegel, »dann wird er kein Michelangelo. Nicht einmal ein Picasso. Du brauchst dir nichts zu denken.«

Das war es auch nicht, was Gernot Gedanken machte. Hildegard heiratete den Schmidt. Der Schmidt adoptierte die Tochter – gegen den Willen Riegels, versteht sich. Riegel hatte dagegen prozessiert und den Prozeß verloren. Das war der Stachel in seinem Leben: lief da seine Tochter als Immi Schmidt herum. Und wie das Schicksal so spielt, hatte Gernot im Frühjahr kurzfristig eine Dame näher kennengelernt, deren geschiedener Mann mit dem Maler Schmidt befreundet war. Es war nichts Ernsthaftes zwischen Gernot und jener Dame, schon gar nicht von ihrer Seite. Die Dame stand nach wie vor auf freundschaftlichem Fuß mit ihrem Geschiedenen. Ab und zu übernachtete er sogar bei ihr. Er durfte von Gernot nichts wissen. Arglos also teilte er mit, was Hildegard über ihren Exmann herumerzählte, über Gernot Riegel. Daß der ein völlig erfolgloser Jurist sei, ein Versager auf allen Gebieten. Das berührte Gernot nicht weiter, wohl aber, daß Hildegard überall laut herumschrie, daß sie Gernot davongelaufen sei und daß Gernot trotzdem zahlen müsse, daß ihm – so wörtlich – »die Schwarten krachen«. Das stimmte nämlich gar nicht. Das einzig Tröstliche für Gernot an seinem Stachel war, daß er eben grade nichts zahlen mußte, nicht einmal mehr für die Tochter seit der Adoption. (*Den* Prozeß hatte Hildegard verloren.) Gernot wagte seiner Mutter von dieser Verleumdung gar nichts zu erzählen; um so mehr nagte sie an ihm, und seit dem Tag, als Anita so viele Liegestühle weitergerückt war und Gernot die Lust am Typisieren verloren hatte, kamen diese Gedanken wieder und bohrten und kochten in ihm, und schon am ersten Tag, den er nach seinem Urlaub wieder im Dienst war, gab er die Annonce auf.

*

Riegel bestellte den Mann in ein kleines Café in Schwabing – weit weg. Er konnte hoffen, daß ihn dort niemand kannte. Plastikmusik dröhnte in dem Café, das wie ein Wintergarten mit winzigen Tischen in einer Passage lag, eigentlich ganz nett, wenn nicht das Plastikgeröhre gewesen wäre. Die Bedienung trug schwarzes, ausgefranstes Leder und ganz spitze Schnürschuhe. Das Publikum war entsprechend. Riegel setzte sich ganz nach hinten. Er wartete etwas über eine halbe Stunde und hatte schon der Bedienung gewinkt, um zu zahlen, da kam der Mann doch. Er trug einen Salz-und-Pfeffer-Mantel, aus dem ein faltiger Hals ragte. Er hatte vier große Tüten bei sich, die er neben den Stuhl stellte. Den Mantel legte er gar nicht ab.

»Vierhundert«, sagte der Mann, »zweihundert sofort, zweihundert danach.«

»Gegen Quittung«, sagte Riegel.

»Auch recht«, sagte der Mann.

Riegel erwähnte natürlich nicht, daß er von der Sache Harnisch wußte, und fragte sogar scheinheilig, nachdem er einen Zweihunderteuroschein übergeben hatte: »Ja, nun: Haben Sie Referenzen?«

Der Mann lachte: »Wie stellen Sie sich das vor? Entweder glauben Sie mir, oder Sie glauben mir nicht. Sie können auch das Geld wiederhaben.«

»Nein, nein«, sagte Riegel.

Der Mann bat, daß ihn Riegel mit in die Stadt hinein nehme. Es regnete. Viel Verkehr. Der Mann stank säuerlich und auch nach Alkohol. Bevor er abends mit seiner Mutter ins Theater fahren würde (eine Freundin von Frau Riegel hatte ihr Abonnement abgetreten), werde er gut lüften müssen, überlegte Riegel. Auf der Leopoldstraße, in Höhe des *Café Adria*, fuhr in leichtsinniger oder vielleicht sogar rücksichtsloser Weise eine Citroën-Ente (am Steuer eine jüngere Frau) vom Rand an und bog, ohne auf den fließenden Verkehr zu achten, in die Straße ein. Riegel konnte grade noch bremsen und ausweichen. Er hupte und schimpfte. Die junge Frau (Studentin?) hatte den Vorfall bemerkt, drehte sich am Steuer um und grinste; dann fuhr sie frech und schnell weiter. »Der Teufel soll sie holen«, brummte Riegel.

»Einen Moment«, sagte der Mann im Salz-und-Pfeffer-Mantel, »Sie wollten doch Referenzen? Halten Sie dort vorn.« Riegel fuhr an der Akademie nach rechts hinein und stellte sein Auto in zweiter Reihe ab. Der Mann schlug seinen Mantelkragen hoch, vergrub den Kopf unter seinen Händen, blieb so ein paar Minuten, dann schüttelte er sich, klappte den Kragen wieder herunter und sagte: »So. Fahren Sie weiter.«

Am Odeonsplatz stand die Citroën-Ente zermalmt an der Ecke der Mercedes-Vertretung. Die Räder standen seitlich flach weg, als hätte einer mit einem riesigen Daumen von oben draufgedrückt. Die Polizei war schon da und die Rettung. Eine Bahre wurde weggetragen, voll zugedeckt. Riegel, als Staatsanwalt, wußte, was das bedeutete.

Später ließ er sich den Vorgang von der Polizei kommen. Fremdverschulden lag nach den Ermittlungen nicht vor. Die Fahrerin war, nach mehreren übereinstimmenden Zeugenaussagen, mit auffallend hoher Geschwindigkeit die Ludwigstraße hereingekommen, hatte rechts geblinkt, war dann plötzlich nach links gefahren, auf der regennassen Fahrbahn mit – wie ein Gutachten ergab – abgefahrenen Reifen ins Schleudern gekommen und gegen das Hauseck geprallt. Sie war sofort tot gewesen.

»So schnell?« fragte Riegel.

»Es kommt drauf an, ob man eine Wut hat. Oder sonst irgendwie innerlich beteiligt ist. Sonst dauert es natürlich länger«, sagte der Totbeter, »je nach innerer Energie.«

Einige Tage später las Riegel, daß in einer kleinen Galerie in der Westenrieder Straße eine Gedenkausstellung Knut Schmit veranstaltet würde. Schmit also, eine seltene Schreibweise. Wird ihn auch nicht mehr herausreißen, dachte Riegel. Er ging hin und schaute sich die Bilder an: abstrakt, mehr so bunte Fahrer und dazwischen Zeitungsfetzen und Kreise aus Packpapier aufgeklebt. Kein Michelangelo.

*

Riegel hatte dem Totbeter seine private Telefonnummer gegeben. »Aber bitte sagen Sie ja nicht, wenn meine Mutter am Telefon ist, worum es sich handelt.«

»Was denken Sie von mir.«

»Sie wollen mir Ihren Namen nicht sagen …«

»Nein«, grinste der Mann.

»Dann melden Sie sich mit, sagen wir, Huber. Und sagen Sie, es handle sich um die Winterreifen.«

Der Anruf kam lang nicht. Riegel hatte einen gefalteten Zweihunderteuroschein und die Quittung immer bei sich. Der Anruf kam – nach dem Tod Schmits – drei Wochen lang nicht. Riegel war schon beunruhigt. Dann aber kam der Anruf doch. Riegel bestellte den Totbeter wieder ins Café mit der Kellnerin mit den spitzigen Schuhen.

»Zweihundert Euro habe ich Ihnen schon bezahlt«, sagte Riegel, »hier ist die Quittung, Sie können sich erinnern? Und hier sind die restlichen zweihundert.«

Der Totbeter schob den Zweihunderter zurück und sagte: »Ich mache Ihnen einen anderen Vorschlag. Mir ist hier in der Stadt der Boden zu heiß. Aus verschiedenen Gründen. So was wie Ihr Schmit war ja nur ein kleiner Fisch. Da waren noch ganz andere Sachen … Ich will nicht ins Detail gehen, verständlicherweise. Kurzum, ich muß weg. Geben Sie mir vierzigtausend, und ich zeige Ihnen den Trick.«

Riegel stutzte. Der Totbeter glaubte, er werde nicht verstanden.

»Ich meine«, sagte er, »wenn Sie mir vierzigtausend geben, cash auf die Kralle, versteht sich, dann sage ich Ihnen, wie man das macht. Das Totbeten. Dann können Sie es in Zukunft selbst. Können eine Menge damit verdienen. In einem halben Jahr, wenn Sie geschickt sind, haben Sie es herinnen – ich meine, die vierzigtausend. Ich habe auch eine Menge verdient damit. Daß ich trotzdem so aussehe, wie ich hier vor Ihnen sitze, das ist eine andere Geschichte. Tut nichts zur Sache. Eine ziemlich lange Geschichte. Doch das muß Sie nicht stören. Vierzigtausend – und ich zeige es Ihnen. *Ich* bin keine Konkurrenz mehr für Sie. Ich muß weg. *Weit* weg.«

»Das ist ein überraschender Vorschlag«, sagte Riegel.

»Ich habe nicht mehr viel Zeit«, sagte der Totbeter, »ja oder nein?«

*

Riegel verpfändete (ohne ihr Wissen, legte ihr nur das Papier hin und sagte: »Da, unterschreib' rasch, für die Steuer«) die Lebensversicherung seiner Mutter, das brachte dreißigtausend. Etwas über fünftausend hatte er auf seinem Sparbuch, den Rest konnte er durch das abdecken, was ihm die Bank an Überziehungskredit auf sein Gehaltskonto einräumte. Riegel machte acht Bündel zu je zehn Fünfhundertern. Der Totbeter nahm die Bündel entgegen, ohne zu zählen: »Ich vertraue Ihnen«, und steckte sie in sein Sakko in die Innentasche. (Er war neu eingekleidet; gewaschen war er nicht.) Dann verriet er Riegel den Trick.

*

Unten in der Linprunstraße ging ein Mann in Trachtenhut, halblangem Überzieher aus brettartigem Loden, Bundlederhose und groben Wollstrümpfen und führte seinen deutschen Schäferhund aus. Riegel stand am Fenster seines Arbeitszimmers und überlegte, ob er jetzt die Quittung des Totbeters vernichten solle, hatte sie schon zusammengeknüllt, streifte sie doch wieder glatt und legte sie auf seinen Schreibtisch. Kein deutsches Schaf weit und breit, dachte Riegel, aber ein deutscher Schäferhund. Fett wie ein Wal, konnte sichtlich kaum noch schnaufen. Ohne Leine und Beißkorb, gegen alle Vorschrift. Riegel überlegte – der Hundebesitzer oder der Hund? Er entschloß sich dann doch, den ersten Versuch beim Hund zu machen. Er versenkte sich – »… das wichtigste ist die Konzentration …« hatte der Totbeter gesagt –, und als er wieder hinunterschaute, lag der Hund auf seinem feisten Rücken und streckte die vier Beine von sich. Der Mann in Bundlederhose hatte seinen Hut verloren, kniete neben dem Kadaver und tätschelte den Hundskopf. Viel fehlte nicht, kam es Riegel vor, und er hätte Mund-zu-Mund-Beatmung angewandt. Riegel trat vom Fenster weg, legte die Quittung in eine Schublade und wandte sich seinen Akten zu.

Nachmittags hatte er Sitzung. Er hatte sich den Sitzungstag mit einem Kollegen geteilt. Riegel zog seine weiße Fliege und seine schwarze Robe an und ging hinunter in den Sitzungssaal. Der Vorsitzende war einer der gefürchtetsten Richter – nicht bei den Angeklagten, sondern bei den Staatsanwälten. Nupfl hieß der Vorsitzende. Er brauchte fürs Verlesen der Personalien des Angeklagten länger als andere für die ganze Verhandlung. Riegel hatte wirklich ursprünglich nichts vor … erst als der Vorsitzende nicht und nicht vorwärtskam, gesuchte Aktenstücke nicht fand, Gesetzes-Kommentare vom Wachtmeister aus dem Dienstzimmer holen ließ und die überwölbende Müdigkeit des Nachmittags in Riegels Glieder schlich, bekam er den Zorn auf so eine Verhandlungsführung, senkte den Kopf, konzentrierte sich, und Vorsitzender Nupfl fiel seitwärts vom Stuhl, womit die letzte von ihm geleitete Verhandlung vorzeitig zu Ende war. Der Oberpräsident bescheinigte an Nupfls Grab, daß er in Ausübung seines Amtes gestorben sei, und die Justiz bewahrte ihn einige Jahre in ihrem Gedächtnis als den Vorsitzenden, der einzig am Tag, als ihn der Schlag traf, vor sieben Uhr abends mit der Sitzung fertig geworden war.

*

Die gewonnenen Stunden nutzte Riegel, um in die Stadt hineinzufahren und in der vorweihnachtlichen Zeit vom Stachus zum Marienplatz zu schlendern, sofern von solcher Bewegungsart bei den Massen hetzender Geschenkkäufer die Rede sein konnte. Riegel erledigte ein paar Leute, die ihn angerempelt hatten. Eine alte, auf unangemessen jung geschminkte Frau im Pelzmantel und Leopardenhut fegte er unmittelbar vor der Michaelskirche von dieser Welt. Sie ließ sechzehn Pakete fallen, streckte (fast wie der deutsche Schäferhund in der Linprunstraße) alle viere von sich, und der Leopardenhut rollte wie ein aufgezogenes Spielzeug in komplizierten Windungen über das Pflaster, rollte in das kleine Café in der Ex-Augustinerkirche hinein, dort zwischen den Tischbeinen durch und die Treppe zu den Toilettenräumen hinunter, wo er sich – seine Herrin hatte da schon ihre Seele ausgehaucht und rührte sich nicht mehr – ein paarmal wie ein Kreisel drehte und dann liegenblieb.

Riegel fuhr heim. Er drehte den Fernseher an und gähnte. Ein Quizmaster machte seine öden Scherze. Riegel schaltete um. Auf dem anderen Programm saßen einige Politiker und ein Moderator an sehr kleinen blauen Tischen. Der Moderator fragte, und die Politiker antworteten auf etwas anderes. Riegel schaltete aufs Dritte. Eine Sendung über Enten. Riegel schaltete aufs Österreichische. Ein Reporter interviewte einen Skifahrer, der seine Ski komisch dicht an seine linke Backe gedrückt hielt. Auf dem zweiten Österreichischen war auch ein Film über Enten, allerdings ein anderer. Riegel wählte den einen Politiker, der in einem Nadelstreifenanzug (vom Zuschauer aus gesehen) links saß und immer sagte: »Wenn Sie mich fragen, würde ich sagen ...« Riegel konzentrierte sich.

Nichts.

Der Politiker redete weiter. Riegel schüttelte den Kopf, konzentrierte sich stärker. Nichts. Ärgerlich schaltete er den Apparat ab. Erst am übernächsten Tag erfuhr man Einzelheiten: Während eine vorher aufgezeichnete Fernsehdiskussion mit ihm lief, habe den Politiker, der – peinlicherweise bei seiner außerehelichen Freundin – diese Sendung verfolgte, sein Schicksal ereilt. Die Freundin, ein gewisses Fräulein Carmen Schlegelberger, erzählte, daß der Politiker erst in seinem (ihrem) Sessel leblos zusammengesunken sei, kurz darauf habe es ihn (den Politiker, nicht den Sessel) wie von unsichtbarer Faust förmlich nochmals emporgehoben und dann endgültig zu Boden geschleudert.

*

»Das ist ja entsetzlich«, sagte der Pfarrer.

»Ich möchte es auch nicht mehr«, jammerte Riegel. Er saß eingefallen im Pfarrhaus. Der Pfarrer hatte ihm einen

Schnaps angeboten. Riegel nippte. Riegel hatte nicht um eine Beichte gebeten, sondern um eine Aussprache, hatte aber gleich am Anfang gesagt, daß der Pfarrer das, was er ihm zu eröffnen habe, gleichzeitig als Beichte betrachten möge, und daß es als unters Beichtgeheimnis fallend zu verstehen sei.

»Das ist ja entsetzlich. Wie lange machen Sie ... ich meine, wie lange geht das schon?«

»Sechs Wochen«, hauchte Riegel.

»Und wie viele Menschen haben Sie um ..., ich meine, wie viele sind ... also, Sie verstehen?«

»Ich habe nicht mitgezählt. An die sechs-, siebenhundert können es schon gewesen sein.«

Der Pfarrer schluckte, holte tief Luft und schenkte sich selbst jetzt auch gleich einen Schnaps ein.

»Das ist ja ...«, sagte der Pfarrer, war aber unfähig weiterzusprechen und schüttelte den Kopf.

»Ich möchte es auch gar nicht mehr.«

»Ich verstehe«, sagte der Pfarrer, »das heißt, ich verstehe nicht. Warum hören Sie nicht einfach auf?«

»Das ist es ja! Ich kann nicht mehr aufhören. Es ist so ... ich weiß nicht, wie ich es Ihnen erklären soll ... Am Anfang, wie mir der Mann da in dem Salz-und-Pfeffer-Mantel, ich habe es Ihnen vorhin erzählt, wie er mir den Trick verraten hat, da war es zunächst eine Frage der Konzentration. Eine wahnsinnige Konzentration, hat förmlich im Kopf wehgetan. Entweder auf den Namen und die paar Angaben, die man braucht, falls man den ... also den Betreffenden nicht persönlich kennt, oder auf ihn persönlich eben, wenn man ihn vor sich hat. Sehen Sie diese alte Frau da drüben auf der anderen Straßenseite? Mit den O-Beinen?«

»Nicht, nicht«, schrie der Pfarrer, »das ist Frau Hummel, Amtsratswitwe, ein Pfarrkind ...«

Zu spät. Durchs Fenster des stillen, getäfelten Erkers des Pfarrhauses sah man die Amtsratswitwe Hummel wackeln, dann an die Wand torkeln, dann langsam zu Boden sinken. Aus der Einkaufstasche rollten Orangen, eine bis auf die Straße, wo sie sofort ein Lastwagen überfuhr, der im übrigen die Amtsratswitwe (schon Leiche?) Hummel mit einem Guß Schneematsch bedeckte. Der Pfarrer sprang auf.

»Verzeihung«, sagte Riegel.

»Sie sind ja von einem Dämon besessen«, keuchte der Pfarrer und nahm rasch den Schnaps weg, dann lief er hinaus. Riegel stand auf und ging im Zimmer auf und ab. Draußen scharten sich Neugierige um die im Schneematsch liegende Frau. Der eine oder andere half auch. Der Pfarrer kniete neben ihr. Aus der Filiale einer Reinigung wurde eine Decke gebracht. Riegel schaute vom Fenster weg, ging die Reihen der Bücher auf und ab. *Das Regensburger Neue Testament*, viele Bände, *Homiletische Bibliothek*, auch mehrere Bände, *Lexikon zu den Evangelien Griechisch–Deutsch*, dazwischen seltsamerweise Herbert Asmodi, *Das Lächeln der Harpyien*. Der Pfarrer kam wieder.

»Sie sind von einem Dämon besessen«, wiederholte er, bückte sich und wischte sich mit dem großen Pfarrerstaschentuch über die durchnäßten Hosenbeine am Knie. »Die Frau ist tot.«

»Pardon«, sagte Riegel.

»So. Ist das alles, was Sie zu sagen haben?«

»Sehen Sie, Hochwürden, so ist das. So ist das! Ich habe im Lauf schon der ersten Woche immer weniger Konzentration gebraucht. Es ist immer schneller gegangen, immer mehr … wie soll ich sagen … geflutscht, wenn Sie den Ausdruck erlauben. Ich habe nur noch hinzuschauen brauchen und zu denken …«

»Nicht!« schrie der Pfarrer.

»Und ich bin abgestumpft. Ich empfinde es nicht als … na ja. Ich empfinde nichts dabei. Nichts mehr. Die Leute fallen um – bumms …« Riegel zuckte mit den Schultern. »… sind umgefallen. Aus. Ich empfinde nichts. Nicht einmal bei meiner Mutter.«

»Wa – wie – Sie ha – ha … Ihre Mutter?«

»Ja. Sie ist draufgekommen, daß ich ihre Lebensversicherung verpfändet habe. Mußte ich ja, habe es Ihnen erzählt, damit ich dem Mann die vierzigtausend zahlen konnte. Und jetzt ist sie draufgekommen. Hat ein Geschrei gemacht! Also – na ja, ich habe ihr mein Leben lang nichts recht machen können, habe gedacht: Du alter Drache! Und – na ja. Von der Versicherungssumme konnte ich die Bankschulden zum Teil tilgen.«

»Sie sind ein Ungeheuer!«

»Ich *leide*, Hochwürden, verstehen Sie nicht? Ich will nicht mehr – aber ich kann nicht aufhören. Nicht *mehr* aufhören. Es ist immer leichter gegangen, immer leichter, und jetzt geht es quasi von allein. Offenbar bin ich ungeheuer – ja, ungeheuer begabt dafür. Ich habe schon praktisch unser ganzes Haus leergefegt, meine Geschäftsstelle, die Läden, meine Vorgesetzten, im Ministerium meinen sie schon, es ist eine Epidemie ausgebrochen. Ich will nicht mehr. Ich *kann* aber nicht aufhören. Helfen Sie mir doch!«

Der Pfarrer setzte sich wieder, dachte nach. »Setzen Sie sich auch. Noch einen Schnaps? Man muß das in Ruhe bedenken. Ich verstehe. Ich verstehe schon. In Ruhe bedenken. Prost. Es ist natürlich ein Exorzismus in Betracht zu ziehen, aber – sagen Sie: Wie ist es, wenn Sie die ... diese ... diese Gabe, also diese Fähigkeit Ihrerseits weiterverkaufen? Dann sind Sie sie los. Obwohl das«, der Pfarrer seufzte, »insgesamt gesehen keine Lösung ist.«

»Habe ich schon«, sagte Riegel, »nach dem Tod meiner Mutter. Der mir nach einigen Tagen doch nahegegangen ist.«

»Gottlob, wenigstens das!«

»Habe ich es verkauft. Es war kompliziert genug, einen Käufer zu finden. Für nur zehntausend. So viel hatte ich auf der Bank noch Schulden. Der Rest von den vierzigtausend, Sie verstehen. Aber – jetzt kann es der andere auch und ich immer noch. Und immer besser.«

»Dann bleibt nur der Exorzismus«, keuchte der Pfarrer.

»Ich bin zu allem bereit«, sagte Riegel, »machen wir's gleich?«

»Wo denken Sie hin. Das darf ich gar nicht, dazu bin ich gar nicht befugt. Doch ich werde alles in die Wege leiten. Rufen Sie mich morgen nachmittags an. Und bis dahin – nehmen Sie sich zusammen!«

»Ich werde mein Möglichstes tun, Hochwürden«, sagte Riegel.

Der Pfarrer begleitete Riegel zur Tür, dann ging er zurück ins Arbeitszimmer, trat ans Fenster und schaute hinaus. Die

Leiche der Amtsratswitwe Hummel war schon weggebracht. Passanten stapften achtlos und nichtsahnend über die Stelle, an der sie gelegen war. Eine Straßenbahn fuhr vorüber. Der Pfarrer sah, wie Riegel in sein Auto stieg und wegfuhr. Kurz danach entgleiste weiter vorn die Straßenbahn. Schon kurz danach lärmten die Sirenen der Polizei und der Rettung.

*

Die Fahrt war für Pfarrer Hörthuber die Hölle. Schon am Bahnhof in München fiel ein Gepäckwagenfahrer, der Riegel schrill angehupt hatte, von seinem Gepäckwagensitz und rollte hinunter auf die Geleise. Eine einfahrende Lokomotive konnte zwar noch bremsen, doch der Gepäckwagenfahrer war schon tot. »Wenn man mit Ihnen unterwegs ist«, flüsterte Pfarrer Hörthuber und zog Riegel rasch zur Seite – seine Soutane wehte in der kalten Januarluft in der zugigen Halle –, »wenn man mit Ihnen unterwegs ist, ist es am besten, man erteilt allen, die sich im Umkreis zeigen, vorsorglich die Absolution.« Sie stiegen in den Zug. Pfarrer Hörthuber hatte den Nachtzug gewählt in der Hoffnung, daß Riegel dann weniger Berührungspunkte mit den Mitreisenden und dem Personal habe als bei einer Reise bei Tag oder im Flugzeug oder im Auto. Aber es gab immer noch genug: Der Schlafwagenschaffner verkaufte Bier. Auch Pfarrer Hörthuber genehmigte sich eins, auch Riegel. Riegel sogar zwei. – Ist gut, dachte Hörthuber, dann schläft er besser. Der Schlafwagenschaffner verkauft Bier jedoch auch an zwei Männer, die sich dann mit dem Schaffner anfreundeten, sich vorn vor die Kabine des Schaffners setzten, eine fröhliche Unterhaltung und in der Gegend von Rosenheim schon mit Singen begannen.

Pfarrer Hörthuber hörte (er schlief oben), daß Riegel aufwachte und sich im Bett aufsetzte. »Nein! Nein!« flüsterte Hörthuber, »lassen Sie den Leuten das unschuldige Verg...«. Die Zugbremsen kreischten. Es gab einen Aufenthalt von mehr als einer Stunde. Der eine der beiden neuen Freunde des Schlafwagenschaffners hatte die Waggontür mit der Toilettentür verwechselt. Der andere starb vor Schreck (und Alkohol), als er seinen Freund sah, der in einen Stacheldrahtzaun gefallen war und diesen auf einige Meter dornenkronenartig aufgerollt hatte. »Der Herr sei seiner Seele gnädig«, sagte Hörthuber, »wenn Sie so weitermachen, kommen wir nie nach Rom.«

Sie kamen nach Rom, wenngleich mit einiger Verspätung. Am Brenner war in Ausübung seines Dienstes ein Grenzpolizist gestorben, der mit stark genagelten Stiefeln durch den Korridor des Schlafwagens gestapft war; in Bologna brach die Stimme der Bahnbeamtin plötzlich ab, die unnötig und gellend irgendwelche Anschlüsse durch die Nacht brüllte. Als der Zug südlich von Florenz durch die Toscana fuhr, wurde es hell. Der Schlafwagenschaffner klappte die Betten nach oben und brachte das Frühstück. Pfarrer Hörthuber sah mit einiger Erleichterung, daß Riegel zufrieden den Kaffee zu sich nahm und überhaupt in freundliche Stimmung geriet. Dennoch richtete er Stoßgebet um Stoßgebet zum Himmel.

In Rom gibt es unzählige Taxen, die stehen überall, schoppen sich in Trauben an allen möglichen Stellen, rasen durch die Straßen, wo man hinschaut, aber – seltsamerweise – am Bahnhof Termini sind nur wenige zu finden. Eines der Rätsel dieses an Rätseln reichen Stadt-Universums. Die ankommenden Reisenden warten in erstaunlich geduldiger Schlange stundenlang, ein Carabiniere wacht darüber, daß nur an der offiziell dafür vorgesehenen Stelle Fahrgäste aufgenommen werden. Das wissen auch die Römer, und das wissen vor allem die nicht-lizenzierten Taxifahrer. Das sind eigentlich überhaupt keine Taxifahrer, das sind Gauner aus Pietralata oder aus der Gegend von Magliana, die mit einem klapprigen Karren von zweifelhafter Verkehrssicherheit auf den Fang unkundiger Touristen gehen. »Taxi – Taxi?« flüstern sie gleich hinter der Sperre, und viele glauben, daß das richtige Taxifahrer sind, und wenn einer zögert, so reißt ihm der nichtlizenzierte Betrüger schon den Koffer aus der Hand und eilt scheinheilig-freundlich zu seinem Chevrolet, Baujahr 1951, und verstaut ihn darin. Pfarrer Hörthuber – dessen letzter Rombesuch viele Jahre zurücklag – glaubte besonders schlau zu sein, als er (er konnte ein wenig Italienisch) vorher den Preis ausmachte: »Via Olmata! Capito? Via Olmata! Hospiz Suore Grigie. Molto vicino! Quanto costa?« Der Fahrer antwortete mit einem Schwall von Wörtern, aus dem Hörthuber nur die Vokabel »quindici« verstand.

»Was sagt er?«

»Fünfzehn Euro.«

So stiegen sie also ein. »Am besten ist es«, sagte Pfarrer Hörthuber, »Sie schauen gar nicht hinaus. Schauen Sie da hinunter, auf Ihre Füße. Sonst – der Verkehr in Italien … der kann nicht mit unseren Maßstäben gemessen werden.«

Riegel befolgte die Anordnung. Es ging gut, vor allem deswegen, weil man nach drei Minuten schon da war. Der Wagen hielt vor einem großen, dunklen Haus an einer leicht aufwärts führenden Straße.

»Für *das* kurze Stück fünfzehn Euro?« fragte Riegel.

»Steigen Sie aus! Steigen Sie aus! Um Gottes willen, gehen Sie schon hinein – ich erledige das.« Der Pfarrer gab dem Fahrer fünfzehn Euro. Der Fahrer schüttelte den Kopf und zog drei Finger: »Trenta!«

»Was will er? Das Doppelte? Für drei Minuten Fahrt?« Riegel ging um den Wagen herum, wollte an den Kofferraum, der Fahrer sprang ins Auto, ließ es an, der Pfarrer versuchte Riegel zurückzuhalten, gleichzeitig streckte er dem Fahrer drei Zehneuroscheine hin, der Wagen machte einen Ruck, der Fahrer sank über seinem Lenkrad zusammen, fiel dann zur Seite und mitsamt der rostigen Tür Riegel vor die Füße. Der Pfarrer steckte seufzend seine drei Zehneuroscheine wieder ein. Riegel nahm die beiden Koffer aus dem Auto und sagte: »Sie werden doch selbst zugeben, daß es um den nicht schade ist.«

»Das können wir nicht beurteilen«, sagte der Pfarrer so sanft wie möglich, und leise: »Nur Gott im Himmel.« Die Nonne Pförtnerin und bald auch ein paar andere Nonnen kamen herausgelaufen und schrien, die Pförtnerin lief zurück, telephonierte, bald kamen Notarzt und Carabinieri. Der Besitzer eines Zeitungskiosks schaute ernst und mitfühlend aus seinem Fensterchen, schüttelte oft den Kopf und sagte mehrfach: »Er poveraccio, er poveraccio«, vertiefte sich dann aber bald wieder in seine orange-rosafarbene *Gazetta dello Sport*.

Eine engerlingdicke Klosterhelferin trug Hörthubers und Riegels Gepäck hinauf in den ersten Stock. »Am besten ist es«, sagte der Pfarrer, »Sie bleiben in Ihrem Zimmer, bis die Sache geregelt ist. Es ist zwar natürlich schade um jede Stunde, vor allem, da Sie noch nie in Rom waren, aber Sie können das ja nachholen. Später.«

Auch an diese Anordnung hielt sich Riegel. Er setzte sich in seinem großen, kahlen und kargen Pilgerhospizzimmer aufs Bett und las in dem Buch, das ihm der Pfarrer – »zur Vorbereitung« – gegeben hatte: *In der Fülle des Glaubens* von Hans Urs von Balthasar. Ab und zu schaute er zum Fenster hinaus, sah gegenüber ein hochragendes, schmutzig-gelbliches Haus und seitlich vorn, jenseits des großen Platzes, auf den die Via Olmata hinausging, die Seitenfront und die barocke Kuppel von Santa Maria Maggiore. Pfarrer Hörthuber hatte, nachdem er sich nur rasch die Hände gewaschen hatte, sofort das Haus wieder verlassen, war zur Via Nazionale geeilt und hatte dort den Omnibus genommen, um zum Sant'Ufficio zu fahren.

*

Der Exorzismus, den Monsignore Boncorvi vornahm, bewirkte gar nichts. Nachdem alle drei – der Monsignore, Pfarrer Hörthuber und Riegel – schweißdurchnäßt in die Fauteuils eines Zimmers im ersten Stock des Sant'Ufficio gesunken waren und der ratlose Monsignore (ein rothaariger Riese) nach Kaffee geklingelt hatte, beobachtete Hörthuber durch das Fenster, wie draußen zwei junge Burschen in Jeans und Lederjacken versuchten, in Ruhe und Frechheit ein – allerdings haarsträubend verkehrsbehindernd geparktes – deutsches Auto aufzubrechen. Hörthuber schossen mehrere Gedanken durch den Kopf: Polizei rufen – hinunterschreien – ja nicht rühren, damit Riegel nichts merkt – doch Hörthubers Blick war für einen Augenblick auffallend stechend und zielgerichtet, Riegel sah das und folgte dem Blick und sah auch die Diebe, zischte einen unwillkürlichen Fluch, und im gleichen Augenblick raste ein Omnibus um die Kurve, riß die beiden jungen Burschen, die auf der Straßenseite des geparkten Autos standen, mit, schleuderte sie zu Boden, und der nächste Lastwagen hatte sie schon überfahren, bevor er bremsen konnte.

»So macht er es immer«, sagte Hörthuber.

Der Monsignore sagte nur: »Es scheint Gottes Wille zu sein …«

»Verzeihung«, sagte Riegel zerknirscht, »ich konnte … wenn ich so etwas sehe … schließlich bin ich Staatsanwalt …«

»Schon gut, mein Sohn«, sagte Monsignore Boncorvi, »wir wissen nicht einmal, ob das Sünde ist, was Sie tun. Ich habe nun doch, weiß der Kuckuck, die stärksten Mittel angewendet …«

»Das habe ich gemerkt«, ächzte Riegel.

»Es ist«, wandte sich Boncorvi quasi dienstlich an Hörthuber, »es ist offensichtlich kein Dämon in ihm. Er ruft ja auch keinen Dämon an, wenn er … et cetera. Sagt er.«

Riegel nickte. Boncorvi hob die Hände und ließ sie mit einer verzweifelten Geste wieder auf die Armlehne fallen. »So was ist mir noch nie vorgekommen. Ich neige zu dem

Gedanken, daß ich den Heiligen Vater unterrichten muß. Nur was soll *der* machen? In diesem Punkt kann er auch nicht mehr als ich. Eher, mit aller Demut gesagt, weniger. Einen Heiligen kann man nicht austreiben wie einen Dämon. *Darf* man ja wohl gar nicht.« Eine Nonne brachte den Kaffee. »Eine heillose Konfusion«, murmelte der Monsignore, »eine heillose Konfusion.«

Er schrieb später eine Abhandlung über die Frage, ob es fehlgeleitete Gebetserhörungen bei (gewissen?) Heiligen gäbe und was man dagegen unternehmen könne und dürfe. Die Abhandlung wurde im Vatican und an der Gregoriana viel diskutiert. Boncorvi hatte besonders den heiligen Historatus in Verdacht, doch das hatte eher private Gründe, denn dieser Heilige war der Namenspatron Don Istorato Condivaris, von dem Boncorvi vermutete, daß er gegen ihn, Boncorvi, intrigiere. Er führte es auf diese Umstände zurück, daß er noch nicht Bischof geworden war. Don Condivari schrieb einen flammenden Verteidigungsessay für seinen Namenspatron, und auch diese Abhandlung wurde viel diskutiert.

Hörthuber und Riegel waren zu der Zeit natürlich längst wieder abgereist. Die Heimfahrt war nicht weniger schlimm als die Hinfahrt.

*

Der letzte – in München – war der über Riegel wohnende, bisher nicht negativ aufgefallene Bogner. Er bohrte, wie sonst nur leidenschaftliche, ja süchtige Heimwerker bohren können, und das an einem Samstag um halb sieben Uhr in der Früh. Riegel schreckte aus einem (bei ihm in letzter Zeit leider seltenen) tiefen Schlaf auf. Das Verhängnis traf den Heimwerker Bogner unverzüglich. Er bohrte eine Starkstromleitung an, fiel von der Heimwerker-Patent-Trittleiter und entschwebte zum Ewigen Schlagbohrer.

Riegels Koffer waren schon gepackt. Verabschieden brauchte er sich von niemandem. Was er nicht mitnahm, hatte er verkauft, was er nicht verkaufen konnte, schenkte er Pfarrer Hörthuber, der ihn nochmals segnete und dann tief aufatmete. Riegel fuhr mit dem Taxi zum Flughafen. Das Flugzeug startete abends. Riegel hatte erster Klasse gebucht, keinen Rückflug. Der Flug dauerte fünfunddreißig Stunden. Vierzehn Zollbeamte verschiedener Nation und Hautfarbe (darunter eine Zollbeamtin), acht Kellner, sechsundzwanzig Angehörige verschiedenen Flughafenpersonals und ein Mitpassagier blieben, buchstäblich, auf der Strecke, auf Riegels Strecke. Der Mitpassagier, ein dunkelblau gekleideter Mittvierziger mit lichtem Scheitel, hatte, als Riegel an seiner Reihe vorbei nach hinten aufs Klo gehen wollte, seine Beine seitwärts hinausgehalten und, als Riegel fast darüberstolperte, gesagt: »Passen Sie doch auf, Mensch.« Er fiel bei der nächsten Zwischenlandung rätselhafterweise, man konnte sich nicht erklären, wie das passiert sein konnte, zwischen Flugzeug und Treppe hinunter aufs betonierte Rollfeld und war sofort tot. Riegel schritt achtlos vorüber. Er hatte sich in der ganzen letzten Stunde des Fluges mit nahezu übermenschlicher Kraft zurückgehalten, daß er den »Passen Sie doch auf, Mensch« nicht noch im Flugzeug erledigte. Er hatte befürchtet, daß das vielleicht zu Verspätungen hätte führen können.

Von Wellington aus nahm Riegel eine kleine Propellermaschine nach Gisborne. Der Flughafen sah so aus, wie man sich einen Flughafen vorstellt, der dort liegt, wo die Welt zu Ende ist. In Gisborne kaufte sich Riegel ein Zelt und mietete einen Geländewagen – mit Fahrer. Sie fuhren einen Tag lang. Hinter einem Ort mit Namen Mawa sahen sie (nach etwa zwanzig Kilometern) noch zwei Leute, die offenbar angeln gehen wollten, dann sahen sie niemanden mehr.

»Wie weit wollen Sie fahren?« fragte der Fahrer.

»Bis wir vier Stunden lang gefahren sind, ohne einen Menschen gesehen zu haben.«

»Aha«, sagte der Fahrer, »Sie sind ein Menschenfeind?«

»Im Gegenteil«, sagte Riegel, »ich mache es aus Menschenfreundlichkeit.«

Der Fahrer schaute Riegel an, Riegel schaute weg, der Fahrer schüttelte den Kopf. Längst fuhren sie auf unbefestigten Straßen.

Nach vier Stunden schaute der Fahrer auf die Uhr, bremste und sagte: »Jetzt. Oder soll ich weiterfahren?«

Riegel stieg aus und blickte sich um. *Cape Runaway* hieß die Gegend sinnigerweise.

»Geben Sie mir mein Gepäck«, sagte Riegel. Er hatte schon in Wellington seine Sachen aus den Koffern in zwei Seesäcke umgepackt.

»Und das Zelt?« sagte der Fahrer, »das können Sie doch alles gar nicht tragen?«

»Das lassen Sie meine Sorge sein«, sagte Riegel, »ich brauche es nicht auf einmal schleppen. Ich habe Zeit.«

»Und wann soll ich Sie wieder abholen? Und wo? Hier?«

»Überhaupt nicht«, sagte Riegel, nahm den einen Seesack und stapfte den Hügel hinauf.

*

Ein abgerissener Robinson, der an einem Stück fast rohem Rehfleisch kaute, saß auf einem umgefallenen Baum und schaute aufs Meer hinaus. Manchmal, ganz selten, tauchte draußen am Horizont ein Segelschiff auf, und das versenkte Riegel dann. Seine einzige Unterhaltung, nachdem er in den Jahren seine zwanzig Bücher schon je zehnmal gelesen hatte. Es war an einem 8. Dezember, im Hochsommer, da knackte es hinter ihm. Riegel hatte heute schon ein Reh totgebetet und außerdem einen von den größeren Vögeln, die wie Hühner schmecken. Er drehte sich dennoch um. Es war kein Reh. Es war ein anderer abgerissener Robinson. Riegel erkannte ihn trotz des Bartes sofort. Der andere ihn auch? Die Blicke fuhren ineinander. Riegel fiel nach hinten, der andere nach vorn. Nach vielen Jahren fand eine geologische Kommission, die in der Gegend forschte, die Skelette. Sie lagen nicht mehr als zwei Meter voneinander entfernt.

Bericht des reisenden Musikenthusiasten …

… an Wohlg. Herrn Hofrath Rochlitz in Leipzig aus dem Jahr 1830

Die stille Auvergne, dieses fromme Land der Hirten inmitten Frankreichs, war wohl von den Ereignissen, die das Königreich heuer im Juli aufgewühlt haben, kaum berührt, und Herr von Onslow, den ich im Auftrage Ihres, Herrn Hofrathes, geschätzten Blattes, dem ab und zu eine Memorabilie beizuliefern ich die Ehre habe, auf seinem Gute nach der Stadt Clermont-Ferrand besuchte, sagte, es sei ihm im Grunde gleichgültig, wer in Paris regiere, korrupt seien sie alle, und es sei letzten Endes in der Politik nur die Frage, welche Seite wen schmiere. Während also in der Hauptstadt auch jetzt, im Oktober, von nichts anderem die Rede ist, als daß mit der Emporhebung des Herzogs von Orléans auf den Thron niemandem gedient sei, die Legitimisten ihrem König Charles X. nachweinen, der nach England gehasenfußt ist, die Republikaner unzufrieden sind, weil sie nur einen König gegen einen anderen eingetauscht haben, und die Bonapartisten angeblich schon eine Deputation nach Wien vorbereiten, um den jungen *Aiglon*, wie sie Napoleons Sohn nennen, heimzuholen, ist mit zunehmender Entfernung von Paris immer weniger von Politicis zu hören. Und immer schlechter werden die

Wege. Die Beule über meinem linken Auge rührt von einem förmlichen Fluge her, den ich in der Kutsche gegen die Decke tat, als der Bastard von Kutscher viel zu schnell durch ein Loch in der Straße fuhr, sofern man diese Schotterstrecke mit jener Bezeichnung zu ehren für gut findet. Nicht auszudenken, was gewesen wäre, hätte ich eine offene Kalesche gewählt. Wahrscheinlich hätte mich der Hundsfott von Kutscher in den nahe fließenden Griesbach geschleudert, und Ew. Wohlgeboren hätten statt dieses Berichtes meine Ablebensannonce in das Blatt einrücken dürfen.

Die Auvergne schmeichelt nur einem Auge, das die mir nicht ganz verständliche, neuerdings verbreitete Inklination zu den *soi-disant* Naturschönheiten auszeichnet. Ob auch der hier weitverbreitete Geruch sive besser gesagt Gestank zu den Naturschönheiten zu zählen ist, weiß ich nicht. Die Auvergnaten, sagt man, sind reinblütig gebliebene Gallier oder Kelten und entsprechend mißgestaltig, und wenn ich den Nachrichten in meinem *Cicerone de la France champêtre* trauen darf, jenem Reisebüchlein, das ich jedem Reisenden empfehle, der es wagt, sich außerhalb Parisens zu bewegen, so sind die Auvergnaten »arm, unwissend und roh, dafür aber rechtschaffen, gastfrei und unverdrossen fleißig«. Ihr Dialekt ist so gut wie unverständlich. Hätte mir nicht M. de Onslow einen genaueren Schizzo des Weges von Clermont-Ferrand zu seinem Gute geschickt, so hätte ich dieses nie und nimmer gefunden, denn auf Fragen nach dem Weg öffnen die rechtschaffenen Gallier als Antwort nur den Mund, ohne daran zu denken, daraus ein Wort hervorzulassen, und wenn sich dem auvergnatischen Mund doch ein Wort entringt, so ist es so keltisch, daß der Reisende so klug ist als zuvor.

Aber dank des Schizzo fand ich den Weg, und Herr de Onslow empfing mich mit großer Freude und redete mich sogleich in deutscher Sprache an, die er seit seinem Aufenthalt in jüngeren Jahren in Deutschland und in Österreich beherrscht. Er ist ein liebenswürdiger und heiterer Mann, wenngleich auf dem einen Ohr taub. Ich weiß nicht, ob es wirklich höflich war, gleich am Anfang unserer Bekanntschaft die Frage zu stellen, was in aller Welt ihn bewege, in dieser Einöde zu wohnen. Er lachte und sagte: »Ich habe längere Zeit in Paris gelebt, und da haben mich andauernd Leute besucht, die ich nicht sehen wollte, während mich hier nur Leute besuchen«, er verbeugte sich vor mir, »die mir schon deshalb sympathisch sind, weil sie den beschwerlichen Weg auf sich nehmen.«

Auf meine Frage, ob er sich mehr als Franzose oder aber mehr als Engländer fühle, sagte er: »Ich fühle mich nahezu ausschließlich als George Onslow.«

Er scheint also wirklich der Sonderling zu sein, als der er in der Musikwelt gilt. Seinen Vornamen, George, schreibt und spricht er französisch: George, seinen im Übrigen edlen Familiennamen Onslow englisch.

Ich kann Ihnen also, verehrter Hofrath, nicht sagen, unter welcher Nationalitäts-Rubrique Mister von Onslow einzuordnen ist. Deutscher jedenfalls ist er nicht. Oder Moscowiter. Sein Vater, ein gewisser Mr. Edward Onslow, der jüngere Sohn des ersten Grafen von Onslow, war gezwungen, einige Jahre vor der Revolution aus England sich fortzubegeben. Warum, das wird im Hause Onslow nicht ventiliert, und es scheint sich um eine eher heikle Sache gehandelt zu haben. Herr von Onslow senior ging nach Frankreich und heiratete eine insofern bemerkenswerte Dame, Rosalie-Marie de Bourdeille de Brantôme, als diese die Urenkelin jenes Abbé Pierre de Bourdeille, Seigneur de Brantôme ist, der im XVI. Säculum die schlüpfrigen Geschichten der galanten Damen am Hof der Königin von Navarra zu beschreiben sich nicht scheute. Abbé de Brantôme seinerseits war der Nachurenkel jenes Ritters Bourdeille Sans-Orteil, der den König Saint Louis auf dessen Kreuzzug begleitete und nur knapp dem Hieb eines titanischen Sarazenen entging, der ihn der Länge nach spalten wollte, der Chevalier Brantôme aber zurücksprang, worauf der Hieb des Sarazenen ihm nur die Zehen abtrennte, deshalb also der Beiname »Sans-Orteil«, zu deutsch Ritter »Sonder-Zeh«.

Monsieur de Onslow, der nebst seinen zwei Brüdern dieser Ehe entsproß – einen der Brüder, Edouard Amable Onslow, hatte ich das Vergnügen kennenzulernen –, ist heute in seinem besten Mannesalter, und ich schätze ihn auf Mitte seiner Vierziger. Was seinem Vater verwehrt blieb, war dem Sohne gestattet, nämlich nach England sozusagen zurückzukehren, und er genoß dort die einem Edelmann gebührende Erziehung sowie Unterweisungen in der Musik unter anderem durch Herrn Jean-Louis de Dussek und niemand Geringerem als den weltberühmten Johann Baptist Cramer Esq. Von dem schon erwähnten Aufenthalt in Deutschland und Österreich abgesehen, der auch musikalischen Studien gewidmet war, begab sich Herr von Onslow zurück nach Frankreich, wo er seitdem lebt, vermählt seit über zwanzig Jahren mit der nicht anders als liebenswürdig zu bezeichnenden Frau von Onslow. Sie heißt Charlotte Françoise Delphine und stammt aus dem Haus Scoraille de Fontanges, und ihre Urgroßtante Marie Angélique Duchesse de Fontanges, die, heute darf man es ja sagen, die bevorzugte Cabinett-Favoritin des Königs Louis XIV. war. Eines Tages zerstörte ein Windstoß auf der Jagd die Frisur und den Kopfschmuck der Duchesse-Favoritin, das war am Tage des hl. Amatus de Remiremont anno 1680, d.i. der 13. September, und sämtliche Herren des Hofes, die die Jagd begleitet hatten, eilten herbei, rissen sich die Bänder und Schnallen von ihren Jagdkostümen, sogar von den Hüten und Schuhen und arrangierten damit einen behelfsmäßigen Kopfschmuck für die Favoritin. Da keiner der zahlreichen Höflinge bei diesem Liebesdienst zurückstecken wollte, wurde der Kopfschmuck turmhoch, gefiel, obgleich behelfsmäßig, dem Könige so gut, daß Madame de Fontanges fortan diese Zier ständig tragen mußte, was die Damen des Hofes selbstverständlich veranlaßte, diese Mode nachzuahmen, und daraus entstand jener Fontanges genannte, außerordentlich unbequeme haubenartige Kopfaufsatz, der den modefreudigen Damen bis etwa ins Jahr 1720 verbot, schnelle Kopfwendungen zu wagen. Heute ist jene Mode selbstredend längst untergegangen, nur in der Familie Fontanges, und damit auch im Hause Onslow, wird jener Tag, der 13. September also, feierlich begangen, und zwar sowohl mit einer Jagd als auch mit Musik. So etwa wurde das Klavier-Trio aus der Tonart c-Moll opus 26 zu Ehren dieses Festtages im Jahre 1823 komponiert und auf dem Gute des Herrn von Onslow aufgeführt, wobei Herr von Onslow selbst das Cello strich. Er ist nämlich ein hervorragender Amateur auf diesem Instrumente, und seine große Inclination auf die Komposition von Kammermusik ist letzten Endes darauf zurückzuführen, daß er sehr gern seine benachbarten Musikfreunde um sich versammelt, um Trios, Quartette und Quintette zu spielen, und da hier in dieser Einsamkeit der Auvergne Noten sehr schwer zu beschaffen sind, schreibt Herr von Onslow der Einfachheit halber die Musik selbst.

Wie nicht anders zu erwarten, interessierte sich Ritter Onslow – ich durfte ihn bald *George* nennen – für alles, was so in der Musikwelt vor sich geht, wovon er ja nur eher zufällige Nachrichtensplitter erfährt, wenn sie durch das dichte Gitter der wilden Bergwelt zu ihm herdringen. So erzählte ich denn davon, daß ich das wohl zur Zeit jüngste Wunderkind auf dem Fortepiano, jene neunjährige Clara Wieck mit meinen erstaunten Ohren aufgenommen habe als auch den wie ein durch einen Köhlerwald gerollten Haarzwerg heranhüpfenden weltfamosen Violinisten Paganini, der einem seine Virtuosität förmlich um die Ohren schlägt. Der junge Mendelssohn in Berlin soll, warum weiß der Himmel, eine längst vergessene »Passio Christi Secundum Matthaeum« vom Bach ausgegraben, abgeklopft, ausgestaubt und dann aufgeführt haben. Aber nicht vom gängigen Bach, also dem Philipp Emanuel, sondern von dessen Vater, der, wie man neuerdings hört, auch komponiert haben soll. Johann Sebastian hat er geheißen. Wer weiß, ob so was nicht Mode wird.

»Nun, nun«, sagte George, »man weiß nicht, was den Alten alles eingefallen ist, und Esel waren sie ja auch nicht.

Es würde mich schon interessieren, so etwas einmal zu hören.«

Vielleicht hat er nicht ganz unrecht, und es wendet sich die Musik wieder rückwärts: Sie kann es vielleicht nicht anders, denn mit seinem unlängst zu hörenden Quartetten hat Herr von Beethoven in Wien schon den Gipfel dessen erreicht, was ein musikalisches Gehirne unbeschädigt aufzunehmen in der Lage ist. Manche meinen, er sei schon darüber hinaus geschnellt mit seinen Skurrilitäten. Inzwischen soll ein gewisser Hektor Berlioz hier in Frankreich eine Symphonie geschrieben haben, deren Aufführung für heurigen Dezember angekündigt ist. Eine musikliebende Dame zu Paris hat bereits an den Papst geschrieben und angefragt, ob nicht die Aufführung durch Interdict verboten wird, da der dabei erzeugte Lärm bereits als gotteslästerlich einzustufen sein soll.

Die Antwort des Papstes steht noch aus.

»Ja«, sagte George zu dieser neuen Entwicklung der Musik, »ich gebe da jedem recht, wenn man nur mich die Musik schreiben läßt, wie ich sie will.«

»Ihr Herz gehört der Kammermusik?«

»Freilich. Obwohl ich mich auch im Genre der Oper versucht habe, mit wenig Glück …«

»Ich habe von der Aufführung Ihres ›Le colporteur, ou L'enfant du bûcheron‹ gehört, soll vor drei Jahren stattgefunden haben.«

George lachte: »Es war nicht gerade der Erfolg, der die Sterne vom Himmel fallen hat lassen. Vielleicht gelingt es mir mit meinen Symphonien, ich arbeite derzeit an der ersten, im Ton A-Dur. Aber wahrscheinlich …«

Er ruht in sich. Liegt das an der Liebe zur Kammermusik?

»Wahrscheinlich«, fuhr er fort, »kehre ich doch immer wieder zur Kammermusik zurück. Wissen Sie: Großen Lärm zu machen mit tosenden Orchester-Tonstücken ist letzten Endes nicht schwer. Nehmen Sie aber statt dessen, sagen wir, ein Klavier und Violine und Violoncello, und! Ihre Einfälle und Ihre Ausarbeitung werden wie durch eine Lupe betrachtet.«

»Auch mir ist«, sagte ich, »jeder Komponist verdächtig, der keine Kammermusik geschrieben hat.«

Selbstverständlich setzte man auch in meiner Gegenwart und sogar dann erst recht die Gewohnheit des abendlichen Musizierens fort. Es fand im Salon bei brennendem Kamin statt und war von einer gewissen familiären Feierlichkeit, wenn dieser contradictische Vergleich erlaubt ist. Und bei Gelegenheit der Execution eines Quintetto durfte ich meine bescheidenen Fähigkeiten im zweiten Violino beisteuern.

Und ebendieses Quintetto ist sehr eng mit einem bedauerlichen Ereignis in Herrn de Onslows Leben verbunden, ist aus c-Moll und trägt die Opus-Nummero 38.

Es ist, da ich jetzt Onslow besuche, etwas über ein Jahr zurück, daß mein Freund zu einer Jagd in die Nähe von Nevers geladen wurde. Er betreibt das lustvolle Totschießen von Tieren wie jeder Edelmann mit Passion. Doch im Gegensatz zu den meisten, wenn nicht zu allen anderen Jägern führt er, wie auch sonst immer, stets sein kleines Notenbüchlein mit sich, und da der angeblich nahezu roßgroße wilde Saubär, ein die ganze Gegend unsicher machender wilder Eber, auf den die Jagd ging, sich nicht und nicht blicken ließ – nicht ganz unverständlich aus der Sicht des Tieres –, vertrieb sich Mr. Onslow Esq. damit die Zeit, daß er, auf einem Baumstrunk sitzend, an einem Quintett weiterkomponierte, das er in Arbeit hatte, ebendieses aus c-Moll.

Da stürzte plötzlich die Sau aus ihrem Versteck. Onslow wurde deren zunächst gar nicht gewahr, so in die Noten vertieft, erst als die anderen Jagdgäste wie wild um sich zu schießen begannen, schreckte Onslow auf, ergriff sein Gewehr, der Eber raste auf ihn zu, Onslow trat einen Schritt zurück, Kugeln pfiffen rundum, Onslow stürzte rückwärts über den Strunk, das Vieh raste über ihn hinweg, gleichzeitig streifte die Kugel, die dem Eber galt, sein Ohr und seinen Hals und blieb in seinem Nacken stecken.

Dieses fatale Andenken trägt Herr von Onslow heute noch mit sich. Zum Glück für ihn und für die Welt der Musik verlief der Unfall jedoch insgesamt glimpflicher, als es anfangs aussah. Zwar geriet George in stark fieberhafte Zustände, delirierte, glaubte schon die Todespforte geöffnet, aber ärztliche Kunst rettete ihn, und auch jenes Notenbüchlein, wenngleich ebenfalls von einer Kugel durchbohrt, wurde wiedergefunden, und Onslow schilderte, als er genesen und wieder zu komponieren in der Lage war, seinen Unglücksfall in musikalischen Tönen in ebendem Quintett, das er *Die Kugel* nannte, und dessen einzelne Sätze höchst geistvoll die Stationen seiner Verwundung, seiner Krankheit und seiner Genesung schildern. Leider, allerdings, blieb ihm Taubheit auf einem Ohr zurück, sodaß man, will man sich ihm verständlich machen, auf der einen Seite stehen, sitzen oder, wie wir es öfters taten, gehen muß, spazierend durch seinen großen, schönen Park, während mir Mr. Onslow aus seinem Leben berichtete.

»Nicht immer«, erzählte mir Freund Onslow, als wir über sein früheres Leben redeten, »habe ich in so günstigen Umständen gelebt.« Wir spazierten durch den erwähnten, höchst gepflegten Park, der einen erwünschten Gegensatz zu der rauhen Umgebung der Auvergne oder, genauer gesagt, des Aurillac bildet. »Diesen Park hat ein Onkel meiner Mutter, der letzte Marquis de Rothelin, anlegen lassen, Sosthène-Armand, und ist dankenswerterweise ohne Leibeserben gestorben, sodaß ich das Gut geerbt habe, und seitdem brauche ich keine Angst mehr zu haben, als Hungerkünstler den Kitt aus den Fenstern essen zu müssen.«

Das Andenken dieses Großonkels wird im Hause Onslow hochgehalten, und im großen Foyer hängt sein vom Bruder des Hausherrn, der oben erwähnte Monsieur Edouard Amable de Onslow, gemalte Porträt, auf dem der alte Marquis allerdings kaum zu erkennen ist. Das hängt mit der starken Eigenwilligkeit des alten Marquis und Erblassers zusammen, der sich nach einem Unfall von seinem Großneffen malen ließ. Der Marquis liebte es, seinen leichten Jagdwagen selbst zu steuern, und raste damit, weil er schon schlecht sah, über einen Abhang hinaus und in eine große Dornenhecke, die er selbst angelegt hatte, um seinen Nachbarn, den Vicomte Carraque, zu ärgern, weil dessen Hühner immer in die Rosenzucht des Marquis eindrangen. Die Stacheln richteten den Marquis so zu, daß er aussah wie ein Kaktus. Bevor der Chirurgus die Stacheln einzeln entfernte, mußte Herrn von Onslows Bruder den Zustand genau skizzieren und später in Öl ausführen.

»Es gibt noch ein anderes Bild«, sagte George, »es stammt auch von Edouard, das zeigt meinen Onkel mit den nachher angebrachten Wundpflastern. Aber da ist er fast noch weniger zu erkennen.«

Der Onkel hatte auch die Eigenheit, an seiner Hose hinten in etwa Hüfthöhe zwei Knöpfe anbringen zu lassen, in die geknöpft er ein flaches Kissen trug, sodaß er stets, wo immer er sich auch niedersetzte, weich saß. Das letzte dieser Kissen hing unter dem erwähnten Porträt. Es war mit goldenen Lilien bestickt, denn die Rothelins waren königlichen, wenngleich leider illegitimen Blutes des Hauses Valois, »älter als die Bourbonen!«, wie George betonte.

An sich hatte Grand-Oncle Sosthène-Armand testamentarisch verfügt, daß alle Onslows – unter Androhung des Verlustes des Erbes – in Zukunft solche Kissen tragen müssen. Eine Eingabe beim Vatican aber habe die Familie von dieser Verpflichtung entbunden. Hier wäre, verehrter Hofrath, womit ich zum Ende meines Briefes gelange, informativer anzufügen, daß der Vater Onslow bei seiner Entweichung aus England nach Frankreich in den römischen Glauben hineingewichen und die Familie dabei geblieben ist.

Chevalier Edouard Amable de Onslow, der Maler, verließ uns schon kurz nach meiner Ankunft, denn er war nach Lyon gerufen worden, wo er die Überreste einer Brandkatastrophe im Bilde festhalten soll, wie überhaupt er stark beliebt für die Darstellung von Unglücksfällen ist, sich förmlich darauf spezialisiert hat. So hat er schon zahlreiche Schiffsuntergänge, Vulkanausbrüche, Folgen von Erdbeben und die mit Recht berühmte Heuschreckenplage von 1822 in Portugal in sehr beliebten und in Kupferstichen verbreiteten Bildern festgehalten.

Und auch ich werde leider bald das gastliche Haus des liebenswürdigen Herrn von Onslow verlassen und versäume dadurch leider die für übernächste Woche angekündigte Ankunft eines Herrn Vallon-Herbeux, der einen singenden Affen mit sich führt.

»Wollen Sie sich so was anhören, cher George?« fragte ich.

»Man soll sich alles anhören«, sagte er, »wer weiß, ob nicht die Musik bald diese Wege geht.«

So verbleibe ich, geschätzter Herr Hofrath, Ihr stets in Hochachtung verbundener etc. etc.

reisender Musikenthusiast

Wie ein Meisterwerk entsteht

Kunst ist ein Zauber. Zaubern, wirkliches Zaubern, also nicht die bei geeigneter Begabung beherrschbare Taschenspielerei, ist nicht erlernbar. Das habe ich bis zu jenem Tag in der Galerie in der Via Tor Millina in Rom gemeint. Dort habe ich erfahren, daß man es doch lernen kann: das Zaubern eines Meisterwerkes.

Jene Galerie in der Via Tor Millina muß früher ein Gemischtwarenladen oder Ähnliches gewesen sein. Die Via Tor Millina ist eine kurze, schmale Straße, die von der Piazza Navona nach hinten zur Anima führt: Santa Maria dell'Anima, die deutsche Nationalkirche. Piazza Navona ist natürlich beste Gegend, aber bald dahinter fällt die Qualität ab, und dort sind dann die Gemüseläden und Fahrradreparaturwerkstätten wirklich noch Gemüseläden und Fahrradreparaturwerkstätten, in der Via Tor Millina ist man da grad' noch an der Kippe und kann also eine Galerie einrichten. Wie sie hieß, weiß ich nicht mehr. Es war eine Galerie für stark moderne Kunst.

Ich war zufällig mit einem Freund, wie oft in jenen Jahren, für ein paar Tage oder auch ein, zwei Wochen in Rom, und in jener Galerie arbeitete der Sohn eines guten Freundes, machte quasi sein Praktikum als Galerist, inzwischen hat er selbst eine Galerie in New York. Jetzt werden wohl dort Kunstwerke gezaubert.

Die Kunst überzieht die Welt mit ihrem Zauber. Niemand weiß, was Kunst ist, aber jeder kann sich vorstellen, wie die Welt ohne diesen Zauber aussähe.

Der Sohn des Freundes lud uns zu einer Vernissage ein. Man kennt Vernissagen, sie sind, vermute ich, in aller Welt gleich, jedenfalls dort waren sie gleich, wo ich je auf einer Vernissage war. Zum Beispiel in Berlin. Das ist eine Abschweifung und hat nichts mit meiner Kunst-Zauberlehre in der Via Tor Millina zu tun. Berlin-Kreuzberg. Durch Zufall, durch Bekannte erfuhr ich von dieser Vernissage. Das legendenumwobene Kreuzberg kannte ich noch nicht. Es war so, wie ich es mir vorgestellt hatte. Die Galerie, die ich lieber in Anführungszeichen setzen sollte, befand sich im Block des zweiten Hinterhofes im dritten Stock. Wir waren zu früh dran, das heißt rechtzeitig zu der Uhrzeit, die auf der Einladung stand. Vernissagegäste kommen immer erst später, weil erfahrungsgemäß einige Reden gehalten werden, bevor das Buffet eröffnet wird. Das besteht allerdings meist auch nur aus Salzstangen und der Rache Italiens: dem Prosecco. Pünktlich ist immer nur der Galerist, eventuell mit Begleiterin, und der Künstler mit Begleiterin. In diesem Fall in Kreuzberg auch wir, also.

Die Galerie bestand aus zwei großen Zimmern, die Exponate aus etwa sechs großformatigen Bildern pro Zimmer. Was auffiel, war, daß die Bilder alle nicht nur das gleiche Format hatten, sehr groß, wie gesagt, sondern auch alle das gleiche Motiv: Ein Tisch schräg von oben mit einem Photoapparat, in der Tischmitte liegend. Nur die Farben wechselten etwas; manchmal war der Tisch mehr ins Violette spielend, der Photoapparat grünlich, manchmal der Tisch grau, der Photoapparat orange und so fort. Alles etwa in der damals aufkommenden Manier der »jungen Wilden« gehalten, also mit schrägen Strichen von starkem Pinsel hingeworfen.

Der Meister und der Galerist waren dann, als später mehrere andere Gäste kamen, ängstlich bemüht, die Leute von den Bildern fernzuhalten. »Vorsicht – bitte nicht zu nahe – bitte nicht anlehnen.«

»Es war nämlich so«, flüsterte mir der Galerist auf meine Frage zu, »daß heute Donnerstag ist.« »– ? –« »Ja, und die Ausstellung war mit ihm (er nannte den Namen, den ich aber jetzt vergessen habe) schon seit einem halben Jahr vereinbart. Am Dienstag habe ich ihn angerufen und gefragt, wann wir hängen. Er hatte Termin und Ausstellung vergessen.« Seine Stimme wurde noch leiser. »So sind sie, die Maler. Nun – was tun? Er hatte im Moment kein einziges Bild im Atelier. Also malte er die ganze Ausstellung am Mittwoch, das heißt gestern, in einem Zug herunter, und es fiel ihm eben nichts anderes ein als sein Photoapparat auf seinem Tisch. Und so sind die Bilder natürlich noch feucht. – Vorsicht! Vorsicht! Bitte nicht zu nahe an die Bilder …«

In der Ausstellung in der römischen Galerie in der Via Tor Millina waren die Bilder nicht mehr feucht. Die Ausstellung galt nicht nur einem, sondern, wenn ich mich recht erinnere, drei oder vier Künstlern, die Zentralsonne allerdings war ein ganz großer Meister aus New York, ich nenne den Namen nicht, nur soviel: Es war ein ganz, ganz großer Name der extrem modernen Kunst. Einer der zehn Sterne am Himmel der Progressivität. Und aus New York. Ein signiertes angebissenes Keks von ihm kostet unter Brüdern zehntausend Dollar. Diese Größenordnung also.

Die eine Wand bedeckte ein etwa zwei mal drei Meter großes Bild des New Yorker Halbgottes.

»Er hat es«, sagte der Galerist, »extra für diese Ausstellung geschaffen.«

»Oh ...«

»Und zwar hier an Ort und Stelle.«

»Nicht möglich – ist der Meister hier?«

»Nein, nein, das nicht, das nicht ...«

»Ist er schon wieder abgereist?«

»Nein, nein. Das nicht, nein, nein.«

»Ja, aber wie ...«

»Per Telephon.«

Der Meister und Halbgott hatte verfügt, daß eine Leinwand der entsprechenden Größe aufgehängt werde, dann mußten alle Angestellten der Galerie, der Galerist selbst sowie seine Frau antreten und jeder einen Farbstift in die Hand nehmen: der eine rot, der andere blau, der dritte gelb und so fort. Dann – es rief natürlich nicht der Meister an aus New York, der Galerist mußte zurückrufen – gab der Meister seine Anweisungen: Der mit dem roten Stift Striche links oben, bis er sagte »fertig«, und »jetzt der mit dem blauen Stift weiter« – hörte das Kratzen durchs Telefon, »jetzt gelb!« – »jetzt schwarz!« – »halt, genug, jetzt wieder rot« – bis die Leinwand voll war.

Die Signatur faxte er, die wurde dann durchgepaust. Für den besonders günstigen Preis, sagte der Galerist, der nur heute bei der Vernissage gilt, könne ich das Bild haben. Eine Million Dollar.

Bilder – Zauberlehrling. So lernte ich Bilder zaubern. Der geneigte Leser braucht nur bei mir anzurufen.

Der Positive

»Man muß immer das Positive sehen, sage ich immer, das ist meine Meinung, ganz offen gesagt, meine Meinung, man muß immer das Positive sehen, wo käme man sonst hin.« Er war ungefähr sechzig Jahre alt, hatte so gut wie keine Haare mehr und schwitzte, obwohl es im Lokal nicht sehr warm war.

»Ich habe«, sagte er, »in meinem Leben immer nur das Positive gesehen, immer. Wo wären wir denn sonst hingekommen. Wer nicht das Positive sieht, der ist verratzt, sage ich Ihnen; das ist meine Meinung, ganz offen gesagt. Wenn ich etwas im Leben nicht leiden kann, dann einen, der immer das Negative sieht. Das Negative bringt einen um, das ist meine offene Meinung.«

»Was ist das Positive?« fragte ich.

»Das Positive«, sagte er, »das Positive ist ganz einfach, das ist das Aufbauende im Leben. Das Positive ist das, sage ich immer, woran man glauben muß. Das ist das Positive. *Ich* habe immer, da können Sie Gift drauf nehmen, das Positive gesehen. Immer.«

»Prost!« sagte ich.

»Prost!« sagte er, trank das Weißbier aus und hielt das Glas, ohne sich umzudrehen, nach hinten der Kellnerin hin, die es im Vorbeigehen mitnahm.

»Gehört«, fragte ich vorsichtig, »das Weißbier zum Positiven im Leben?«

»Wie bitte?«

»Ich meine«, sagte ich, »ich überlege, ob zum Beispiel das Weißbier zum Positiven gehört, an das man glauben muß, oder eher zum Negativen.«

»Der Arzt hat mir natürlich das Weißbier verboten«, sagte er mit etwas weniger lauter Stimme, »das Bier überhaupt, im Vertrauen gesagt. Aber ...« Er schüttelte den großen, runden Kopf. Gut sechzig Jahre alt schätzte ich. Was seine Kahlheit anbetrifft, hatte ich mich getäuscht. Er nahm sein Taschentuch und wischte sich über Stirn und Kopf. Dabei sah ich, daß er wohl schon Haare hatte, allerdings sehr dünne und fahlgelbe – vielleicht waren sie auch grau. Er schüttelte den Kopf.

»Ich trink' auch normalerweise quasi kein Bier mehr. Ich halte mich an die Vorschrift des Arztes. Muß ich ja. Wenigstens so lange, bis die Rente durch ist.«

Die Kellnerin brachte ihm ein neues Weißbier und machte den sechsten Strich auf den Bierfilz.

»Sie gehen in Rente?« fragte ich.

»Logisch«, sagte er. »Ich bin doch nicht blöd und zahl' mich krumm. Logisch.«

»Arbeit gehört eher zum Negativen?« fragte ich.

»An und für sich«, sagte er, »arbeite ich ja gern. Ich bin Omnibusfahrer, habe ich Ihnen das schon gesagt?«

»Nein«, sagte ich.

»An und für sich, das sage ich ganz offen, arbeite ich gern. Als Omnibusfahrer bin ich quasi fast ein freier Mensch. Schauen Sie her – bist du auch Omnibusfahrer?«

»Nein«, antwortete ich.

»Hab' ich mir schon gedacht, weil ich dich ja sonst,

respektive Sie sonst wahrscheinlich kennen würde. Der Omnibusfahrer«, sagte er, »ist quasi fast ein freier Mensch. Wie ich noch Metzger war – ich bin gelernter Metzger, müssen Sie wissen –, wie ich noch Metzger war, da war ich kein freier Mensch. Aber jetzt schon. Als Omnibusfahrer.«

Er trank etwas mehr als die Hälfte seines Weißbieres in einem Zug. Sein Hemd war weit offen. Er schwitzte. Ich schätzte ihn, so im Sitzen, auf einen Meter neunzig. Sein Hintern quoll über den Stuhl.

»Ein Metzger, zum Beispiel, muß immer früh aufstehen, und dann geht er immer in die gleiche Metzgerei – außer er kündigt, logisch, dann muß er später in eine andere Metzgerei, wenn Sie verstehen, was ich meine. Das ödet einen doch an. Immer in die gleiche Metzgerei, immer der gleiche Chef, immer die gleichen Leute, jahrein – jahraus. Anödend. Als Omnibusfahrer – ich bin städtischer Omnibusfahrer, ich fahre normalerweise den 54er, also jetzt noch, solange die Rente noch nicht durch ist – aber ich fahre auch den 112er, den 250er, den 244er, ich hab' sogar schon den 72er und den 73er gefahren ...«

»Das ist natürlich abwechslungsreicher«, entgegnete ich.

»Logisch«, sagte er. »Und schauen Sie her: Wie ich noch Metzger war, bevor ich mich also quasi umschulen hab' lassen, da war ich angehängt von sieben in der Früh bis viere nachmittags. Jeden Tag. Ein Metzger«, er hob die Stimme, »ein Metzger zum Beispiel kann praktisch nur nach Feierabend ins Wirtshaus gehen. Und die Alte – also meine Frau, meine Geschiedene, wenn Sie verstehen, was ich meine –, die hat natürlich gewußt, wann ich Feierabend habe. Damals war sie ja noch nicht meine Geschiedene.

Und dieses Geschrei, wenn man nicht rechtzeitig zum Essen gekommen ist. Aber abgesehen davon, daß sie mir jetzt als Geschiedene natürlich nichts mehr zum sagen hat, gehe ich ins Gasthaus, wann ich will. Das ist der Vorteil vom Schichtdienst. Heute zum Beispiel – wie spät ist es jetzt?«

»Halb elf«, sagte ich.

»Eben – halb elf. Um eins fang ich an.« Er trank die restliche Hälfte seines Weißbieres aus und hielt das Glas wieder nach hinten. »Um eins fang' ich an. Erst fahre ich den 54er, dann muß ich ausnahmsweise auf dem 53er einspringen, weil der Kollege Klein, der Max – kennen Sie ihn? – nein, weil der krank geworden ist. Wann kann zum Beispiel ein Metzger um halb elf vormittags in die Wirtschaft gehen? Nie. Außer natürlich am Sonntag. Aber da sollten Sie die Alte hören – nein, nein. Schichtdienst ist das Optimale, sage ich Ihnen, das ist meine ganz offene Meinung. Ich kann Ihnen nur raten: Schichtdienst. Und die Gastwirtschaften sind nie so voll um die Zeit. Obwohl, selbstverständlich habe ich meine Stammplätze in den Wirtschaften …«

Die Kellnerin brachte ein frisches Weißbier und machte den siebten Strich.

»Ich habe vier Stammwirtschaften. Es gibt natürlich Kollegen, die haben nur eine einzige Stammwirtschaft. Aber wer mag denn das, frage ich Sie. Das ist doch keine Abwechslung. Das ödet einen doch an. Ich habe vier Stammwirtschaften. Hier«, sagte er und deutete auf den Fußboden mit einer strammen Geste, als wolle er einen Hund bei Fuß rufen, »hier im ›Sedanhof‹, da bin ich schon lang, schon jahrelang, hier war ich schon zu der Zeit, wo sie Postbräu Thannhausen ausgeschenkt haben, ja, ja – leider hat's dann Spaten übernommen, Postbräu Thannhausen war mir lieber – aber Spaten geht auch. Dann im ›Alten Wirt‹ in Haidhausen … Augustiner, immer vom Faß! … Und dann in der ›Eiche‹ in der Heheisl-Straße, da wird Schloßbrauerei Furth ausgeschenkt, und dann natürlich draußen in Meising im ›Angermayer‹ – da treffen sich die Angler. Die führen Klosterbräu Andechs. Ich bin natürlich Angler. Prost!«

»Prost!« sagte ich.

»Die Kartoffelsuppe im ›Angermayer‹ ist unerreicht, sag' ich Ihnen. Hier«, er deutete auf den Boden, senkte dabei aber die Stimme, »hier ist die Küche nichts Berühmtes. Aber der ›Alte Wirt‹ hat eine Metzgerei – nur zu empfehlen. Die Schlachtschüssel! Nur zu empfehlen. Von Gastronomie versteh' ich was, als ehemaliger Metzger, als gewesener. Aber im Grunde genommen bin ich ja immer noch Metzger. Nur umgeschult. Man verlernt das nicht. An und für sich war ich gern Metzger. Leberwürst' und auch Blutwürst' – mein letzter Chef, ein gewisser Derendinger, von Moosach – Sie kennen ihn nicht? Nein? An und für sich hat er mich sehr ungern gehen lassen, aber er hat es natürlich eingesehen, weil ich mich ja umschulen hab' lassen, aber ungern gehen lassen hat er mich schon, an und für sich, mein letzter Chef – also mein letzter Chef als Metzger … was wollt' ich jetzt sagen?«

»Blut- und Leberwürst'«, sagte ich.

»Ach ja. Blut- und Leberwürst'. Niemand, hat mein letzter Chef gesagt, der Derendinger, niemand hat so gute Leberwürst' gemacht wie ich; und auch Blutwürst'. An und für sich war ich gern Metzger. Aber der Schichtdienst ... das ist das Optimale. Natürlich haut es einen manchmal recht herum, wenn die Schichten ungünstig liegen – aber der Schichtausgleich und der Ausgleich für Nachtfahrten – da kommen oft drei, vier Tage zusammen, an einem Stück. Praktisch ein Urlaub. Natürlich hat man oft am Samstag Dienst und am Sonntag. Aber, frage ich Sie: Es ist doch anödend sonst so am Sonntag? Die Wirtschaften sind bummvoll, und am Maisinger Weiher treten sich die Angler gegenseitig auf die Füß' – nein, nein. Ich geh' lieber am Werktag angeln. Da bin ich oft mutterseelenallein am Weiher. Und wenn ich ein paar Tag' Schichtausgleich habe, dann fahr' ich heim – ich stamme nämlich aus Burghausen – fahr' nach Burghausen, wo ich herstamme, und helf' bei mei'm Bruder aus. *Burgwirt* – kennen S' nicht? Nein? Man verlernt das nicht, wenn man es einmal gelernt hat. Einen Hunderter oder zwei schiebt er mir dann schon über den Tisch herüber, der Bruder. Abgesehen davon das Fleisch, ein paar schöne Stück' gibt er mir mit. Davon sag' ich der Alten natürlich nichts, also meiner Geschiedenen. Therese heißt sie, respektive hat sie geheißen, beziehungsweise heißt sie noch, logisch, heißt sie noch. Also, vom Geld sag' ich ihr nichts. Ab und zu bring' ich ihr und den Kindern aber ein paar Stück' Fleisch mit. Da lass' ich mich nicht lumpen. Da will ich mich nicht anschauen lassen. Oder eine schöne Schweinsleber. Oder eine Milz. Bloß vom Geld sag' ich der Therese natürlich nichts. Blöd werd' ich sein. Oder wenn ich vom Angeln komm', einen Fisch. Ehrlich gesagt, am liebsten bring' ich ihr die Fisch! Ich mach' mir nichts aus Fisch. Ich angle sie lieber, als daß ich sie eß'.«

»Sie sind nicht wieder verheiratet?« fragte ich.

»Ich? Ich wieder verheiratet? Danke bestens. Einmal genügt. Ich leb' bei meiner Mutter.«

»Sehr schön«, sagte ich.

»Ja, ja«, sagte er, »sehr schön. Zwar sind alle Weiber gleich, sage ich Ihnen, auch die Mutter. Aber eine Mutter traut sich weniger zu sagen, logisch. Die kümmert sich überhaupt nicht darum, wann ich ins Wirtshaus geh' und wann nicht, und ob ich zum Angeln geh' – da gibt's keinen Streit, überhaupt nicht. Also, offen gesagt, am Anfang, wie ich zu meiner Mutter zurück bin, nach der Scheidung, also, genauer gesagt, nach der Trennung – die Scheidung war dann erst später, logisch –, am Anfang hat meine Mutter anfangen wollen zu motzen: ›Kommst wieder so spät zum Abendessen?‹ und so fort – wie die Theres'. Aber da hab' ich sofort gesagt: Mamma! hab' ich gesagt. Seitdem sind klare Verhältnisse. Na ja. Zweiundsechzig wird die Mamma nächstes Jahr.«

»Zweiundsechzig?« fragte ich.

»Ja – wieso? Natürlich zweiundsechzig. Sie ist aber noch sehr rüstig, förmlich jugendlich. Ja, ja.« Er beugte sich nahe zu mir. Er roch nach Schweiß. »Sie hat sogar einen Bekannten.« Er beugte sich wieder zurück. »Ich hab' da nichts dagegen. Warum soll sie nicht auch noch ihre Freude haben? Der Papa ist ja schon zehn Jahre tot und – na ja, sie ist ja noch förmlich jugendlich. Ich hab' da nichts dagegen. Man muß das moralisch nicht so eng sehen. Heutzutage nicht mehr. Und: Angler ist er auch. Obwohl – er, also der

Bekannte von der Mama, geht mehr nach Dachau hinaus und so weiter, ich mehr zum Maisinger Weiher – aber er ist auch Angler. Wenn meine Rente durch ist, hab' ich ja dann mehr Zeit. Da geh' ich dann vielleicht auch mit ihm nach Dachau angeln. Gellhorn heißt er. Kennen Sie ihn? Nein? Hätte ja sein können. Er war früher Maschineneinsteller bei der Südbremse. Jetzt ist er schon auf Rente. Einmal in der Woche übernachtet er bei der Mama. Ich hab' da moralisch nichts dagegen. Sie ist schließlich ein erwachsener Mensch.«

»Wie alt sind Sie denn?« fragte ich.

»Vierzig«, sagte er. »Im Mai war ich vierzig.« Er trank sein Weißbier aus und hielt das Glas hinter sich. »Wie spät ist es?«

»Halb zwölf«, sagte ich.

»Halb zwölf«, sagte er. »Da hab' ich ja noch Zeit. Um eins fang' ich an. Monika!« rief er.

»Ja«, sagte die Kellnerin, die auch jetzt das Bierglas nahm, aber stehenblieb.

»Ist ein Tellerfleisch da?«

»Glaub schon«, sagte sie und ging.

»An und für sich«, sagte der Omnibusfahrer, »ist die Küche hier nichts Berühmtes. Aber es rentiert sich nicht, daß ich noch in den ›Alten Wirt‹ fahr'. Und am Tellerfleisch können's nicht viel verderben. Sofern es sich um ein ordentliches Tellerfleisch handelt. Aber der Wirt hier weiß schon, daß ich was versteh' davon. Der traut sich nicht, mir ein minderes servieren zu lassen.«

»Und Ihre Frau«, fragte ich, »respektive Geschiedene: Ist die wieder verheiratet?«

»Ob *die*?« sagte der Omnibusfahrer. »Gehen S' weiter. Wer soll denn die nehmen. So blöd ist doch keiner.«

»Aber *Sie* haben sie doch einmal genommen?«

»Eine dumme Kuh. Kriegt *fünf* Kinder hintereinander. Als ob nicht eins langen tät'. Oder zwei. Kriegt *fünf* Kinder. Das dumme Luder. Zum Glück haben wir dann eine Sozialwohnung gekriegt. Vier Zimmer, Küche, Bad. Aber *fünf* Kinder! Haben *Sie* fünf Kinder? Nein. Dann wissen Sie nicht, wie das ist. Die Sozialwohnung war an und für sich geräumig. Aber fünf Kinder! Drei Mädchen, zwei Buben. Da darfst blechen. Aber von dem Nebenverdienst … das muß unter uns bleiben … da sag' ich natürlich nichts. Die käm' sofort! Sofort käm' die. Das dumme Luder. Drum geh' ich ja auch auf Rente. Sonst blut'st ja praktisch aus, finanziell gesehen, meine ich. Da ist die einzige Möglichkeit: auf Rente gehen. Dann schaut's mit dem Ofenrohr ins Gebirg'. Von der Rente kann sie nichts pfänden. Oder wenig. Und wenn ich nur dreimal im Monat nach Burghausen zum Schlachten fahr', dann stell' ich mich besser als jetzt. Und ich geh' vier- oder fünfmal! Möglicherweise zieh' ich wieder für ganz hin nach Burghausen. Kann leicht sein. Dort kann man *auch* fischen. Sehr gut sogar!«

Die Kellnerin brachte das Tellerfleisch und ein neues Weißbier, machte den achten Strich auf den Bierfilz.

»Und ist das so einfach«, fragte ich, »auf Rente gehen? In Ihrem Alter?«

»Einfach nicht ganz«, sagte er, »aber weil ich ja den Infarkt gehabt habe vor zwei Jahr'. Drum soll ich ja kein Bier trinken. Auch nicht rauchen. An und für sich trink' ich ja auch kein Bier. Das geht schon durch mit der Rente, hat der Vertrauensarzt gesagt. Und dann bin ich ja sehr viel an der frischen Luft – als passionierter Angler. Aber jetzt muß ich essen. Entschuldigen S'. Um eins fangt mein Dienst an. Auf dem 54er. Prost.«

*

»So«, sagte der Rechtsanwalt, »setzen Sie sich nur hin, liebe Frau … Frau …«

»Polzinger«, sagte die Frau.

»Frau Polzinger. Es tut mir leid, daß Sie ein wenig warten haben müssen – aber …«

»Macht nichts, Herr Doktor«, sagte Frau Polzinger, »mein Dienst fängt ja erst abends an, um sechse. Bis dahin hab' ich Zeit.«

»Sie arbeiten?«

»Ja natürlich, Herr Doktor. Sonst käm' ich ja nicht herum mit dem Geld. Fünf Kinder … Sie wissen ja.«

»Ja, ja, ich weiß.« Der Rechtsanwalt blätterte in den alten Akten: »›Polzinger ./. Polzinger wegen Ehescheidung‹. Es ist ja damals alles recht schnell und schmerzlos gegangen.« Frau Polzinger sagt nichts. »Oder – ich meine das selbstverständlich nur juristisch. ›Schmerzlos‹, mein' ich: ohne Streitereien. Daß Ihnen, natürlich …«

»Nein, nein«, sagte Frau Polzinger, »schon eher schmerzlos. Ich war ja im Grunde genommen froh, daß er weg ist.«

»Na ja – so gesehen …«, der Rechtsanwalt klappte den Aktendeckel mit Patentleichtmetallvorrichtung für die Hängeregistratur zu und setzte die Lesebrille ab. »Und worum dreht es sich jetzt? Zahlt er nicht?«

»Doch – er zahlt schon, ungern zahlt er …«

»Wer zahlt schon gern.«

»Darum dreht's sich gar nicht, Herr Doktor, ich komm' schon aus mit dem Geld. Für mich selbst will ich ja auch gar nichts, ich arbeit' ja …«

»Was arbeiten S' denn?«

»Als Bedienung in der ›Sängerwarte‹, wenn S' das Lokal vielleicht kennen? In Laim?«

»Das Lokal kenne ich nicht. In Laim – sagen Sie? Und Sie wohnen in Neu-Perlach … das ist ja am anderen Ende von der Stadt?«

»Ja mei, Herr Doktor, man kann sich's nimmer so aussuchen, heutzutag'.«

»Da fahren Sie ja zwei Stunden – von Neu-Perlach bis Laim in die ›Sängerwart‹.«

»Nein, nein – zwei Stunden nicht, höchstens eineinhalb. Wenn ich mit dem Radl fahr, dann bin ich in einer Stunde dort, aber das geht natürlich nur im Sommer. Im Winter geht das nicht.«

»Und da arbeiten Sie jeden Tag?«

»Selbstverständlich jeden Tag – außer am Mittwoch natürlich, am Mittwoch ist Ruhetag, das ist günstig, weil andererseits am Mittwoch der Herr Doktor Völker keine Sprechstunde hat, der Tierarzt, und da putze ich.«

»Bitte?«

»Da putze ich die Praxis. Das ist nicht so weit weg, das ist nur in Bogenhausen, da bin ich mit dem Radl in zwanzig Minuten dort, beim Tierarzt Dr. Völker – das ist sozusagen mein Erholungstag, der Mittwoch …«

»Und sonst arbeiten Sie immer als Bedienung?«

»Freilich, in der ›Sängerwarte‹.«

»Samstag, Sonntag, immer?«

»Natürlich. Am Samstag und Sonntag fang ich sogar schon um elf Uhr vormittags an, sonst immer erst um sechse.«

»Und wie lang?«

»Na, bis abgerechnet ist und dann noch aufgeräumt, und die Bierkrüge müssen auch noch gespült werden …, so halb eins, eins wird's schon. Und dann das ewige Getu' mit die Schafkopfer – ich sag' Ihnen. Herr Doktor, die sitzen und sitzen und hören nicht auf. ›Theres!‹ schreien's noch um halb eins. ›Theres'! Noch ein Bier …‹, und da hören S' vielleicht Ausdrücke, wenn ich sag: der Schankbursch hat schon Kassa gemacht … ›Da bringst eine Flasche!‹ schreien sie. Was willst machen – die spiel'n halt so gern Schafkopf, und der Wirt, also der Chef, sagt: ›Das ist Ihre Sache, Theres' – die Sperrstunde durchzusetzen ist Ihre Sache, ich mische mich da nicht ein.‹ Er hat natürlich Angst, der Wirt, daß die Gäst' woanders hingehen schafkopfen. So, wenn er sich nicht einmischt, wie er sagt, kann er's auf mich schieben. Dabei kann ich Ihnen sagen, auf die Schafkopfer verzicht' ich gern … was die konsumieren? Kaum der Rede wert. Erstens trinken's nur, essen so gut wie gar nicht, höchstens einmal eine Wurstplatte oder ein Lachsbrot – das bringt nichts, auch trinkgeldmäßig nicht – na ja … aber ich sag' mir eben, das gehört zum Beruf. Und inzwischen hab' ich schon meine Technik. Um zwölfe kassier' ich ab, eisern, dann stell' ich die Stühl' auf die Tische, und um sie herum auch – das ist ihnen dann schon ungemütlich – und dann lösch' ich nacheinander die Lampen aus … na ja, dann schreien's zwar, und dann heißt es: ›Der Alte gibt die letzte Runde …‹, und dann machen's schon mit der Zeit Schluß. Aber halb eins wird's schon oder eins.«

»Das sind ja …« – der Rechtsanwalt tippte auf einem Taschenrechner – »vierzehn Stunden?!«

»Ja, nur am Samstag und Sonntag. Sonst nicht. Und dann sind ja auch ruhigere Zeiten dazwischen. So von zwei bis viere nachmittags, da setz' ich mich oft sogar hin ein bißchen in der Küche … und das Trinkgeld ist schon nicht schlecht – die Bezahlung an sich kann man vergessen, der Wirt, der Chef also«, Frau Polzinger machte eine wegwerfende Handbewegung, »der meint, daß es eher eine Ehre ist, wenn man in der ›Sängerwarte‹ arbeiten darf … aber das Trinkgeld – das sind an einem Wochenende oft über hundert Mark.«

»Sind Sie dort«, fragte der Rechtsanwalt vorsichtig, »angemeldet? Mit Steuerkarte und so?«

Frau Polzinger machte eine beruhigende Geste: »Nein, nein. Das ist alles rein netto für mich. Nein, nein – das mag der Wirt, also der Chef, nicht. ›Theres'‹, hat er gesagt, ›das ist mir alles viel zu umständlich. Diese Abrechnerei!‹ hat er gesagt, ›wir arbeiten doch schließlich nicht fürs Finanzamt.‹ Nein, nein, Herr Doktor, das geht alles unter der Hand. Ich muß halt schnell verschwinden für eine halbe Stunde, wenn der Gewerbeinspektor kommt. Aber der kommt höchstens alle zwei Monat', und zum Glück ist der Hausmeister vom Gewerbeamt Stammgast, das ist einer von denen Schafkopfern, Grübinger heißt er, der weiß immer im voraus, wann der Gewerbeinspektor kommt – drum wird dem Grübinger auch das Bier nicht berechnet … also fünf

Maß am Tag. Was über fünf Maß geht, muß er zahlen. Aber mehr trinkt er kaum.«

»Und was machen Ihre Kinder in der Zeit, in der Sie arbeiten? Wie alt sind denn die Kinder jetzt?« Der Rechtsanwalt machte die Scheidungsakte wieder auf und blätterte.

»Die Kinder sind daheim, natürlich.«

»Hm«, sagte der Rechtsanwalt, »neunzehn, achtzehn, fünfzehn, vierzehn und elf …«

»Ja, die Susi, die zweitälteste, ist sehr brav. Die kocht. Die kocht ausgesprochen gern. In der Schule hat sie sich schwergetan, aber kochen tut sie gern. Die schaut auch auf die Buben.«

»Drei Mädchen und zwei Buben?«

»Ja, ja«, sagte Frau Polzinger.

»Therese, Susanne, Gabriele, Andreas und Stephan …«

Frau Polzinger seufzte. »Die Resi, also die Therese …«

»Die beiden jüngeren sind noch in der Schule?«

»Ja, und die Gabi ist im letzten Schuljahr, die macht jetzt dann ihren Quali.«

»Ihren was?«

»Den Quali … qualizi … qualizif …«

»Qualifizierten …?«

»Ja, genau: den qualifizierten Hauptschulabschluß. Den Quali halt – also wir *hoffen*, daß sie ihn schafft.«

»Und die beiden ältesten sind in der Lehre?«

»Freilich.« Frau Polzinger seufzte. »Die Susi ist ja sehr brav. Das heißt, sie bemüht sich. Beim Siemens habe ich sie untergebracht. Was gar nicht einfach war mit ihre Noten – sie ist eben mehr praktisch veranlagt. Aber die Resi …

ich sag' Ihnen, Herr Doktor, die kommt mehr auf den Vater heraus. Die dritte Lehrstelle. Ich kann Ihnen da was flüstern, mein lieber Scholli! Und so ein Mundwerk. Das läßt sich natürlich kein Chef gefallen. Und meinen Sie, die rührt einen Handstreich, wenn sie heimkommt? Wenn sie *überhaupt* heimkommt.«

»Die hat wahrscheinlich schon einen Freund …«

»Einen? Daß ich nicht lach'. Aber ich hab' aufgehört, mich darüber zu ärgern. Wenn sie nur die Pille nimmt, denk' ich mir. Sonst ist sie ja eh' volljährig. Neulich, wo sie sich im Stiegenhaus nackert ausgezogen hat – da hab' ich ihr doch noch eine Watschn gegeben – obwohl sie volljährig ist. Zieht sich die in ihrem Suri im Stiegenhaus nackert aus. Sie hat gemeint, hat sie nachher gesagt, hat sie nachher in aller Seelenruhe gesagt, sie hat gemeint, sie ist schon im Bad. Zieht sich pudelnackert aus im Stiegenhaus … also zum Glück hat das niemand gesehen, es war schon halbe drei in der Früh – nur die Frau Wanitschek hat natürlich beim Spion herausgeschaut, die alte Wanitschek, wo immer so fromm tut, ausgerechnet – doch da ist auch nicht alles Gold, was glänzt, kann ich Ihnen sagen … die Tochter von der Frau Wanitschek! – na ja, Schwamm drüber – ich habe mich jedenfalls am nächsten Tag bei der Frau Wanitschek entschuldigt. Ich hab' sie gebeten, daß der Vorfall unter uns bleibt – ich tät' mich ja vor den anderen Hausbewohnern in Grund und Boden genieren …«

»Ja, liebe Frau Polzinger«, der Rechtsanwalt schaute auf die Uhr, »wir müssen langsam auf den Kern der Sache kommen. Worum dreht es sich? Ich nehme an, daß Sie mehr Geld von Ihrem geschiedenen Mann wollen?«

»Nein«, sagte Frau Polzinger, »darum dreht es sich nicht. Es dreht sich nur darum: Gibt es eine Möglichkeit, daß sich mein geschiedener Mann um die Kinder, ich meine, daß er ab und zu ... ehrlich gesagt, im großen und ganzen sind sie ja brav, wenn man einmal abrechnet, daß die Resi – aber wo es ihr jetzt auf der neuen Lehrstelle gefällt, endlich ... weil ich halt doch nicht immer daheim bin – und da tu' ich mir natürlich schwer ... mit die Hausaufgaben, und wo doch die Gabi jetzt den Quali machen soll, und der Andy, fürcht' ich, bleibt auch sitzen ... ob man ihn, also den Polzinger, meinen geschiedenen Mann, nicht irgendwie ... veranlassen kann, daß er sich drum kümmert ... ein bißchen ...?«

»Ach so«, sagte der Rechtsanwalt. »Hm. Das Sorgerecht haben natürlich Sie.«

»Ja, schon. Aber der *Vater* bleibt er dabei doch, oder nicht?«

»Schon. Hm. Sie müßten halt mit ihm reden, wenn er die Kinder besucht. Oder besuchen die Kinder *ihn*?«

»Wer ...? Wie ...?«

»Besucht er die Kinder nicht? Wir haben doch«, der Rechtsanwalt blätterte in der Akte, »eine ausführliche Besuchsregelung vereinbart, damals, grad' darauf schien ihr Mann so großen Wert zu legen ...«

»Ja, schon«, sagte Frau Polzinger, »anfangs ist er schon gekommen. Später nicht mehr.«

»Überhaupt nicht mehr?«

»Ab und zu, wenn er vom Angeln kommt und er fährt durch Neu-Perlach durch, dann bringt er einen Fisch.«

»Wie oft ist das?«

»Na ja ... so alle zwei Monat' schon.«

Der Rechtsanwalt schaute in die Akte, las aber nicht.

»So«, sagte er dann. »So ist das also.«

»Ja«, sagte Frau Polzinger. »Kann man da nichts machen? Juristisch, meine ich?«

Der Rechtsanwalt schüttelte den Kopf. »Guten Willen kann man nicht einklagen. Leider.«

»Ja dann«, sagte Frau Polzinger und stand auf. »Was bin ich Ihnen schuldig?« fragte sie. Der Rechtsanwalt schaute schmerzlich auf seine Uhr, dann rang er sich ab: »Lassen Sie's gut sein.«

»Danke, Herr Doktor«, sagte Frau Polzinger, »auch wenn man nichts machen kann ... Dank' schön, dann. Es wär' halt hauptsächlich wegen dem Kleinsten, der Bub wacht manchmal in der Nacht auf ...«

»Entschuldigen Sie, Frau Polzinger«, sagte der Rechtsanwalt und deutete auf seine Armbanduhr, dann auf den Aktenstoß auf seinem Tisch.

»Ach so, ja, natürlich«, sagte Frau Polzinger, »entschuldigen S' dann. Es wär' halt nur wegen dem Stephan gewesen, hauptsächlich.«

Der Rechtsanwalt begleitete Frau Polzinger zur Tür.

*

»Eigentlich«, sagte die Friseuse, »heiß' ich Resi – also ganz eigentlich heiß' ich Theresia, aber wer heißt denn heutzutag' schon so. Theresia. In Hinterpfuiteifi vielleicht, doch nicht in der Großstadt. Was sich da meine Eltern gedacht haben! Vorn ein bißchen kürzer? Ja, da vorn wachsen's gern mehr heraus; das Haar wächst nirgends gleich schnell am Kopf – also was sich da meine Eltern gedacht haben? Theresia. Wahrscheinlich haben sie sich gar nichts gedacht. Höchstwahrscheinlich. Theresia. In Hinterpfuiteifi vielleicht, doch nicht in der Großstadt. Sämy klingt gleich …? Geschrieben wird's S-a-m-y, aber gesprochen Sämy, quasi englisch. Im Paß steht natürlich Theresia, doch das ist mir wurst. Meine Mutter sagt leider auch noch immer Resi zu mir, obwohl ich schon seit Jahren sage: Ich heiße Sämy und Schluß. Aber da ist nichts zu machen. Meine Geschwister – viere hab' ich – noch kürzer da vorn? Nein, noch kürzer wär' nicht gut, nein, ja – lassen wir's so – meine Geschwister habe ich im Lauf' der Jahre schon so weit gebracht, daß sie mich Sämy nennen, nur bei meiner Mutter – aussichtslos. Meine Mutter stammt aus Hinterpfuiteifi. Mein Vater auch. Die stammen dorther, wo manche Leut' noch Theresia heißen. Da ist natürlich keine Aussicht, daß so jemand das versteht, daß das einfach nicht möglich ist, wenn man heutzutage Theresia heißt. Oder Resi.

Im Grunde genommen kommt's auf das auch gar nicht an. Meine Kolleginnen nennen mich Sämy, die Chefin auch, meine Freundinnen auch. Mein Freund, der Jimmy, der, glaube ich, weiß gar nicht, daß ich eigentlich anders heiß. Ich bind' ihm das natürlich auch nicht auf die Nase, sonst würde er mich womöglich aufziehen damit. Theresia! Daß mich meine Mutter immer noch Resi ruft statt Sämy, darauf kommt's eigentlich gar nicht an. Wie oft ruft die mich schon!

Der Vater ist vor vier Jahr' davon, sozusagen. Oder vor fünf. Ich hab' nicht so genau mitgezählt. Ja, ja – auf einmal davon. Ja – das ist jetzt eher fünf Jahr' her als vier. Nein, nicht, daß er eine Freundin gehabt hätte, überhaupt nicht. Der und eine Freundin! Nein, nein. Es war ihm immer zu laut daheim, hat er mir später gesagt. Am Anfang, da war ich so vierzehn, fünfzehn, da hat er uns Kinder ab und zu abgeholt, ist auf die Dult mit uns gegangen oder aufs Oktoberfest – später dann nicht mehr ... einen Moment, jetzt bitte die Augen zumachen, ist das Wasser warm genug? Oder zu heiß? Gut, danke – da hat mein Vater hie und da mit mir geredet, weil ich ja die Älteste war ... also bin, selbstverständlich, immer noch *bin* –, hat mein Vater ab und zu mit mir darüber geredet. Er, hat er gesagt, hat nie so viele Kinder wollen, fünf Stück. Das war ihm auf die Dauer einfach zu laut. Ja, so Sachen hat er erzählt ... aber, ehrlich gesagt, mich hat das alles gar nicht so interessiert. Damals habe ich angefangen, Sämy zu heißen. Fünf Kinder. Ist schon viel – fünf Kinder. Was sich da meine Mutter dabei gedacht hat? Na ja ... *ich* krieg einmal keine fünf Kinder. Sofern ich überhaupt heirate. Man bracht ja heutzutag' nicht mehr heiraten, um ... man kann ja, also ich meine, ein Trauschein ist ja heute für eine Partnerbindung gar nicht mehr so notwendig. Für eine sozusagen echte Partnerbindung. Außerdem würde dann der Jimmy zwangsläufig erfahren, daß ich nicht wirklich Sämy heiße ... und da tät' er mich womöglich mein Leben lang aufziehen ... respektive bis zur Scheidung. Theresia! ... Abgesehen davon weiß ich zufällig, daß *er* natürlich gar nicht Jimmy heißt, sondern Alfons. Ich könne ihn also aufziehen und Alfons sagen – aber trotzdem. Nein.

Damals, wie ich unterwegs war, haben s' natürlich heiraten müssen. In Obing. In Obing ist alles noch anders. Also *ich* möcht' dort ja nicht *aufgemalt* sein! Früher haben wir in den Ferien ab und zu zur Oma müssen, auf Obing hinauf. Ja. Stellen Sie sich das vor! Im Aufsatz nach den Ferien habe ich aber dann doch geschrieben: Wir waren in Mallorca. Da hätt' ja sonst die ganze Klasse gewiehert. Ferien in Obing. Freilich sind dort auch Fremde, das schon, klar, nur das sind *richtige* Fremde, nicht solche, die von dort stammen. Wir stammen ja von dort, quasi.

Zum Glück sind dann meine Eltern nach München heraufgezogen. Ich bin noch in Obing geboren, das macht mir nichts. Das weiß eh' kein Mensch, wo das ist. Ja. Da sind sie heraufgezogen. Mein Vater war an und für sich Metzger. Er hat sich dann umschulen lassen auf Omnibusfahrer. Ich weiß auch nicht – vielleicht hat er da mehr verdient als wie als Metzger, oder es war ihm halt auch nur bequemer.

So, wir haben's gleich. Das Ohr frei? Ja? Die Koteletten gerade? Manche mögen sie gerade, manche mögen sie spitz auslaufend … na ja, je nachdem. Das ist ganz nach Belieben, respektive Geschmacksache. Ich bin lieber Herrenfriseuse als Damenfriseuse. An und für sich lernt man ja beides – also mein erster Chef, der hat mich allerdings auf Damenfriseuse trimmen wollen. Nein, danke. Ewig nur diesen blöden Weibern die Dauerwellen machen. Und dann – wenn man nur *fünf* Minuten zu spät gekommen ist – nein danke. Die Mutter hat ein Geschrei gemacht, wie ich da einfach nicht mehr hingegangen bin. Der Chef, also der damalige Chef, hat sie kommen lassen. Sie hat sich dann förmlich mit dem Chef gegen mich solidarisiert. Doch ich bin hart geblieben. Der zweite Chef war auch eine Niete.

Da hab' ich zwar auf Herren lernen dürfen, aber sonst – eine moralische Niete. Angerufen werden durfte man überhaupt nicht. Da wäre ich ja quasi den ganzen Tag nicht erreichbar gewesen. Da geht jede Partnerbindung dabei drauf, noch dazu, wo ich ja auch am Samstag arbeiten muß. Am Montag hat man zwar frei – ja, aber da arbeitet *er*. Er war damals ... also mein damaliger Freund war Schreiner, vielmehr Auszubildender bei einem Schreiner. Da hat er natürlich am Montag arbeiten müssen. Als Mädchen hat man es ohnehin schwer, heutzutage, wo alle anderen so offen sagen, wenn sie scharf auf einen sind. Auch auf den Maxi, das war mein Damaliger, waren schon eine ganz schöne Menge scharf, darunter mehrere Arbeitslose, die es natürlich leichter haben. Doch der schärfste Feind, sage ich Ihnen, ist der Fußball. Bis jetzt habe ich keinen gehabt, und ich *habe* inzwischen einige Erfahrung, der sich nicht für Fußball interessiert hätte, sogar *mehr* interessiert als für ... na ja ... und *wenn* ich einmal am Samstag schon um eins frei gehabt hätte – da mußte er zum Fußball. Manchmal denke ich mir, ich muß es einmal mit einem Intellektuellen probieren, nur dem darfst natürlich nicht sagen, daß du eine Friseuse bist. Im Vertrauen gesagt: Ich glaube auch nicht, daß ich dabei bleibe. Der Mutter hab' ich zwar versprochen, daß ich aushalt – aber ... was verspricht man nicht alles. Wo käme man da hin, wenn man alles halten würde, was man versprochen hat.

Das ist jetzt meine dritte Lehrstelle. Mit der Chefin hier bin ich relativ zufrieden. Ich bediene nur Herren. Das interessiert mich mehr. Ich soll nur nicht den Kittel zu weit offen lassen, verlangt die Chefin, nun, das tu' ich eh' nicht.

Ich bin schließlich keine Schlampe. Aber daß sich ein junges Mädchen eher mehr für Herren interessiert als wie für diese alten Scharteken da drüben mit ihren Dauerwellen, ist doch logisch. Die Mutter hat da, leider, überhaupt keinen Verstehstus. Die ist, moralisch gesehen, immer noch von Obing. Was das für ein Kampf ist, bis der Jimmy bei mir übernachten darf – und beim Jimmy geht's eh' noch, den hat sie einigermaßen akzeptiert, seit wir sagen, wir sind verlobt. Nur wie dann neulich einmal zwischenzeitlich der andere, der Konni ... der reinste Aufstand ...

So – jetzt zeig' ich's Ihnen im Spiegel ... so ... ist's so recht? Ja. Einen Augenblick, die Haare wegbürsten. Wie der Konni bei mir übernachtet hat ... der reinste Aufstand. Als ob ich mit dem Jimmy glattweg verheiratet wäre. Oder als ob ich noch fünfzehn wäre. Moralisch gesehen glattweg noch von Obing. Manchmal versteh' ich's schon, daß der Vater weg ist.

So. Danke, vielen Dank. Ist sehr schön geworden – bitte dann an der Kasse ... danke, vielen Dank. Ob ich das nächste Mal noch da bin, weiß ich nicht. Vielen Dank, auf Wiedersehen.«

*

Hausaufsatz »Mein Vater«. Polzinger Stephan, Klasse 5 a.

»Mein Vater sagt immer, man muß das Positive sehen. Angeln zum Beispiel ist auch das Positive. Mein Vater ist zur Zeit nicht da, sonst ist er Busfahrer. Meistens fährt er auf dem 54er oder sonst einer solchen Linie. Wir fahren nur mit dem 112er meistens. Darum sehen wir ihn selten.

Eigentlich ist er gelernter Metzger. Meine Mutter bedient. Seit mein Vater zur Zeit nicht da ist, schlafe ich bei meiner Mutter in den Ehebetten, damit die Schwestern mehr Platz haben. Mein Vater kommt sehr oft vom Angeln und bringt uns einen Fisch. Wenn ich nur Fisch lieber essen möchte, mag aber Fisch eigentlich nicht. Ich esse ihn nur, weil mein Vater den Fisch gebracht hat. Mein Vater ist sehr groß und kräftig. Einmal früher hat er dem Hausmeister eine Watschen gegeben, der hat sich nicht getraut zurückzuschlagen.

Früher war mein Vater eigentlich Metzger, daran kann ich mich nicht erinnern, weil das war vor meiner Geburt. In der Nacht denke ich oft an meinen Vater. Er besucht mich sehr oft. Ich wünsche mir, daß er mich an Weihnachten wieder besucht, vielleicht, und ein anderes Geschenk mitbringt als wie einen Fisch. Ende des Aufsatzes.«

Der Dicke

Die dicke Frau schwitzte, obwohl sie die enge, steile Straße nicht hinaufgehen mußte, sondern getragen wurde. Die Träger – es waren vier, zwei hätten die Sänfte mit der Dicken nicht schleppen können – schwitzten seltsamerweise nicht, obwohl die Sonne direkt in die Gasse brannte. »Wahrscheinlich«, dachte die Dicke, »sind sie die Hitze in dem Klima gewöhnt.«

Ihr Mann hatte sich nie an das Klima gewöhnen können. Sein ständiges Maulen war: »Warum bin ich nicht Landpfleger in Raetien?« Auch ihr Mann war dick wie sie gewesen. Außerdem hatte er ständig Süßigkeiten gegessen, weshalb sein Blut süß wurde und die Mücken ihn so gern stachen. Unten in Caesarea war es einigermaßen erträglich gewesen, doch die Dienstreisen da herauf nach Jerusalem waren ihm immer eine Strafe. »Jerusalem ist alt, uralt«, hatte mit tiefer Stimme einmal ein hochgestellter Jude zu ihrem Mann gesagt. »Ja«, hatte ihr Mann geantwortet, sich Luft zufächelnd, »das ist aber auch schon alles.«

Pilatus war tot. Es war eine ziemlich dumme Geschichte gewesen. Zehn Jahre lang hatte ihr guter Pilatus sich mit den absolut überflüssigen jüdischen Haarspaltereien herumgeschlagen, dann ist ihm einmal – einmal! – der Geduldsfaden gerissen, und er hat … na ja, es sind einige Samadings oder wie sie heißen dabei draufgegangen. Alles

Terroristen, seiner Meinung nach. Nach zehn Jahren treuem Dienst abberufen, nach Rom zurückgepfiffen, den Kopf gewaschen, in eine untergeordnete Stelle nach Lyon versetzt, dort vom Chef so lang schikaniert worden bis …

Ja, dick war er gewesen, der Pontius. Die eheliche Liebe war schon schwierig geworden; aber in dem Alter mußte das ja auch nicht mehr sein. Der Strick ist gerissen, mit dem sich der Gute aufhängen wollte, und nicht genug damit, hat er sich beide Beine und einen Arm gebrochen, wie er herunterkrachte. »Wenn er nicht weiß, wie er sich jetzt umbringen soll«, hatte der Proconsul ungerührt gesagt, »braucht er bloß weiteressen. Dann platzt er nächste Woche.«

Was kann der Mensch für seine Veranlagung? Auch Procula war, sagen wir, füllig … Nein, sie war dick. Sie war fett und rund und hatte ein dreifaches Kinn und eine Haut wie Teig.

Sie schwitzte, obwohl die Sänfte mit einem Sonnensegel gedeckt war. Und es ging kein Lüftchen hier in Jerusalem.

Es war schon wieder gute zehn Jahre her, seitdem – nein, geplatzt war der gute Pontius dann doch nicht. Er hatte Gift genommen. Das war kurz nach dem üppigen Frühstück, das er sich noch gegönnt hatte. Es mußte ein teuflisches Gift gewesen sein – wo er es nur herhatte? Am Nachmittag war er auf die Größe eines Kürbisses geschrumpft und blau. Abends schon schwarz. Der Gestank durchtränkte die Mauern. Das Haus mußte abgerissen werden.

Pilatus' Vermögen wurde konfisziert, Procula blieb jedoch ihr väterliches Erbteil, zum Glück. Sie reiste herum, ruhelos. Sie reiste überall hin, wo sie mit Pontius gewesen war, und sie wurde auf der Reise womöglich noch dicker. Als sie in Jerusalem die Sänfte mieten wollte, sagte der Sänftenvermieter, er habe keine so wertlosen Sklaven, die er verschleißen könne, um ein schwangeres Nilpferd zu schleppen. Der zweite Vermieter hatte doppelten Lohn gefordert. Procula hatte ihn gezahlt, weil sie dort hinaufwollte, wo sie immer gewohnt hatten, wenn Pilatus dienstlich nach Jerusalem mußte, dort hinauf, wo er gehofft hatte, daß ein wenig frische Luft wehe; aber es wehte meist keine, nicht einmal in der Nacht.

Die Nacht, in der sie von Dem Mann träumte, war besonders schwül gewesen, es war im April. Der dicke Landpfleger hatte sich triefend zwischen den Laken gewälzt.

Die Sänfte schwankte, die Träger blieben plötzlich stehen. Procula beugte sich hinaus. »Was ist?«

Die Träger verstanden kein Latein, doch weshalb der Transport stockte, war auch ohne Antwort klar. Noch nie hatte Procula so etwas gesehen. Hatte die Welt je so etwas gesehen, seit sie steht? Wird sie so etwas sehen, solange sie steht? Pilatus war, weiß Jupiter, dick gewesen. Er war zum Schluß zerlaufen wie ein Teig, war quasi über sich selbst hinausgewuchert, der Mensch jedoch, der da in der engen Gasse zwischen den Hausmauern steckte, war noch um vieles dicker, war dick außerhalb menschlichen Maßes, gegen den war Procula eine Gerte, der war die Dickheit an sich, er sprengte die menschliche Vorstellungskraft von Dicke. Hilflos zappelte er zwischen zwei Hauswänden, dort, wo die Gasse eben noch eine Idee enger geworden war. Die Träger, mit der Sänfte entgegenkommend, schauten blöde. Procula blickte dem Dicken ins Gesicht.

»Ich kenne dich«, sagte sie, »du warst nicht immer so dick.«

Es gab einen Menschenauflauf diesseits und jenseits des Fettpfropfens, der die Gasse verstopfte. Sie zerrten an ihm, schoben, stießen, rollten, endlich brachten sie den Dicken in einen breiten Hauseingang, und die Sänfte hätte passieren können, doch Procula ließ anhalten. Einer aus der Menge hatte geschrien: »Du weißt doch, daß du nicht durch so enge Gassen gehen sollst, Judas Ischariot.«

*

Judas war auf ihre Bitte hin Procula bis zu einem kleinen, staubigen Platz gefolgt, auf dem ein vor Alter schräg eingesunkener Brunnen stand. Judas setzte sich auf den Brunnen. Sein Fett floß rundherum über den Rand. Procula ließ die Sänfte daneben abstellen und fächelte sich Luft zu.

»Ich habe gehört«, sagte sie, »du habest dich aufgehängt?«

Judas sprach lateinisch, wenn auch gebrochen: »Strick gerissen.«

»Oder kopfüber gestürzt? Vom Felsen?«

»Aufgeschnellt wie ein Ball.« Eine Trauer, tiefer als jeder Brunnen der Welt, lag in Judas' Stimme.

Eine Weile schwieg Procula.

»Er war sehr mager«, sagte sie dann, »so jung und mager. Er war groß. Eigentlich ein schöner Mensch, wenn er nicht so mager gewesen wäre.«

»Wir hatten auch nie besonders viel zu essen«, sagte Judas, »ich habe ja die Kasse verwaltet. Sie war selten gefüllt. Wer gibt schon einem Wanderrabbi.«

»Ja, ja«, sagte Procula, »noch dazu, wo er so unbequeme Dinge predigt. Und es liefen ja Hunderte von der Sorte herum in Palästina. Du warst damals noch nicht so dick?«

Judas schüttelte den Kopf. Der Platz zitterte wie bei einem Erdbeben.

»Vorsicht!« schrie einer der Träger auf aramäisch, »wackel nicht so, Judas Ischariot.«

»Und wie sie ihn zugerichtet haben«, sagte Procula, »blutverkrustet und nackt.«

»Er war ein guter Mensch«, sagte Judas.

»Er war eines Gottes Sohn. Der Messias?« fragte Procula.

»Das hat er nie gesagt. Er hat von sich immer nur als vom *Menschen*-Sohn gesprochen. Und Kinder Gottes sind wir alle.«

»Du hast ihn verraten?!«

»Das ist nicht ganz der richtige Ausdruck«, sagte Judas. »Was hätte ich schon verraten sollen. Es haben ja alle alles von ihm gewußt. Ich habe nur dem Sanhedrin gesagt, wo er ihn finden kann.«

»Haben das nicht auch alle gewußt?«

»Da nicht mehr. Sie wollten davon, heimlich.«

»Wer?«

»Wer schon. Die anderen. Petrus und alle seine Brüder. Die haben ja alle Schiß gehabt, gigantischen Schiß. Allen voran der Petrus, der hat ja laut geschrien: Er kennt so einen gar nicht. Überhaupt, ich glaube nicht, daß ihn auch nur einer von denen wirklich verstanden hat. Seine Brüder? Jacobus? Johannes? Seine Mutter? Mit der Alten hatte er nicht den schlechtesten Streit. Die Familie – hör mir bloß auf mit der Familie.«

»Mit der Mutter hatte er Streit?«

»Logisch. Die kam daher und keifte, der Vater sei gestorben, und der Jesus solle endlich den Laden übernehmen, statt in Sandalen in der Welt herumzutigern und Zeug zu reden, das eh keiner verstehe. ›Weib‹, hat er gesagt, ›geh' mir aus den Augen, ich habe nichts mehr mit dir zu tun.‹ Eigentlich«, sagte Judas, »war er zuletzt ganz allein.«

»Aber sie waren doch zum Schluß bei ihm? Auf dem Ölberg da oben?«

»Ja, schon«, sagte Judas, »sie wollten weg von Jerusalem. Klar. Auch Jesus war es mulmig. Wer wird schon gern gekreuzigt. Geköpft oder so, was schnell geht – das eher, wenn es sein muß, aber wer gekreuzigt wird, der stirbt nicht wie ein Held.«

»Ich habe Hunderte gesehen, die gekreuzigt wurden«, sagte Procula, »Blut und … ich will nicht weiter darüber reden als gebildete Dame. Und das Röcheln und Ersticken, oft tagelang.«

»Sie haben ihn dann überredet, sich zu verstecken. ›Was hilft ein toter Menschensohn?‹ haben sie gesagt. Es ist ihnen gelungen, sich zu verstecken, wollten auf dem Ölberg dort übernachten und am nächsten Tag auf Schleichwegen nach Galiläa heim.«

»Und du hast dem Sanhedrin gesagt, wo sie zu finden sind?«

Judas nickte kaum merklich.

Procula schaute den Fettberg an.

»Bereust du es heute?«

Judas holte tief Luft. »Die Gnade«, sagte er dann, »die Gnade. Außerdem«, fuhr er schneller fort, »wenn Jesus nicht gekreuzigt worden wäre, wäre er einer der hundert Wanderrabbi geblieben, deren Namen keiner mehr kennt. Er war ein großer Mensch. Er war der größte Mensch. Durch den schrecklichsten Tod hat er seine Lehre in der Welt festgenagelt. Also – wenigstens den Kern ungefähr, soviel halt propter praeter übrigbleiben wird.«

»Und was ist dieser Kern?«

»Daß Gott gut ist und daß er gnädig ist. Ich bitte: das ist ziemlich neu. Wir Juden behandeln ja Gott wie einen Geschäftspartner, mit Verträgen, Zinsen, Leistung und Gegenleistung und so. Ihr Heiden behandelt eure Götter förmlich als feindlich gesinnt. Sie müssen ständig mit Opfern ruhiggestellt werden. Jesus hat gesagt, und so habe ich ihn verstanden: Erstens gibt es nur einen Gott – wenn man nur seinen Grips anstrengt, ist einem das eh klar –, und zweitens ist Gott den Menschen gut gesinnt. Und das ist eben die Sache mit der Gnade. Wenn ein Mensch nichts Böses tut, ist er leicht ein guter Mensch – dem braucht Gott nicht gnädig zu sein. Und wenn einer böse ist, aber dann bereut et cetera und zerknirscht ist, dann *verdient* er ja die Verzeihung. *Gnade*, wenn Sie verstehen, was ich meine, Gnade muß absolut *unverdient* sein.«

»Aha«, sagte Procula.

»Ich verdiene absolut keine Gnade«, sagte Judas, »und ebendeshalb darf ich nicht bereuen, was ich getan habe. Dann krieg' ich sie doch. Aber nur, wenn ich sie nicht will.«

»Na ja«, sagte Procula und befahl den Trägern die Sänfte wieder aufzunehmen, »an sich sind die Menschen eh' fies genug, um Gott laufend Gelegenheit zu unverdienter Gnade zu geben. Doch ich verstehe, Judas Ischariot, ich verstehe.« Sie gab den Trägern einen Wink, sie schleppten die Sänfte weiter.

Der Dicke wälzte sich vom Brunnen, schleifte sein Gewicht zum Eingang einer anderen, etwas breiteren Gasse und versuchte, durch sie hinunter in die Stadt zu gelangen.

Träumende Schulweisheit

Jeder kannte Frl. Derk. Niemand aber wußte, wer sie war. Bei manchen galt sie als Hexe, zu Unrecht, wenngleich ihr Aussehen danach war. Wie alt sie war? Auch das wußte, wie nicht anders zu erwarten, niemand. Erst nach ihrem Tod wußte man, nämlich aus den Daten auf ihrem Grabstein, daß sie noch älter gewesen war, als man allgemein vermutet hatte.

Von Frau Hertha Robinitsch hingegen wußte man genau, wer sie war. Ihr erklärter Feind, der Uhrmacher und Sozialdemokrat Ringel, behauptete, sie heiße eigentlich gar nicht Hertha, sondern Slavka und nicht Robinitsch, sondern Robinič, was zwar für die Aussprache des Namens keine Rolle spiele, was jedoch in der gewissen Zeit zwischen 1938 und 1945 unschön und unwillkommen gewirkt habe! »Robinič« über den Auslagen des Schuhgeschäftes, noch dazu in der Adolf-Hitler-Straße. Nach dem Mai 1945 hieß sie wieder Bahnhofstraße, aber Frau Robinitsch hieß weiterhin Robinitsch.

Herr Robinitsch lebte schon lange nicht mehr, oder besser gesagt, war schon lange tot – womit die Verwirrungen beginnen. Genauer wäre es, sagte man: Herr Robinitsch war seit Jahren nicht mehr da, wenn man es also mit diesem einfachen *da* bewenden ließe: nicht mehr *da*.

Obwohl, das muß wieder eingeschränkt werden: Einen Grabstein gab es wohl. Er stand an bevorzugter Stelle am

Friedhof, gleich neben den Gräbern der alteingesessenen Familien, wenn auch die Robinitsch (oder besser, so Ringel: Robinič), wie man sich denken kann, keineswegs zu den alteingesessenen Familien gehörten. Die hießen, zum Beispiel, Ringel oder Perfler oder gar Perffler mit zwei »ff« oder Freiherr von und zu Ramanuy, Herr und Landmann in Tyrol – keinesfalls jedoch Robinitsch. Die vorzügliche Lage des Grabes hatte Frau Robinitsch erkauft. Auch gute, ja sehr gute Beziehungen zum Pfarrer spielten eine Rolle. Frau Robinitsch war sehr fromm, jedenfalls seit Mai 1945, wie Ringel tückisch flüsterte. Und Geld war da. Das Schuhgeschäft ging gut, war förmlich eine Goldgrube, das mußte selbst Ringel zugeben, dessen altvorderer Uhrenladen herzlich wenig abwarf.

Doch das Grab war leer. Daran bestand kein Zweifel. Die Inschrift lautete dementsprechend auch nicht »Hier ruht« oder »Hier erwartet die Auferstehung im Herrn ...«, sondern:

DEM ANDENKEN MEINES UNVERGESSENEN
UND TREUSORGENDEN MANNES
BODO ROBINITSCH
VERUNGLÜCKT AM 30. SEPTEMBER 1955

In Wirklichkeit, so Ringel, hat er natürlich *Boris* geheißen. Oder *Boleslav*. Ansonsten hatte Ringel an Herrn Robinitsch nichts auszusetzen gehabt. Niemand hatte eigentlich an Herrn Robinitsch etwas auszusetzen gehabt, denn im Geschäft regierte die Frau, die Firma hieß sogar nur *Hertha Robinitsch*, Bodo Robinitsch hatte nichts zu sagen und zu melden gehabt, weder im Haus noch gar im Geschäft. Selbst als Bodo Robinitsch noch *da* war, war er so gut wie nicht da, bot also selbst einem Ringel keine Angriffsfläche. Die einzige bevorzugte Stellung erhielt Robinitsch somit erst nach seinem Tod, und die hatte ja eigentlich auch nicht er, sondern nur sein Grabstein.

*

Fräulein Derk – sie legte Wert auf diese in ihren Augen und auch im allgemeinen Bewußtsein jener Bergbewohner ehrende Anrede – gehörte auch nicht zu den alteingesessenen Familien, schon weil sie zu überhaupt keiner Familie gehörte. Sie lebte – damals seit über dreißig Jahren – ganz allein in K. und kümmerte vom Klavierstundengeben vor sich hin. Davon wäre sie wahrscheinlich eher verhungert, wenn sie nicht in ihrem eigenen Häuschen draußen an der ersten Kurve der Bahn gelebt hätte, das sie außerdem zum Teil vermietete. Sie war die einzige Frau in K., die öffentlich rauchte, und der einzige Bewohner der engstirnigen Stadt K., der eine Schildkröte hielt. Wahrscheinlich, so der giftige Ringel, der Fräulein Derk nicht unfreundlich gesinnt war, die höchste Schildkröte der Welt, nach Meereshöhe gemessen.

Die Leidenschaft Fräulein Derks aber galt dem Spiritismus.

*

Daß Fräulein Derk unter den Einwohnern, namentlich den alteingesessenen solchen, als Hexe galt, hatte eigentlich keinen wirklich faßbaren Grund. In den wenigen, den sogenannten besseren Häusern, in denen Fräulein Derk Klavierunterricht geben durfte, beim Notar Lunderer etwa oder beim Apotheker Tolm oder beim Kohlenhändler Unger (der längst darüber hinaus war, eine Kohlenschaufel oder gar eine Kohle anzurühren; er verkaufte seine Ware en gros – und wird in den Verwirrungen um den Tod Bodo Robinitschs noch eine bedeutende Rolle spielen), in diesen wenigen Häusern also, in denen man infolge näheren Umgangs mit Fräulein Derk doch irgendwann irgend etwas in Richtung Hexerei Verdächtiges bemerken hätte müssen, ist nichts dergleichen bekanntgeworden. Dennoch. War es das Aussehen Fräulein Derks?

In Tirol, sollte man meinen, schreckt ein Aussehen wie das von Fräulein Derk wenig. In Tirol, sollte man meinen, ist man anderes gewohnt. In Tirol, und nur in Tirol, gibt es jene knorzzehigen Bäuerinnen, jene kürbiskröpfigen Sennerinnen, jene kaminwurzteuflischen Austräglerinnen, jene selbst in ihrer Jugend ruchranzigen Stutzdämoninnen, jene weiblichen Grantechsen, schmeißfliegenfarbigen Furzheuschrecken, die jeden, der nicht Tiroler ist, sofort in die Flucht schlagen, deren Anblick sofortigen Knieschwamm und lebenslange Traumata verursacht, von denen selbst inbrünstige Lourdes-Wallfahrten nicht befreien. Nichts davon eignete Fräulein Derk. Gut, sie war häßlich, alterslos faltig – aber gegen die drachischen Tiroler Ursaurierinnen ... Wahrscheinlich, weil sie eine Schildkröte hielt, ein in der Gegend um K. unerhörtes Tier, und weil sie in der

Öffentlichkeit rauchte und weil sie nicht *von hier* war. Auch Robinitschs waren nicht *von hier*. Doch die hatten Geld, Fräulein Derk nicht. Ein entscheidender Unterschied.

Und, mag sein, der Spiritismus, von dem im Lauf der Jahre ab und zu etwas nach außen drang. Der Organist der Pfarrkirche, ein bibelfester, nach K. strafversetzter Junggeselle und gefürchteter (und somit auch geachteter) Viererschnapser war der heimliche Partner Fräulein Derks beim Tischrücken oder was immer an spiritistischer Praxis geübt wurde. Hartnäckig hielt sich auch das Gerücht, der Organist sei zudem der Geliebte der Klavierlehrerin.

»Da bügle ich gleich lieber das Schellen-As«, fauchte der Organist – Peterlin hieß er – und spielte besagtes As aus, von der eine blutwurstfarbige Borstensau die übrigen Spieler boshaft angrinste. Borstensau-As war grad' Trumpf, und niemand konnte stechen, logisch. Nur das Gerücht der amourösen Verbindung hielt sich doch noch lang. Weder Fräulein Derk noch den Organisten Peterlin kümmerte es. (Nach anderer Überlieferung hatte Peterlin gesagt: »Eher noch bügle ich die Schildkröte …«)

*

Die Idee, hieß es, sei nicht von Bodo Robinitsch ausgegangen – dem, so Ringel, von seiner kratzigen Alten sozusagen verboten war, eine Idee zu haben –, sondern von Pirmin Unger, dem flotten Kohlengroßhändler. Pirmin Unger war der einzige in ganz K., mit dem Robinitschs gesellschaftlichen Umgang pflegten, sofern man die Tatsache, daß Unger einmal in der Woche, höchstens zweimal, unangekündigt nach Ladenschluß und dem üblicherweise frühen Abendessen in Robinitschs über den Geschäftsräumen sich befindlicher Wohnung auftauchte und eine Stunde über die seiner Meinung nach entsetzlichen und zu immer Entsetzlicherem neigenden Weltläuften plauderten. Er erhielt stets ein Glas sauren Rotweins, den er trank, und außerdem einen aus Frau Robinitschs Aussteuer stammenden Silberkorb mit Plätzchen hingestellt, von denen er nichts nahm. »Ein Erbstück«, hatte Frau Robinitsch einmal, ziemlich von oben herab, zum Uhrmacher Ringel gesagt. »Erbstück«, lachte Ringel später, »wahrscheinlich die Kekse. So haben sie jedenfalls geschmeckt. Wenn sie doch den Silberkorb gemeint hat, dann insofern Erbstück, als ihn wahrscheinlich schon der Großvater gestohlen hat. In den Schluchten des Balkans, vermutlich.«

Die Anhänglichkeit, oder wie man es nennen soll, des Kohlengroßhändlers Pirmin Unger, der zur angestammten Bourgeoisie der Stadt K. zählte, zu den Neureichen und undeutlich herkünftigen Robinitschs beruhte nicht auf Seelenverwandtschaft oder etwas in der Richtung, sondern auf der Tatsache, daß Robinitschs kein Telephon hatten. Das heißt, sie hatten schon ein Telephon, aber nur im Laden. Nach Ladenschluß klingelte es vergebens. Den Luxus eines Neben- oder gar Zweitanschlusses für die Wohnung hielt Frau Robinitsch für überflüssig, wenn nicht sündhaft. Saß man also oben im Wohnzimmer und läutete unten das Telephon, hörte man es nicht. Pirmin Unger war sohin bei seinen Besuchen bei Robinitschs nicht erreichbar, und Frau Unger konnte nicht um Mitternacht anrufen und fragen, ob ihr Mann nicht bald heimzukommen gedenke. Ihr

Mann wäre zu der Zeit auch bei Robinitschs nicht mehr erreichbar gewesen, allenfalls bei einer gewissen Frau Rosa Kirschegger, relativ junge Kriegerswitwe, zu deren Wohnung Herr Pirmin Unger einen aufs sorgfältigste verwahrten Schlüssel besaß.

Doch nicht nur das Alibi verdankte Unger den Robinitschs, sondern auch die Abwendung des Unglücks, das heißt, des Auffliegens des ehebrecherischen Gebäudes. Frau Unger war so dick wie einer der vier Pfeiler der hochgotischen, später barockisierten Pfarrkirche. Schon bei der Firmung der damals noch Maria Feyrsinger heißenden Dreizehnjährigen hatte der Bischof, Seine Exzellenz Andreas Rohracher, Fürsterzbischof und Primas Germaniae, gesagt: Er habe geglaubt, er firme einen Walfisch, und er brauche jetzt einen Schnaps auf den fetten Anblick hin.

Maria, genannt Moidi Feyrsinger, war eine reiche Erbin, die Feyrsingers gehörten zu den angesehensten und alleruraltesten Ansässigen, und Pirmin Unger brauchte um die Zeit der Heiratsreife der Feyrsinger-Kugel dringend Kapital. Einige kühne geschäftliche Spekulationen so um 1930 herum hatten die Kohlenhandlung Unger dem Ruin nahegerückt oder eigentlich schon etwas über den Rand des Ruins hinausgeschleudert. So wuchtete Pirmin die nicht nur mitgiftschwere Feyrsinger ins Ehebett, und nur der Tod konnte ihn von der ehelichen Walze scheiden, denn die alten Feyrsingers, geizgichtig wie alle Alteingesessenen in K., der bösen Stadt mit den eisernen Türschwellen, hatten notariell dafür gesorgt, daß die Kohlenhandlung fortan de facto und de jure ihr, Maria Unger geb. Feyrsinger, gehörte.

»Wenn man die Dicke sieht«, flüsterte Ringel hinter vorgehaltener Hand, »versteht man es ja, daß er ... und so weiter.«

In K. bleibt nichts lang verborgen. Auch zu Frau Unger schwappte, wenngleich nur leicht leckend, die Gerüchtebrandung, und so griff sie von ihrem Spezialsessel aus zum Telephon und rief an einem bestimmten Mittwoch die Nummer 194 an, damals noch handvermittelt. Wenn man abnahm und die Kurbel drehte, meldete sich die Telephonistin vom Amt.

»194!« sagte Frau Unger.

»Robinitsch?« fragte die Telephonistin. Sie kannte alle Nummern, kein großes Wunder bei weniger als dreihundert Anschlüssen. Frau Unger quetschte Luft durch ihr Fett in die Lungen und sagte: »Ja.« Aber die Telephonistin vom Amt wußte auch weiter Bescheid: »Das ist zwecklos. Der Laden ist längst zu, es ist elf Uhr vorbei, und oben hören sie's nicht.«

»Ich will wissen«, quengelte die Unger mühsam, »ob mein Mann noch dort ist. Wie er immer behauptet.«

»Na ja«, sagte die Telephonistin, »ich kann es ja probieren. Aber ich sage Ihnen gleich ...« Natürlich hob niemand ab.

Frau Unger ließ seufzend einige Wochen verstreichen, dann hatte sich, von Argwohn genährt, so viel Energie durch ihr Fett hindurchgearbeitet, daß sie ihren Entschluß, bei Robinitschs nachzufragen, in die Tat umsetzte. Sie hätte natürlich untertags im Laden anrufen können, doch es war allgemein bekannt, daß die Telephonistin immer mithörte. (Woher hätte sie sonst solche Dinge wissen können, wie, daß der Skihosenschneider Miegler über eine halbe Million Schilling Schulden bei einer Bank in Innsbruck hatte, und woher das blaue Auge des jungen Friseurmeisters und Juniorchefs Paul rührte.) Frau Unger ließ sich also aus dem Stuhl heben, die Treppe hinab half die – vorn vom Hausknecht gebremste – Schwerkraft. Ein Taxi brachte sie zum Schuhgeschäft Robinitsch.

Zum Glück (für Unger) war, obwohl er an und für sich dort nichts zu suchen hatte, Herr Robinitsch im Laden. Er wußte sofort, worum es ging, und versicherte, leicht klagend, daß sich die Besuche des Herrn Unger, im Grund' genommen hochwillkommen, immer weiter in den Abend, ja in die Nacht hinein ausdehnten und daß man oft schon müde sei; die große Wanduhr – auch ein Erbstück – schlüge oft schon Mitternacht, da eröffne Herr Unger neue, interessante Ansichten zur Weltlage ...

Leidlich befriedigt zog sich Frau Unger zurück. Der Transport der Alpensaurierin die Stiege des Hauses Unger hinauf war so schwierig, daß Frau Moidi auf die Wiederholung der Recherche verzichtete. Sie gab seitdem Ruhe.

Frau Robinitsch, zu der Zeit schon wieder bedeutend fromm, mißbilligte das Verhalten ihres Mannes. »Na ja«, seufzte sie Fräulein Derk gegenüber, »eine Krähe hackt der anderen eben kein Auge aus. Und die Kanaillen unterstützen einander gegenseitig. Aber! *Meinem* wird so was nicht gelingen.«

Das wußte Bodo Robinitsch. Er versuchte es gar nicht. Er beschränkte sich darauf, auf dem Balkon zu sitzen und seinem Kanarienvogel vorzupfeifen. Selten genug pfiff der Vogel nach.

»Wahrscheinlich«, sagte der Uhrmacher Ringel, »duldete die Alte den Kanari nur, weil er ein Männchen war. Ein

Kanari-Weibchen ? Selbst darauf wäre die Alte eifersüchtig gewesen.«

Seiner Frau versprach Robinitsch, den Unterschleif das nächste Mal zu beichten, Unger aber, wie gesagt, vergaß ihn ihm nie.

*

Die Hauptstadt Tirols ist nicht Innsbruck oder gar Wien, sondern München. Das hören die Wiener nicht gern, aber das Oktoberfest ist eben näher als der Prater und, nach den Begriffen der Tiroler, lustiger. Vor dem Krieg, als das Leben der Eheleute Robinitsch noch etwas beweglicher war, besuchten sie, auch mit den Kindern, das berühmte Fest, und Herrn Robinitsch war bei diesen Gelegenheiten sogar ein Rausch gestattet. Man schwärmte, zurückgekehrt, von dem ganzen Ochsen, der am Spieß dahinkohlte, von dem Riesenmaß der Bierkrüge, vom Tobogan, wo man den Mädchen unter die Röcke schauen konnte, von der Dame ohne Unterleib und den horrenden Enthauptungen beim *Schichtl* und was dergleichen Herrlichkeiten mehr waren. Krieg und Nachkriegszeit verhinderten das Oktoberfest, doch die Glorie in Robinitschs Erinnerung hielt sich.

1955 wurde Bodo Robinitsch siebzig Jahre alt. Dem wurde wenig Bedeutung zugemessen. »Er ist es ja von allein geworden«, sagte die Alte. Unger ergriff jedoch die Gelegenheit, sich zu revanchieren – und nicht nur das, wie man sehen wird. Es gab einen harten Kampf, bis Frau Hertha einwilligte, daß ihr Mann so einen überflüssigen Blödsinn mitmache. »Und was das kostet!« Nein, nein –

Unger wolle alle Kosten übernehmen. Robinitsch, der liebe Freund Bodo, sei vollkommen eingeladen. Ein Geburtstagsgeschenk. »Und nächstes Jahr …?« Nein, nein, es sei als einmalig gedacht …

Es blieb, wenngleich aus anderen Gründen, einmalig. Kurze Zeit bestand die Gefahr, daß, wenn schon so etwas stattfinde, Frau Robinitsch mitfahre, doch dann siegte bei ihr, wie eigentlich erwartet, geschäftliche Erwägung: Der Laden durfte nicht allein gelassen werden. (Daß Frau Unger mitfahre, war, wie aus vorangegangener Schilderung zu ersehen, jedenfalls ausgeschlossen.)

Am 27. September stiegen Unger und Robinitsch in K. in den Schnellzug, erreichten nach einmaligem Umsteigen München, erzielten zwei Gewalträusche und unternahmen am 30. einen Rundflug um die Landeshauptstadt. Das baufällige Flugzeug stürzte ab, brannte aus, nicht einmal soviel wurde im Dachauer Moos von den acht Insassen gefunden, daß man ein Begräbnis veranstalten hätte können.

Die Trauer der jeweiligen Witwen war größer als die Zuneigung zu Lebzeiten.

*

Fräulein Derk ging zwangsläufig – es gab keinen anderen Weg als durch die (wieder) Bahnhofstraße von der Stadt zu ihrem Häuschen – mindestens zweimal am Tag am Schuhgeschäft Robinitsch vorbei, einmal in die Stadt hinauf, einmal hinunter, manchmal viermal, je nachdem, wie viele Klavierstunden sie gab.

Es war Mitte Oktober, der Herbst in K. hatte sich voll

unter einem straffen, wenngleich blassen blauen Himmel entfaltet, die Lärchen standen als goldene Flammen in den dunklen Tannenhängen, oben auf den Gipfeln lag schon der Schnee, etwa bis zu den höchsten Höfen herunter, da trat, als Fräulein Derk – wie immer in tiefen Gedanken eher schlurfend als gehend – am Schuhgeschäft vorbeikam, Frau Robinitsch aus dem Laden heraus und redete sie an. Sie hatte schon die ganze Zeit gewartet, durch die Auslagscheibe nach draußen gespäht, wann Fräulein Derk von ihrer letzten Klavierstunde aus der Stadt herunterkomme. Frau Robinitsch trug Schwarz. »Seit sie Trauer trägt«, sagte der Uhrmacher Ringel, »sieht sie aus wie ein rußiges Krokodil.«

Ringel sagte noch andere Sachen. Er sagte: »Das Ganze kommt mir äußerst komisch vor.«

»Was kommt dir komisch vor?« fragte der Organist Peterlin und spielte den Gras-Ober aus.

»Das mit dem Robinitsch.«

»Was soll daran komisch sein? Wer so blöd ist, in so ein gotteslästerliches Flugzeug zu steigen …«

»Sie hat ihn umgebracht.«

»Wer? Die alte Robinitsch?« Peterlin hatte wieder gewonnen, sahnte ab, strich die Münzen ein (es wurde um kleine Groschen gespielt, vom Wirt und dem Gendarmerie-Posten-Kommandanten grade noch nicht als Glücksspiel eingestuft), der nächste setzte an zum neuerlichen Mischen der Karten, aber Ringel legte seine Hand auf die Karten.

»Einen Moment! Ich habe Vermutungen. Ich war oft genug im Haus. Vier Standuhren. Alte Standuhren, alles Erbstücke, angeblich. Aber das ist an und für sich uninteressant an der Sache. Alte Standuhren. Wißt ihr, was das bedeutet? Nein. Keine geht richtig. Immer fehlt was. Am besten wäre es, man läßt sie überhaupt stehen. Als Dekoration. Waren das einzige – das einzige! –, was die Alte ihm nachgesehen hat. Zwei Dinge haben ihn schier wahnsinnig gemacht: Wenn ein Bild an der Wand schief gehängt war und eine Uhr nicht richtig gegangen ist. Erinnert ihr euch nicht? Mit dem Bild? Wie wir im Fünfundvierzigerjahr die neuen Ausweise gekriegt haben, von der Besatzung, mußte auch der Robinitsch auf die Gemeinde. Durfte ja sonst kaum aus dem Haus, die Alte hat es nicht gestattet, aus Eifersucht – aber da ging es nicht anders. Und auf der Gemeinde ist der Robinitsch als allererstes förmlich mit Gewalt hinter die Absperrung vom Schalter und hat alle Bilder gerade gerichtet. Das vom neuen Bundespräsident Renner wollte partout nicht exakt gerade bleiben und ist immer wieder in die schiefe Lage gerutscht. Da hat sich der Robinitsch einen Hammer und einen kleinen Nagel geben lassen und hat ihn unten links neben dem Rahmen fein eingeschlagen, quasi das Bild justiert.

Dann erst hat er sich den neuen Ausweis geben lassen.

Daheim, also in seiner Wohnung, ich war ja oft genug dort, hat jedes Bild – jedes! – so einen zusätzlichen seitlichen Justiernagel gehabt. Gut, das war eine billige Marotte, da konnte die alte Geizhexe nicht gut was sagen. Bei den Uhren aber war der Robinitsch unerbittlich. Das war sicher das einzige. Sonst hatte absolut *sie* die Hosen an. Absolut. Nur die Uhren hat er sich nicht nehmen lassen. Und deswegen war ich so oft dort, denn alle Hundsschiß ist eine stehengeblieben oder hat falsch geschlagen oder was, und ich bin gerufen worden.

›Ja, ja, ach Herrjeh‹, und so fort, hat der Alte immer nur gejammert, höchstens. ›Sie haben's gut – ach ja, ach ja, das Leben ist ein Jammertal …‹ und so fort. Hatte wahrscheinlich recht aus seiner Sicht. Hatte *sicher* recht. Wenn ich fertig war, hat er dann gesagt: ›Gehen Sie hinunter zur Chefin, die zahlt.‹ Er hat nie ›meine Frau‹ gesagt, immer nur ›die Chefin‹. Und die hat dann unten zwar die Kasse aufgemacht, aber gleich auch zu jammern angefangen: ›Was kostet das wieder? Fünfunddreißig Schilling? Der bringt mich noch ins Armenhaus!‹ und so fort. Und, wenn niemand sonst im Laden war, leise: ›Wenn ich Ihnen klagen sollte, lieber Herr Ringel, ach Gott, ach Gott, warum ich *diesen* Menschen geheiratet habe!‹ ›Sie werden ihn halt‹, habe ich gesagt, ›wenn Sie den Ausdruck erlauben, geliebt haben, seinerzeit.‹ ›Ich *den* geliebt? *Den* geliebt? Wenn *Sie* wüßten! Wenn *Sie* eine Ahnung hätten! Sei still, mein Herz und singe!‹ Hat aber nicht gesungen, weder die Robinitsch noch das Herz, hat nur weitergekrächzt: ›Wenn mir *ein* Mensch sagen könnte, warum ich diesen Menschen durchfüttere! Und was der frißt! Schon am hellichten Vormittag muß der Leo – das ist der Lehrbub – vier Schaumrouladen in der Konditorei holen – ein überflüssiger Mensch, dieser Robinitsch, taugt für nichts. Neulich hat er sogar heimlich in der Lotterie gespielt, um acht Schilling! Natürlich nicht gewonnen …‹ Und so fort. Ächzend hat sie dann meinen Lohn aus der Kasse geklaubt mit ihren krummen Fingern.

Der alte Robinitsch, sage ich euch, hatte nur *eine* Aufgabe: die Zeugung der Kinder. Nach Abschluß dessen war

Sense. Am liebsten hätte sie ihn wahrscheinlich schon damals umgebracht. Wie bei den Bienen und so fort. Daß der Sohn im Krieg gefallen ist, gleich am Anfang: eine Strafe des Himmels für die Alte. Und daß die Tochter in Salzburg, was man so hört – und so fort – na ja. Kurz und gut. Ich bin überzeugt: Die hat ihn umgebracht.«

»Und *wie*? Du spinnst doch. Hat sie das Flugzeug abgeschossen? Und soll sie den Unger auch umgebracht haben?«

»Der Unger war nur ein Abfallprodukt, sozusagen. Den hat sie in Kauf genommen. *Wie?* Wahrscheinlich den Piloten bestochen.«

»Aber der ist doch selbst umgekommen dabei.«

»Ja – irgendwie wird sie es schon gemacht haben. Irgendwie.«

»Na ja«, sagte Peterlin, »meinetwegen. Nur ich würde so Sachen an deiner Stelle nicht herumposaunen. Sonst hast du sofort einen Beleidigungsprozeß von der Alten am Hals. Und jetzt gebt's das nächste Spiel.«

*

Anders verlief das Gespräch in der Bahnhofstraße.

»Fräulein Derk?!«

Fräulein Derk erschrak, tauchte aus ihren tiefen Gedanken herauf und schaute Frau Robinitsch mit ihren außerordentlich großen, fast pferdeartigen Augen an.

»Fräulein Derk, könnten Sie einen Moment hereinkommen?«

Sie führte Fräulein Derk (unter Zurückklappen eines dafür vorgesehenen Teiles der Ladenbudel) nach hinten in das sogenannte Büro, das zwar abgeschlossen war, von wo aus man aber durch eine Scheibe den Laden überblicken konnte. Leo wischte Staub. Kunden waren keine da.

Frau Robinitsch setzte sich und deutete auf den anderen Sessel.

»Danke«, sagte Fräulein Derk, »darf ich mir eine Zigarette anzünden?«

»Bitte«, sagte Frau Robinitsch, »und ... ich weiß nicht, wie ich anfangen soll. Es ist eine gewissermaßen vertrauliche Angelegenheit. Und *Sie* verstehen doch was davon. Hört man.«

»Wovon etwas verstehen?«

Frau Robinitsch senkte ihre Stimme: »Glauben Sie an Geister?«

Fräulein Derk antwortete mit dem bekannten Shakespeare-Zitat; sie war gebildet, auch das hob sie von den Alteingesessenen ab, und fügte hinzu: »Es ist schon komisch. Ich kenne viele Leute, die Leute kennen, die ein Gespenst gesehen haben. Nur ich kenne keinen, der selbst eins gesehen hat.«

»Sie sagen selbst: es gibt mehr Dinge, et cetera. Es war ein Unglück, daß wir die Birke vor dem Haus fällen haben lassen, während Norbert schon eingerückt war.« Norbert war Robinitschs einziger Sohn gewesen. »Es war der Lieblingsbaum Norberts. Wir hätten es nicht tun sollen.«

Fräulein Derk sagte nur: »Hm.«

»Und wie er, exakt ein Jahr nach dem Fällen, in Finnland von den Russen erschossen worden ist, es war an einem siebzehnten April ...« Sie wischte ein paar, vermutlich sogar ehrliche Tränen ab, »... er hat sich gemeldet.«

»So was kommt vor«, sagte Fräulein Derk möglichst nüchtern, denn die Sentimentalität des rußigen Krokodils war ihr peinlich.

»Es hat noch einmal geschneit gehabt. Und es hat geläutet, unten am Haus, wie wir beim Abendessen waren, und der Robinitsch ist schauen gegangen, und es war niemand da, auch – hören Sie! – keine Spuren im frischen Schnee weit und breit. Vielleicht«, sie schnupfte noch einmal auf, »vielleicht hat er in seiner Todesminute an seine Mutter gedacht.«

»Oder an den Vater«, sagte Fräulein Derk.

»Nein!« Die Tränen waren wie weggeblasen. »Warum hätte er an seinen Vater denken sollen? Mein Gott, warum ich den überhaupt geheiratet habe.«

»Aber die Sache ist fünfzehn Jahre her. Wieso soll ich etwas heute noch davon verstehen ...«

Frau Robinitsch rückte in ihrem Sessel zurecht. »Er hat sein Sonntagsgebiß geholt.«

»Wer ...? Was ...?«

»Der Robinitsch, natürlich.«

»Aber Ihr Mann ist doch mit dem Flugzeug abgestürzt, und ...«

»Eben.« Sie sprach leise und düster. »Brauchen die ... die *drüben* ihr Gebiß?«

»Darüber habe ich noch nie nachgedacht. Aber – wie geholt? Wieso geholt?«

»Er hat seit Jahren eine Zahnprothese getragen. Oben und unten. Weil er sich natürlich in seiner Jugend nie die Zähne geputzt hat. Hat immer Mundgeruch verbreitet.«

»Ja – aber wieso geholt? Und wie?«

»Er hatte zwei Gebisse, ein älteres, das war schon gelblich, das hat er werktags getragen, und ein besseres für die Feiertage. Und das hat er, wenn man so sagen kann, hinterlassen. Ich weiß ja nicht, was ich mit dem Zeug anfangen soll. Aus Pietät wollte ich es nicht sofort wegwerfen. Es ist in einem Glas gelegen, im Wasser, am Waschtisch. Und jetzt ist es weg.«

»Seit wann?«

»Seit vorgestern.«

»Sind Sie sicher, daß es nicht irgendwie anders – daß nicht jemand anderer …?«

»Es kommt niemand anderer ins Schlafzimmer, gar nicht in die Wohnung.«

»Ist eingebrochen worden? Fehlt sonst noch was?«

»Alle Fenster, alle Türen zugesperrt. Da gebe ich genau acht. Und es fehlt auch sonst nichts. Und ein Gebiß stehlen …?«

»Merkwürdig.«

Frau Robinitsch rückte näher an Fräulein Derk. Die Angst flackerte jetzt ganz hinten in den Augen der Alten: »Meinen Sie, Fräulein Derk, *er geht um*?«

Fräulein Derk zündete sich, ohne weiter zu fragen, noch eine Zigarette an. Nachdem sie ein paar Rauchkringel in die Luft geblasen hatte, sagte sie: »Hm. Es gibt Dinge … und so weiter. Und, wenn ich mir die Bemerkung erlauben darf, Sie sagen ja selbst, es war nicht die beste Harmonie zwischen Ihnen und Ihrem Mann …«

»Er rächt sich. Der Kerl will jetzt *mich* quälen.«

»Haben Sie *ihn* denn gequält?«

»Gequält?! Ich, gequält? Ich habe ihn viel zu gut behandelt. Wenn Sie wüßten, was der sein Leben lang gegessen hat!«

»Schon gut, Frau Robinitsch, nur was soll *ich* in der Sache tun?«

»Könnten Sie ... wäre es Ihnen möglich ... es ist mir, ehrlich gesagt, schon unheimlich, bin ja ganz allein im Haus – könnten Sie sich denken, daß Sie, vielleicht nur für ein paar Tage, oder besser gesagt, Nächte, zu mir ins Haus ziehen? Sie können das Zimmer von der Tochter haben, steht eh leer, nur, daß Sie aber bitte die Tür offenlassen ...«

*

So zog Fräulein Derk – noch am gleichen Tag – ins Haus Robinitschs. Die Sache, das muß gesagt werden, hatte sie persönlich zu interessieren begonnen. Aber es passierte nichts, mehrere Tage lang nichts. Selbst Frau Robinitsch neigte schon dazu, das Verschwinden des Sonntagsgebisses auf natürliche Ursachen zurückzuführen (»Vielleicht haben Sie es doch, ganz in Gedanken an etwas anderes, weggeworfen«, sagte Fräulein Derk), und Fräulein Derk wollte schon in ihr eigenes Haus zurückkehren, denn sie könne, sagte sie, die Schildkröte nicht so lang allein lassen, da passierte es in jener letzten Nacht.

Fräulein Derk wachte mitten aus einem Traum auf, in dem sie auf einem Dampfer durch einen Tunnel fuhr, und die Dampfersirene heulte fürchterlich; die Sirene war die Stimme der alten Robinitsch. Sie stürmte ins Zimmer, in dem Fräulein Derk schlief, heulte noch stärker auf, als sie Fräulein Derk mit aufgelösten Haaren im Bett sitzen sah.

Fräulein Derk sah, was bei dieser Gelegenheit zum ersten Mal offenkundig wurde, wie eine dämonische Haarrübe aus. Frau Robinitsch, ohnehin in Panik, erkannte sie nicht.

»*Ich* bin's, Frau Robinitsch!« schrie Fräulein Derk.

»Fräulein Derk?! Wie kommen *Sie* da herein? Ach so … ach ja …« Sie heulte. Fräulein Derk drückte die Alte an sich, die ein dickflanellenes Nachthemd trug und ein streng geknotetes, geblümtes Haartuch.

»Was ist denn, Frau Robinitsch, ist es …?«

»Ja. Er war wieder da.«

»Und?«

Nach einiger Zeit – Fräulein Derk verabreichte Baldriantropfen – war die Alte soweit, daß sie erzählen konnte.

»Die Tür ging auf. Es hat gestunken. Ich habe seine Schritte gehört; kenne ja seine Schritte. Es hat gestunken …«

»Nach Pech und Schwefel?«

»Nicht direkt, nein, nicht direkt. Anders. Aber gestunken. Und er hat gegrunzt wie ein Schwein. Ich sage Ihnen – er hat zu mir hergegrunzt. Ich habe sofort alle Vierzehn Nothelfer angerufen und die Tuchent über den Kopf gezogen. Dann hat er gepfiffen.«

»Hat er Sie angerührt?«

»Nein, nur gepfiffen, fürchterlich gepfiffen. Ich habe es naturgemäß nur undeutlich gehört, weil unter der Tuchent, dann hat er herumgepoltert und dann gelacht, fürchterlich gelacht.«

»Gesagt hat er nichts?«

»Nein, gesagt nichts, und dann ist er, dem Herrn im Himmel und allen Heiligen sei Dank, davon.«

»Durch die Tür oder verschwunden? Wie ein Nebel oder was?«

»Habe ich ja nicht gesehen unter der Tuchent.«

Nach einiger Zeit, in der Fräulein Derk die Alte umschlungen hielt und in der alles still blieb, schlichen die beiden Frauen vorsichtig ins Schlafzimmer. »Gehen Sie voraus, Fräulein Derk!«

Fräulein Derk machte das Licht an.

»Herr Jesus im Himmel«, fauchte die Alte. Alle Schränke standen offen, alle Schubladen, alles. Alles durchwühlt, alle Wäsche und alles sonst herausgeworfen und am Boden verstreut.

»Fehlt was?« fragte Fräulein Derk.

»Jedenfalls«, sagte Frau Robinitsch, »fehlt sein dicker Überzieher, der mit den Bisamfellen gefüttert ist.«

Fräulein Derk schnupperte. »Nein – nicht Pech und Schwefel. Es riecht nach Schlamm, nach Moor.«

»Richtig«, auch Frau Robinitsch schnupperte, »klar. Das Flugzeug ist ins Moor abgestürzt. Draußen in München. Oder bei München.«

»Ins Moor«, sagte Fräulein Derk nachdenklich, »richtig: ins Moor.«

Von dieser Nacht an schlief Frau Robinitsch im Zimmer bei Fräulein Derk, und es war keine Rede mehr davon, daß diese heimkehrte; vielmehr wurde die Schildkröte ins Haus Robinitsch geholt.

*

Es passierte wiederum mehrere Tage nichts. Dennoch verging die alte Robinitsch vor Angst. Jedes kleinste Geräusch ließ sie aufschreien, im Laden war sie fast nie mehr. Lehrling Leo verkaufte die Schuhe zu Preisen nach seinem Gutdünken, so wie er die Aufschriften auf den Schachteln mehr schlecht als recht lesen konnte. Langsam sickerten Gerüchte in die Stadt, obwohl Fräulein Derk nichts (noch nicht) weitererzählte. Doch die Verstörung der Robinitsch blieb nicht verborgen.

Nach den paar Tagen, an denen nichts passierte, erklärte Fräulein Derk, daß es ganz sinnlos sei, sich in Angst zu verzehren, zu erstarren wie das Kaninchen vor der Schlange. Man müsse, so wörtlich, »das Gesetz des Handelns an sich reißen«, auch im Bereich des Übersinnlichen.

»Rechnen Sie einmal nach: Wann war es, daß er sein Sonntagsgebiß geholt hat?«

»Elf Tage nach seinem Tod.«

»Und wann ist er das zweite Mal gekommen?«

Die Robinitsch rechnete: »Tatsächlich. Wieder elf Tage danach.«

»Elf ist eine unheilige Zahl«, sagte Fräulein Derk. »Das Dutzend nicht voll. Die Apostel ohne Judas. Die erste zweistellige Primzahl. Die freche Zahl, die die urheilige Eins in Anmaßung verdoppelt. Das erste Mal am 11. Oktober, das zweite Mal am 22. Heute ist der 2. November. Wieder elf Tage.«

»Heilige Anna Selbdritt – unser Hochzeitstag.«

»Und Allerseelen … Wir werden nicht warten, bis er kommt. Wir *rufen* ihn. Und fragen ihn, was er will.«

»Ob das gutgeht?«

Fräulein Derk nahm das große Kreuz mit dem Elfenbein-Christus von der Wand – auch ein angebliches Familienstück – und drückte es der Alten in die Hand. »Hier. Und *ich* nehme das Kreuz, das meine Mutter in der Sterbestunde gehalten hat. Kann das der Leo holen? Es liegt in der Schublade, rechts unter dem Fenster.«

*

Das Kreuz krampfhaft an die Brust gepreßt, ständig einen Rosenkranz küssend, eine geweihte Kerze entzündet, zitterte die alte Robinitsch in ihrem Bett. Alle Lichter gelöscht, nur die Kerze flackerte. Draußen heulte der erste Wintersturm durch die Straßen der bösen Stadt.

Fräulein Derk drückte ihre Zigarette aus, nahm ihr Kreuz und begann zu rufen: »Bodo Robinitsch, kannst du mich hören? Bodo Robinitsch, wenn du mich hören kannst, befehle ich dir: Erscheine!«

»Was?!« kreischte die Robinitsch dazwischen, »seit wann sind Sie mit meinem Mann *per du*?«

»*Sind* Sie doch ruhig, wo hat man gehört, daß man einen Geist mit *Sie* anredet.«

Es dauerte nicht lang: ein Geräusch.

»Herr Jesus Barmherzigkeit«, flüsterte die Alte, »er steckt den Schlüssel ins Schloß. An der Hintertür.«

Fräulein Derk erhob ihre Stimme um eine Terz und fuhr in ihrer Beschwörung fort.

Tappende Schritte unten. Türen knarren.

»Er kommt, scheint's, nicht herauf, diesmal«, ächzte Frau Robinitsch.

Man muß es ihr lassen: Mut hatte sie, die Klavierlehrerin Lilly Derk. »Dann gehen wir«, sie faßte ihr Kreuz fester, »hinunter.«

Sie machte Licht im Stiegenhaus – da krachten und klapperten die Türen unten, ein Schatten huschte, Fräulein Derk schleuderte ihm noch ein paar Beschwörungen nach, dann schlug die hintere Haustür zu, und alles war wieder still.

Schweißgebadet gingen die beiden Frauen nach einiger Zeit ins Bett. Aus den entsetzlichsten Träumen wachte die Robinitsch am nächsten Tag auf. Mit fast noch größerem Entsetzen stellte sie fest, daß aus der Kassa tausendfünfhundert Schilling fehlten, eine für damalige Verhältnisse nicht unbeträchtliche Summe.

*

Nun hielt es Fräulein Derk an der Zeit, Hilfe zu holen. Sie vertraute die Sache dem Organisten Peterlin an. Peterlin glaubte zwar eher, daß die Robinitsch hochgradig hysterisch sei, als daß es da ein Gespenst gäbe, vielleicht peinigt sie doch – mit Recht – das schlechte Gewissen über die Behandlung, die sie ihrem Mann angedeihen hatte lassen, und das, was Fräulein Derk miterlebt habe, sei ein schlichter Einbrecher gewesen, dennoch hielt er es für richtig, den Pfarrer zu unterrichten.

Der Pfarrer war eher geneigt, »unerklärliche Zusammenhänge«, wie er sagte, anzunehmen, und so kam, nach wenigen Tagen schon, Monsignore Don Antenor Garrapata aus Salzburg. »Spanier«, sagte der Pfarrer, »der angesehenste Exorzist der ganzen Diözese. Soll dem Opus Dei angehören.«

Monsignore Garrapata kam mit einem hübschen, schwarzhaarigen Knaben. Er selbst war ein bürstenhaariges Zwetschgenmännchen mit dicken Augengläsern. Er piepste in gebrochenem Deutsch, kassierte eine nicht unbeträchtliche Summe, »freiwillik, fire gutes Zewecke«, und stellte zunächst fast etwas wie ein Verhör mit der alten Robinitsch an.

»Wiehe ware seine Lepenswantel?« fragte er.

»Ach, Hochwürden, *dieser* Mensch, wenn mir einer sagen könnte, warum ich den geheiratet habe …«

»Also in Helle?«

»Wo? Selbstverständlich in der Hölle. Das Fegfeuer ist viel zu gut für den. Wenn *der* nicht in der Hölle ist, möchte ich nicht in den Himmel kommen.«

»Versündigen Sie sich nicht, Frau Robinitsch«, warnte Fräulein Derk.

»Weil es doch wahr ist!« fauchte die Robinitsch. Bei Tag war sie mutig.

»Gutt«, sagte der Monsignore, »also.« Er hieß alle das Haus verlassen, ließ sich die Schlüssel geben, der Knabe schwenkte das Weihrauchfaß, der Monsignore sperrte von innen ab, auch den Laden. Die beiden Frauen und Leo, der Lehrling, schauten von der anderen Straßenseite zu. Sie sahen, soweit Einblick war, den Monsignore weihwasserwedelnd und heftig gestikulierend, dem Chorknaben voraus durchs ganze Haus gehen.

Nach einer Stunde kam der Monsignore heraus, gab die Schlüssel zurück, verpackte seine Utensilien und sagte: *Den*

Teufel wolle er sehen, der sich jetzt noch in dieses Haus wage.

Elf Tage danach – zur Vorsicht schlief Fräulein Derk immer noch im Haus – scharrte es wieder, leise, diesmal. Die Tür zu Fräulein Derks Zimmer sprang auf. Sie schoß im Bett auf, machte das Licht …

»Er war es«, sagte sie am nächsten Tag dem Peterlin und dem Pfarrer, die eilig gerufen wurden, »er schaute fürchterlich aus. Die Haare wirr, einen Bart wie Draht. Er stank nach Moor, aber er war es. Im Überzieher mit dem Bisamfutter. Hatte den Überzieher offen – und Augen wie Feuer.«

Er brüllte etwas, was wie »Höllteufel« klang, als er die haarige Rübe im Bett sah, und schlug die Tür wieder zu. Die alte Robinitsch hatte, zu ihrem Glück, alles verschlafen. Und das Gespenst nahm diesmal den Kanarienvogel samt Käfig mit und zwei Paar Schuhe.

»Ich habe mir gleich gedacht«, sagte Peterlin, »daß so ein studierter Blindschleich nichts ausrichtet, der mit dem Schnellzug kommt. Es ist wie mit der Gesundheit. Wenn die gelehrten Doktoren nicht mehr weiterwissen, geht man zu einem Naturheilkundigen. Man hätte gleich den Pater Columban rufen sollen.«

Pater Columban kam zu Fuß aus dem Kloster Unserer Lieben Frauen Hinter den Wurzkrotten. Er war schätzungsweise zwei Meter groß, seine Tonsur umwehten rote Borsten. Er schüttelte von seinem sperrholzartigen Umhang den Schnee. Seine Kutte roch stark landwirtschaftlich. Trotz der Winterzeit kam er barfuß in Sandalen: Zehen, so groß wie Kartoffeln, auch von ähnlicher Farbe. Einen Bart wie ein brennender Bettvorleger.

Seine – eher folkloristischen – Exorzitialgerätschaften hatte Pater Columban in einem Rucksack bei sich, wie ihn die knorrigen Helden der Vorzeit getragen haben mögen, und er verwies niemanden aus dem Haus. Dennoch zogen es Fräulein Derk, die Robinitsch und Leo vor, die Dinge von außen zu betrachten, von einer kleinen Anhöhe gegenüber. Auch Peterlin hatte sich eingefunden und zuletzt eine beträchtliche Menge Passanten.

Pater Columban nahm eine Prise Schnupftabak (»Marke Bärentod«, bemerkte Peterlin) und fing an. Man hörte nur die Stimme des Paters, nicht die Worte, die er schleuderte. Die Stimme war von der Urgewalt dinosaurischer Todesschreie. Die Stimme war von chthonischer Gigantdimension, von der alles hinwegwehenden Kraft tosender Herbststürme, denen selbst Findlinge in karstigen Hochtälern nicht widerstehen. Und die Flüche, die Pater Columban (nebenbei: in der Kehl-Sprache, die man in dem Tal hinter den Wurzkrotten polterte) um sich donnerte und deren Wortlaut man zum Glück nicht verstand, waren von einer Wucht, die nur mit akustischer Sintflut zu vergleichen war. Es waren urtiroler, ja urrätische Flüche dabei, die direkt aus den tiefsten Wurzeln der geheimsten Gletscherklüfte heraufquollen. Ein alpenländischer Vulkan an Flüchen, eine Lava aller Fluchflüche, die je beleidigte Nörgel-Kelten ihren Feinden entgegengeschleudert hatten. Der Organist Peterlin behauptete später steif und fest, das Robinitsch-Haus habe sich am Höhepunkt des Exorzismus leicht nach außen gebläht, und Leo der Lehrling wollte einen talgfarbenen Vogel von der Größe einer Kuh aus dem Kamin flutschen gesehen haben.

Der Pater kam danach schweißnaß aber fröhlich heraus, sagte weiter nichts als: »So«, nahm dankbar eine Brotzeit entgegen und marschierte wieder davon.

Tatsächlich war von da an Ruhe.

*

Von K. aus in etwa nördlicher Richtung erstreckt sich ein Hügelzug, der ein wenig bewohntes Moorgebiet von unnennbarer Schönheit war, bis er in den siebziger Jahren dem Fremdenverkehr und einem Steinbruch geopfert wurde. Nur einige einschichtige Bauernhöfe standen auf den trockeneren Anhöhen, und weiter vorn, hinter dem ersten Waldstück, lebte der alte Stecher. Der alte Stecher – niemand wußte, wie er hieß – lebte davon, daß er Torf stach, mühevolle Arbeit, die Torfziegel trocknete und als Brennmaterial verkaufte. Sein Hauptabnehmer war das inzwischen längst zugrunde renovierte, damals schon altväterliche Moorbad in K., in dem die Bauern versuchten, ihre gichtigen Glieder zu kurieren.

Man wußte nicht nur nicht, wie der Stecher eigentlich hieß, man wußte auch nicht, wie er aussah, denn er war so torfschwarz, daß er gar keine, wenn man so sagen kann, optische Außenstruktur hatte. Er sah aus wie ein schwarzer Klecks von zufällig menschlicher Kontur. Früher hatte es auch eine Stecherin gegeben, die hatte genauso ausgesehen wie er, war aber damals schon viele Jahre tot. Wenig hinter der Keusche des Stechers und dem Torfstich lag auf einem Hügel der Steuerberger-Hof, der einem eigensinnigen Einbein (Kriegsverwundung) gehörte, den später der Größenwahn ergriff und der aus seinem Hof ein Hotel machen wollte und bald auf die Gant kam, wie man den Bankrott in jener Gegend nennt. Das war aber Jahre später. Damals war die Steuerbergerin berühmt für ihr Geselchtes, nach Kennermeinung das beste weitum. Nur handverlesener Kundschaft wurde davon abgegeben, der Organist Peterlin gehörte dazu.

So stapfte Peterlin, um seinen Junggesellenhaushalt für die Feiertage angemessen zu versorgen, am Tag vor Heilig Abend hinaus und hinauf, beim Stecher vorbei, durch den tiefverschneiten Wald zur Steuerbergerin, kaufte gehörig Geselchtes, bekam als Dreingabe einen Schnaps, selbstgebrannt, Geschmacksnote Petroleum, scharf genug, Beton zu durchfressen – nur eine Tiroler Kehle hält so was aus –, und machte sich gegen drei Uhr wieder auf den Weg nach Hause.

Um drei Uhr am 23. Dezember ist dort oben zwischen den Bergen schon finstere Nacht, nur der Schnee leuchtete, ein leichter Wind wehte silbrigen Glanz herum, der wie Nebel zwischen den Fichten hing. Ein paar Krähen flogen auf, wenn sie Peterlins Schritte hörten, knirschend im beinharten Harsch. Peterlin bog im Wald um eine scharfe Wegbiegung und stand vor ihm.

Er schwor später, daß er durchsichtig gewesen sei und etwa drei Handbreit über dem Boden geschwebt. Die grauen Nebelschlieren wären durch ihn hindurchgeweht. Er habe zerrauft ausgesehen, lange, zottelige Haare habe er gehabt und einen struppigen Bart. Aber er sei es gewesen, unverkennbar: der tote Bodo Robinitsch. Keine drei Meter dazwischen. Der Robinitsch, oder vielmehr der Geist, habe gelacht, habe den Finger auf den Mund gelegt und »Psst!« gesagt, dann habe er sich davonwehen lassen.

So der Peterlin noch am gleichen Abend in der *Sonne* beim Viererschnapsen.

»Davongeweht?« fragte der Ringel.

»Quasi«, sagte der Peterlin.

»In Richtung zur Hütte vom Stecher?«

»Richtig«, sagte Peterlin, »wieso weißt du das?«

»Habe vermutet«, sagte Ringel und spielte aus.

*

Ringel hatte schon länger und schärfer vermutet. Ihm als einzigem war aufgefallen, daß um die Zeit des Todes von Robinitsch und Unger auch jene Frau Witwe Kirschegger verschwunden war.

Es war eine bislang unbekannte Schwester der Kirschegger gekommen, hatte schnell den Hausstand aufgelöst; man wanderte aus, nach Canada oder sonstwohin. Niemand in K. hatte Näheres wissen wollen, man war froh, die Unmoralbeule los zu sein. Und außerdem ging Ringel von der Prämisse aus, daß es keine Gespenster gibt, also die ganze Sache *Robinitsch-Erscheinung* anders erklärt zu werden hatte. Er dachte noch eine Zeitlang nach, dann stieg er, am dritten Weihnachtstag, zum Stecher hinauf, klopfte an die Tür der niedrigen Hütte und trat ein.

Am Tisch saß der Stecher, neben ihm der Robinitsch. Seitlich stand der Käfig mit dem Kanari.

»Aha«, sagte Ringel.

Und nachdem er geschworen, daß er niemandem etwas

verraten werde, erzählte Robinitsch: schon in Wörgl sei Frau Kirschegger zugestiegen. Unger habe in München unheimlich auf den Putz gehauen. Einmal hätten sie in einem Lokal sogar so ein rotes Vieh aus dem Meer gegessen. Und Champagner getrunken. Die Kirschegger habe ein Kleid angehabt, so tief ausgeschnitten, daß ein Säugling gleich trinken hätte können. Damit daheim nichts aufkommt mit der Passagierliste und so, habe pro forma er, Robinitsch, den Flug für sich und Unger gebucht, mitgeflogen sei natürlich die Kirschegger. Und mit abgestürzt. Er, Robinitsch, habe natürlich gewußt, daß er dann für tot gilt, hat alles in der Zeitung gelesen. Er hat sich ausgemalt, wie seine Alte erschrickt, wenn er wie ein Gespenst daheim auftaucht, hat dann den Gedanken jedoch weitergesponnen und sich überlegt: Die Chance, von seiner Frau loszukommen, komme nicht so schnell wieder. So sei ihm der Stecher eingefallen. Der sei zwar auch zunächst vor dem Gespenst erschrocken, habe aber dann dem ganzen Handel zugestimmt, sei froh, eine Unterhaltung zu haben. Außerdem: Ab und zu hole er, Robinitsch, Geld aus der Kassa. Die Hausschlüssel habe er ja noch. Allerdings, solche Witze wie früher mache er nicht mehr. Das sei doch zu gefährlich. Zwar sei es schön, die Alte zu schrecken, nur der Friede hier sei ihm doch lieber.

Die Beschwörung durch die Derk? Reiner Zufall; und elf Tage immer? Tatsächlich? Robinitsch lachte; reiner Zufall. Und daß der Nebel durch ihn durchgeweht sei? Wahrscheinlich Schreckphantasie des Peterlin. Nur … er habe ja nicht gewußt, daß die Derk im sonst leeren Zimmer der Tochter schlafe. Wie er die Derk, schon bei Tag häßlich wie die Nacht, mit aufgelösten Haaren im Bett gesehen habe, habe er seinerseits an ein Gespenst geglaubt. Habe sich aber schnell gefaßt – übrigens habe sich die Sache mit dem Exorzismus bis zum Stecher herauf durchgesprochen. Er, Robinitsch, habe, mit dem Stecher zusammen, gut getarnt, aus der Entfernung dem Auftritt zugesehen, habe dem klobigen Pater dadurch neue Reputation verschafft, daß er danach nicht mehr *erschienen* sei …

Der Stecher lachte während Robinitschs Erzählung lauthals in sein ohne Zweifel auch moorfarbenes Inneres hinein.

*

Ringel hielt sein Versprechen. Jahre vergingen. Doch in einer Nacht im Frühjahr, im Frühjahr, wie es nur in der Gegend von K. ist, eine Jahreszeit mit granitener Luft, Kälteblöcke wurden von Brutwärme hin und her geschoben, es aperte mit Gewalt, und mit ebensolcher Gewalt schlug wieder Schnee nieder. Der Föhnsturm johlte von den Jochen im Süden. In so einer Nacht, spät, gegen drei Uhr, vier Uhr, klopfte es gegen Ringels Tür. Der Stecher. Er war außer Atem.

»Der Robinitsch ist violett im Gesicht. Er hüpft ganz krumm in der Hütte herum und stöhnt. Er hat mir verboten, den Doktor zu holen. Wenn ein Doktor kommt, sagt er, fliegt alles auf, und er muß zurück zu seiner Alten. Komm, red du mit ihm. Oder wir tragen ihn herunter, ins Spital.«

Ringel zog sich rasch an, eilte mit dem Stecher hinauf. Als sie ankamen, war Robinitsch schon steif und tot.

Sie überlegten eine Weile.

»Besser nicht«, sagte dann Ringel.

»Mein' ich auch«, sagte der Stecher.

Sie nahmen eine alte Decke und wickelten den toten Robinitsch ein. Es dämmerte schon der Morgen. Ein grauer Himmel wie Asphalt spannte sich hoch übers Moor.

»Hier«, sagte der Stecher, »hier ist es am tiefsten.«

»Einen Moment«, sagte Ringel. Er schlug die Decke auseinander und schaute den Robinitsch an, der seltsamerweise jetzt gar nicht mehr violett war im Gesicht. Er machte ihm ein Kreuz auf die Stirn, auf den Mund und auf die Brust. Dann versenkten sie den, der endlich wirklich Leiche war, in die Tiefe des Moors.

»Requiescat in pace«, sagte Ringel.

»Was hast g'sagt?« fragte der Stecher.

»Er ruhe in Frieden«, sagte Ringel.

»Und 's ewige Licht leuchte ihm«, sagte der Stecher.

»Amen«, sagte Ringel.

*

Die Legende vom Robinitsch, der im Stecherschen Torfstich umgeht, hielt sich noch lange. Und Fräulein Derk schmeichelte sich, zu den wenigen Leuten zu gehören, die *persönlich* einmal ein Gespenst gesehen haben.

Noch zwei Stunden bis Sevilla

Er spricht mit schwerer Zunge. Der Wirtshaustisch ist voll von Flecken verschütteten Weines. Nicht das erste Haus am Platz, aber ich hatte kein anderes gefunden.

»Wie ich heiße? Tut nichts zur Sache. Der Herr wollen nach Sevilla? Kommt darauf an, wie gut die Pferde sind. Zwei Stunden oder drei ... Ob ich auch aus Sevilla bin? Kann man sagen. Wie alt ich bin? Jung bin ich nicht mehr, das sehen der Herr, wie alt ich genau bin, weiß ich nicht, weil ... das ist so eine Sache mit meiner Abstammung. Schwamm drüber. Ob ...? Verwitwet. Seit zehn Jahren. Hat Susanna geheißen. Vier Kinder. In alle Winde zerstreut. Die Söhne angeblich nach Nueva España.« Er zeigte, ohne das Weinglas loszulassen, irgendwo nach hinten.

»Was ich bin? Nichts mehr. Gut für den Misthaufen, sehen Sie doch, seit meine Susanna tot ist. Was ich war? Alles mögliche. Unter anderem Friseur. Ich sage Ihnen, Herr«, es schien, als blühe er ein wenig auf, »der berühmteste Friseur von ganz Sevilla. Damals ...« – er sackte wieder in sich zusammen, machte eine wegwerfende Geste – »... heute weiß wahrscheinlich keiner mehr meinen Namen. Später war ich sogar diplomatischer Kurier. Ha! Da staunt der Herr? Jawohl. London. Da war ich nämlich im Dienst bei einem höheren Herrn. Der Name sagt Ihnen wahrscheinlich nichts: Graf Almaviva. Er war Gesandter, ich Kurier. Er ist dann in Ungnade gefallen, weil er – ich weiß nicht, ob ich

Ihnen das sagen soll, man kann nicht vorsichtig genug sein, aber Sie scheinen mir kein Pfaffe zu sein – weil er mit der Inquisition ins Gehege gekommen ist. Wie bitte? Ob er sich einer Häresie schuldig gemacht hat? So kann man auch sagen. Die Häresie bestand darin, daß er die Favoritin des Großinquisitors ge…, also, der Herr verstehen, … beglückt hat. Grad' daß er noch, der Graf, um ein Haar dem Scheiterhaufen im letzten Moment entglitten ist.« Er lachte in sich hinein. »Er hat seine Häresie widerrufen … und sich einer ungefährlicheren Häresie zugewandt … und dem Inquisitor durch eine milde Gabe die Absolution leichter gemacht. Aber seinen Gesandtenposten war er los. Und ich meinen feinen Posten als diplomatischer Kurier. Er, der Graf, hat sich dann auf seine hochverschuldeten Güter zurückgezogen und seiner zweiten Leidenschaft gehuldigt, dem Kartenspiel. Was seine erste Leidenschaft war? Dreimal dürfen Sie raten. Ach, Sie kennen den Namen Almaviva? Wie? Was die Gräfin Rosina macht? Sie bereut im Kloster, seit sie Witwe ist. Ja, ja, der Graf ist gestorben, schon lang. Man kann zwar nicht sagen, in der Blüte seiner Jahre dahingerafft, denn wann hat er schon geblüht, aber doch bemerkenswert früh. Ich glaube, er war keine fünfzig Jahre alt. Am Kartentisch – bumms und tot. Sie haben dann in die Karten geschaut, die er in seiner verkrampften Hand hatte, und stellen Sie sich vor: Er hatte vier Trümpfe und zwei Könige, hätte das Spiel solo gewonnen. Ein tragischer Tod. Wie bitte? Ach so, was die Gräfin bereut? Nein, nein, nicht so allgemein, schon was Spezielles. Es war ja letzten Endes verständlich bei dem Ehemann, und dieser gewisse Cherubino, wie der, etwas männlicher geworden, in seiner eleganten Leutnantsuniform wieder einmal auf Urlaub gekommen ist ... na ja, da ist es halt dann doch passiert zwischen der Gräfin und dem Don Cherubino. Wissen Sie übrigens, Sie scheinen ja mit den Verhältnissen vertraut zu sein, wer dieser Cherubino überhaupt war? Nein? Da werden Sie staunen. Der uneheliche Sohn vom Grafen. Hat die Gräfin natürlich nicht gewußt. Ich schon, habe aber den Mund gehalten, auch nach dem Tod des Grafen. Ja. Und das hat sie, wenn man so sagen kann, bereut und ist ins Kloster gegangen. Also, es ist nach dem Tod des Grafen noch eine Zeitlang weitergegangen mit Don Cherubino und der Gräfin Rosina, haben sich fast keinen Zwang mehr angetan, war ein Skandal, und dann, na ja, die Gräfin ist nicht jünger geworden, und Don Cherubino wollte doch auch, oder mußte vielmehr, eine gute Partie, die Tochter eines Steuerpächters aus Granada ... ja, und wie sie so den Don Cherubino davonziehen hat sehen, hat sie zu bereuen angefangen ... ›Sind halt so, die jungen Leut'‹, hat sie gesagt, als ich mich von ihr verabschiedet habe.

Wie bitte? Ich versteh' Sie nicht, es ist so laut hier. Sie zahlen mir noch ein Viertel? Danke, sehr anständig. Ah so, wer das war, der der plötzlich dahingerafften gräflichen Gnaden die letzten Karten aus der Hand genommen hat? Seine drei ständigen Kartenbrüder, wenn ich so einen despektierlichen Ausdruck für hohe Herrschaften gebrauchen darf. Das war einmal der Erzbischof – eigentlich mochten die anderen den gar nicht gern, weil er immer so falsch gespielt hat und statt Geld vollkommene Ablässe eingesetzt. Wie es den Grafen vom Sessel gefegt hat, hatte er einhundertfünfzigtausend Tage vollkommenen Ablaß gewonnen gehabt. Er hätte dafür sechzig jungfräuliche Nonnen schwängern, vierzigmal in der Kirche einen Wind lassen oder einen Kardinal einmal einen Schöpsen heißen dürfen. Aber sie mußten es halt dulden, daß der betrügerische Oberpfaffe mitspielt, weil mit der hohen Geistlichkeit ist in Spanien nicht zu spaßen. Und die anderen beiden? Wenn Sie, scheint's, mit den Sachen hier etwas vertraut sind, kennen Sie womöglich auch den Don Juan Tenorio? Ja? Den kennen Sie? Ach so, nur dem Namen nach. Einer der größten Spruchbeutel des Königreiches. Tausendunddrei? Ach, auch diese Zahl kennen Sie? Ich war befreundet mit seinem Faktotum, einem gewissen Leporello, und unter Dienern verständigt man sich ... Ich sage Ihnen: alles gelogen. Das Register? Ein Märchenbuch. Wenn er bei einem Dutzend gelandet ist, und das waren meistens Kindermädchen oder Blunzen vom Land, ist es hoch gegriffen. Aber dann, das war schon nach dem Heldentod meines gräflichen Herrn Almaviva, hat er sich an der Tochter des Großkomturs des Weiß-ich-was-Ordens vergriffen ... Wie? Und den Komtur ermordet? Keine Rede davon. Die Leute des Komturs haben den Don Juan verprügelt, und der Komtur hat den Don Juan, der übrigens ein entfernter Neffe von ihm war, vor die Wahl gestellt: Entweder heiratet er die deflorierte Doña Anna, oder er zeigt ihn bei der Inquisition wegen häretischer Äußerungen an. Da hat dann, das weiß ich auch von Leporello, der Don Juan seine eigene frisch-fröhliche Höllenfahrt inszeniert. Großartig – mit Hilfe eines durchreisenden Schweizer Architekten. Wo er hin ist? Das wußte nicht einmal Leporello. Wahrscheinlich nach America. Oder in die Schweiz und ist lutherisch geworden.

Und der vierte beim Kartenspiel, das war ein gewisser Baron de Los Tados. Ja, genau, Belmonte mit Vornamen. So, so, den Namen kennen Sie auch. Freilich, ein edler Grande? Daß ich nicht lache. Sicher, er hat sein Leben aufs Spiel gesetzt, um seine Konstanze zu befreien, aber – der Herr sind kein Spanier? Dann kann ich's ja sagen: Spanier bleibt Spanier. Ein paar Jahre ist es gutgegangen. Mag sein, der Umgang mit solchen Typen wie dem Erzbischof, dem Don Juan und meinem verwichenen Herrn Grafen Almaviva, der wahrscheinlich seine hundertundfünfzigtausend Tage vollkommenen Ablasses im Fegfeuer gut brauchen hat können, wenn er nicht von vornherein ... aber Schwamm drüber. Der Umgang mit denen hat den ohnedies ein wenig weichlichen Los Tados verdorben, und wie die Baronin, also jene Konstanze, erfahren hat, daß ihr Mann, nachdem er seine Baronie an den Don Juan verspielt hatte, sie, seine Frau, gesetzt hat – und an den Erzbischof verspielt, da hat sich die Frau Baronin daran erinnert, was damals derjenige Bassa Selim in der Türkei hinten zu ihr gesagt hat, als sie mit ihrem Belmonte abgezogen ist: Daß er ihr wünscht, sie möge nie bereuen, sein Herz ausgeschlagen zu haben. Ja. Und hat ihre Sachen gepackt und ist zurück ins Serail.

Aber jetzt, glaube ich ... vielen Dank auch ... war anständig von Ihnen, mich einzuladen ... glaub' ich, Ihr Kutscher winkt. In zwei Stunden sind Sie in Sevilla. Wie heißt die alte Dame, die Sie besuchen wollen? Ah ja, kenne die Dame, nur aus respektvoller Ferne, versteht sich, Doña Leonora Florestan, auch lang schon Witwe. Wenn Sie gut essen wollen, übrigens, empfehle ich Ihnen ein Restaurant kurz vor dem Wall, der Wirt heißt Lillas Pastia ...«

Mr. Frank

Der Mai war kalt. »Der kälteste Mai seit hundert Jahren«, meldete die *Abendzeitung*. Ende April waren die Mädchen schon ohne Strümpfe herumgelaufen, im Oval der Reitbahn im Englischen Garten waren die ersten nackten Sonnenbader zu sehen gewesen, aber Mitte Mai schneite es noch einmal; kurz natürlich, und der Schnee blieb nicht liegen.

Die Studenten nahmen das Klavier und gingen in den *Augustiner*. Siegfried und Udo saßen ohnedies im Schutz der Arkaden des Bekleidungshauses *Hettlage*. »Vor Jahren«, sagte Udo, »hat der *Hettlage* einen Preis für das beste Gedicht ausgesetzt, das sich auf *Hettlage* reimt. Einer hat eingesandt: ›Ein Nachthemd von *Hettlage* bewährt sich in jeder Bettlage.‹ Die Firma hat den Preis nicht ausbezahlt, weil sie alles mögliche führt, nur keine Nachthemden.«

»Aha«, sagte Siegfried mürrisch.

»Ja«, sagte Udo, »aber der Mann hat geklagt, und der Richter hat entschieden, entweder muß der *Hettlage* Nachthemden in sein Sortiment aufnehmen oder den Preis so auszahlen.«

»Haben sie das denn?«

»Weiß nicht. Werden wohl haben müssen.«

»Interessiert mich auch nicht«, sagte Siegfried.

Der Schnee hatte den Vorteil, daß die beiden Studenten mit dem Klavier hatten abziehen müssen. Das Klavier hatte

Griffe an den beiden Schmalseiten; kann sein, daß das Klavier diese Griffe von vornherein hatte, kann sein, daß die Studenten die Griffe zur Erleichterung des Transportes extra angeschraubt hatten. Wahrscheinlich zwei Musikstudenten. Sie spielten vierhändig; exzellent, muß ihnen der Neid lassen. Sie spielten *Ungarische Tänze* von Brahms oder Walzer von Strauß. Flott. Oder die *Tannhäuser*-Ouvertüre. Siegfried konnte die *Tannhäuser*-Ouvertüre auch spielen: auf der Knopfharmonika, aber das ist natürlich kein Vergleich. Vierhändig klingt das ganz anders, viel voller, logisch, noch dazu, wenn es so gespielt wird. Förmlich virtuos. Gekonnt.

»Kriegen Stipendien und dergleichen«, brummte Siegfried, »und wollen nur Geld fürs Kokainschnupfen. Und nehmen anderen den Verdienst weg. Und solche langen Haare.«

Die Menge der Zuhörer, wenn man da überhaupt von Zuhörern sprechen kann, bleibt sich praktisch immer gleich, also die Menge der Leute, die Geld hergeben. Wenn zwei so nahe beieinandersitzen – genauer gesagt, in dem Fall vier –, so geben die Leute nicht mehr. Die geben nicht doppelt. Sie geben entweder in den einen Hut oder in den anderen. Daß einer zweimal gibt, kommt so gut wie nie vor. Daß einer das, was er gibt, teilt und die Hälfte in den einen Hut wirft, die Hälfte in den anderen, ist genauso selten. Im Fall von Siegfried und Udo eine saubere Büchse. Udo hat sie außen mit selbstklebender Folie überzogen, weißgrundig mit blauen stilisierten Blüten. Siegfried hatte die Folie in einem Container mit Bauschutt gefunden. Die Folie – fast eine ganze Rolle, mindestens zwei Meter, nur seitlich war unregelmäßig und gezackt etwas weggeschnitten – lag ganz oben auf dem Schutt. Im Lauf so eines Lebens, wie es Udo und Siegfried führen müssen, gewöhnt man es sich an, in jeden Schuttcontainer hineinzuschauen; in jeden Papierkorb; in jeden Müllkübel. Überhaupt: was die Leute schon nur auf der Straße alles wegwerfen. »Gut für uns«, sagte Udo. In der Dose, die Udo beklebte, war Aprikosen-Kompott gewesen. Auch die Dose hatte Udo gefunden – als sie noch voll war, wohlgemerkt, und zu. Na ja – gefunden, wie man es so nimmt. Sie lag unter einem kleinen Lastwagen, der viele solcher Dosen geladen hatte. Vom Lastwagen hätte Udo nie eine Dose genommen, nie. Doch wenn die Dose unterm Lastwagen liegt und außerdem der Fahrer nicht da ist und noch dazu die Dose schon einen leichten Knick hat, seitlich, also quasi beschädigt ist, dann kann man annehmen, daß … na ja. Dann kann man das als *finden* betrachten. »Und überhaupt«, sagte Udo, »wenn diese Kriminellen von Lastwagenfahrern schon ständig in der Fußgängerzone herumfahren und parken, wie und wo sie wollen, so ist es nur recht und billig, wenn ihnen ab und zu was abhanden kommt.«

Nachdem das Aprikosen-Kompott gegessen war und die Dose sauber ausgewaschen, klopfte Udo – sehr mühsam – den Knick heraus, löste das Etikett ab, polierte sie mit dem Ärmel und stellte sie auf den Kasten hinter dem Notenständer. »Ich will nicht«, sagte Udo, »zu den Schweinen gehören, die einen verschwitzten Hut aufstellen und nach Klo riechen.« Wenige Tage später fanden sie, wie gesagt, die Rolle mit selbstklebender Folie. Udo arbeitete den ganzen Abend. Exakt schnitt er einen Streifen, so breit, wie die

Dose hoch war, rollte die Dose, rechnete, maß, schnitt wieder, bis die Dose mit der Folie beklebt war, förmlich geschmückt. Es blieb noch viel übrig von der Folie. Udo verklebte sie in der Bude, seitlich an seinem Bett.

»Sieht doch besser aus, hübscher, oder?« sagte Udo.

»Leck mich am Arsch«, stöhnte Siegfried. Er rieb sein wundes linkes Bein ein. In der Mülltonne hinter einer Klinik hatte er einen Karton Salbenreste gefunden.

Mit Filzstift schrieb Udo dann *Danke* auf die Dose. Eine lange Debatte war dem vorausgegangen. Siegfried hatte gemeint, man solle *Bitte* draufschreiben, möglichst mit Ausrufezeichen.

»Daß das eine Bitte um eine Unterstützung ist, ist doch wohl jedem Deppen klar«, argumentierte Udo, »aber wenn einer gibt und er liest *Danke*, dann ist das von uns eine Geste der Höflichkeit, oder?«

»Mir wurst«, sagte Siegfried. Udo schrieb *Danke*. Er zeigte es Siegfried. »Hast dich wieder einmal durchgesetzt«, brummte der.

»Aber ich hab dich doch gefragt?«

»Wie immer«, brummte Siegfried und redete wieder einmal drei Tage kein Wort mehr.

Die Studenten mit dem Klavier waren vor einigen Wochen aufgetaucht. Die Stadtverwaltung duldet es nicht, daß einer einen festen Standplatz hat, wo er spielt. So ziehen sie halt herum, vom Karlstor zum *Hettlage* oder zum *Singer*, wo auch Arkaden sind, oder zum Dom oder eben sonst irgendwohin, immer reihum. Ob das besser ist? Wahrscheinlich will die Stadtverwaltung, daß keine Stammplätze entstehen, um die dann Mord und Totschlag entstünde, wenn sie einem streitig gemacht würden. (»Die Studenten wären womöglich solche.«) Die Polizisten passen auf wie die Schießhunde, als ob sie nichts Besseres zu tun hätten. Einmal hatten sich Siegfried und Udo – eigentlich fast mehr aus Gedankenlosigkeit – unter die *Hettlage*-Arkaden gesetzt, nachdem sie am Tag zuvor schon da gesessen waren. Und schon war ein Polizist da. »Wißt's ihr nicht?!« hat der Polizist nur gesagt. Ein junger, bärtiger. Siegfried wollte grad zu maulen anfangen, doch Udo hat das Zeug, die Instrumente, den Notenständer, die beiden Klapphocker, die weiß-blau beklebte Büchse *Danke*, was noch alles kaum aufgestellt gewesen war, schon schnell wieder zusammengerafft. »Verzeihung, Herr Inspektor«, hatte Siegfried gepfiffen. Er redete immer mit spitzem Mund, wenn er Angst hatte, und das pfiff dann. Der Polizist linste in die Büchse, aber es war eh noch nichts drin. Die zwei waren nachher zum Sendlinger-Tor-Platz gewatschelt. Ein sehr ungünstiger Platz, weil die Leute dort nicht gehen, sondern rennen; aber alle besseren Plätze waren dann schon besetzt.

Die Studenten hatten ein Klavier. Selbst die Ältesten konnten sich nicht erinnern, daß jemals welche ein Klavier dabeigehabt hatten. Unerhört. Die meisten spielten auf Gitarren oder Akkordeon, dazu sangen sie. Ganz Windige sangen nur, ohne Begleitung. Seit einigen Jahren gab es welche, die tanzten dazu; mit Ponchos und gaben sich als Peruaner aus, und was es da halt so alles gibt. Oft kommen jüngere Leute, fast Kinder noch, Schüler oder ganz junge Studenten, die spielen auf vier Blockflöten oder gar ein Streichquartett. Sogenannte Schmutzkonkurrenz: Die haben es nicht nötig, machen es aus Jux oder weil sie gewettet haben. Die Leute schmelzen dahin, wenn sie so vier Mädchen sehen, die irgendein Opus herunterkratzen, und werfen Geld; sogar Scheine! Udo hatte es mit eigenen Augen gesehen. Da sagt die Polizei nichts. Ehrliche Arbeit geht dann unter. So wie Knopfharmonika (Siegfried) und Banjo (Udo) und *La Paloma*. Ab und zu tauchte der Schweizer auf mit seiner blöden Tochter. Der leistete ehrliche Arbeit, nichts zu sagen, wenngleich nicht *La Paloma*, sondern mehr in Richtung »Mei Vater isch ein Appenzeller hollerodirü«. Optisch sehr gefällig in Schweizer Tracht. Der Vater spielte Akkordeon, die Tochter zupfte einen einsaitigen Kontrabaß. Die Tochter sah aus wie fünfzig, war klein wie zehn und hatte wenig Haare. Wenn sie nicht weiterspielen wollte, gab ihr der Vater – ohne sein Singen und Spielen zu unterbrechen – einen Fußtritt. Dann zupfte sie wieder. Kann auch sein, sie waren Mann und Frau.

Nur diese Studenten mit dem Klavier; daß so etwas überhaupt geht, hätte niemand zuvor geglaubt. Sie rückten an in der Früh, stellten das Klavier irgendwo hin, mitten aufs Pflaster – jeder hatte auch noch einen leichten Hocker unterm Arm dabei – stellten die Hocker hin. Oben im Klavier drin die Noten – jawohl! Noten –, Deckel auf, Noten aufgelegt, und schon donnerten sie los. Ganze Symphonien vierhändig. Und, wie gesagt, die *Ungarischen Tänze*, was besonders blöd war, denn den einen davon, den bekannten »daaa – da – daaa – da – daaaa – da – diiii – da – daaaa«, den hatten Siegfried und Udo auch drauf, allerdings nur auf Knopfharmonika und Banjo, und Udo pfiff auf einem winzigen Ring, den er in den Mund steckte, die Oberstimme dazu; *nicht* vierhändig. Und vor allem: Daß man dieses Stück *so* schnell spielen konnte, hatten Siegfried und Udo nicht gewußt. Sie wagten es danach tagelang nicht mehr zu spielen.

Sicher Musikstudenten, lernen auf Pianist. Rasseln mit den Fingern nur so herum, und in einer Lautstärke! Und bei denen klatschen die Leute sogar. Richtiger Beifall. Und dann stehen die beiden auf und verbeugen sich. Und lange Haare haben sie auch. »Beim Arbeitsdienst hätten sie sie ihnen schon abgeschnitten«, sagte Siegfried. Siegfried war beim Arbeitsdienst gewesen, genauer gesagt, Reichsarbeitsdienst, Arbeitsgau Magdeburg-Anhalt, Standort Dessau-Ziebigk. Zuletzt Oberfeldmeister: Silberne Schulterstücke mit einem Stern; Feldwebel quasi. Beim Arbeitsdienst hatte er Zucht und Ordnung gelernt, auch Ehre und Anstand sowie Knopfharmonikaspielen.

Wenn es zu regnen anfing oder wenn sie genug Geld eingenommen oder Hunger bekommen hatten oder auch nur, scheint's, nicht mehr mochten, klappten die Studenten eins, zwei den Deckel zu, nahmen ihre Hocker unter den Arm, packten das Klavier an den Griffen und waren weg. Meistens verschwanden sie – samt Klavier – im *Augustiner*. Siegfried und Udo brauchten immer eine halbe Stunde, bis sie ihren Kram aus- und wieder eingepackt hatten, schon allein weil sich Siegfried mit dem Bücken so schwer und sein Bein weh tat – alles Folgen des Arbeitsdienstes, beim Torfstechen in den Mooren. »Hast du als Oberfeldmeister Torf gestochen?« fragte Udo. »Ich habe die Verantwortung getragen«, sagte Siegfried, »aber bedenke die stechende Hitze und die Fliegen!«

Zuerst die beiden Klapphocker: nicht zu weit auseinander, nicht zu nahe beisammen. Siegfried mußte sein schadhaftes Bein gut wegstrecken können. Dann, genau in der Mitte zwischen den beiden Hockern, die umgedrehte Kiste. Das gab es gar nicht, daß Siegfried damit zufrieden war, wie Udo die Kiste hinstellte. »Du lernst es nicht«, brummte er, »weiter links.«

Udo rückte die Kiste hin oder her.

»Weiter links! sage ich.«

»Dann mach es doch selbst!«

»Mach ich auch.« Siegfried rückte die Kiste einen Zentimeter weiter vor. »Als ob das einen Unterschied machen würde«, maulte Udo, »in der Zeit, bis du *endlich* soweit bist, hätten wir schon fünf Euro einnehmen können.«

»Es *macht* einen Unterschied. *Ich* habe Ordnung gelernt, *ich* war ...«

»Ich weiß, ich weiß.« Dann den Notenständer auf die Kiste. Es war ein kleiner, aus leichten Latten oder fast eher Spreißeln zusammengefügter Tisch-Notenständer. Siegfried hatte ihn selbst gebastelt. Noten standen aber nie auf dem Ständer, vielmehr ein Karton von ungefähr doppelter Postkartengröße. Auf den Karton hatte Udo das Repertoire geschrieben:

1. *Erzherzog Johann*
2. *Zu Mantua in Banden*
3. *La Paloma*
4. *Zwo Brettln, a gführiger*
5. *Toselli-Serenade*
6. *Ungarischer Tanz*

7. *Badenweiler Marsch* (da weinte Siegfried immer)
8. *Mei Mutterl war a Weanerin*
9. *Ave Maria*
10. *Liechtensteiner Polka*

Sie spielten ein Stück nach dem anderen, immer der Reihe nach. Die Reihenfolge zu ändern hätte Siegfried krank gemacht. In der Zeit, in der sie – wegen der vierhändigen Schmutzkonkurrenz – Numero 6 nicht spielen konnten, war Siegfried noch unleidlicher als sonst gewesen. Den Karton hatte Udo, zum Schutz vor Verwitterung, in durchsichtige Affenhaut aus Plastik eingeschlagen, hinten verklebt; so wie man Bücher einbindet.

Dann die Büchse aufstellen: Hinter dem Notenständer, zum Publikum hin, das *Danke* in die richtige Richtung gedreht, dann endlich die Instrumente. Bis Siegfried seine Knopfharmonika aus dem Etui hatte! Und bis er dann endlich das Tuch, in das die Knopfharmonika eingeschlagen war, richtig zusammengelegt hatte … Alles in allem, wie gesagt, eine geschlagene halbe Stunde. Und beim Einpacken später, natürlich, die gleiche endlose Prozedur in umgekehrter Reihenfolge.

Siegfried und Udo waren für gewöhnlich immer die ersten am Platz, in der ganzen Stadt. Udo hätte schon gern ab und zu länger geschlafen, aber Siegfried hatte das zeitige Aufstehen gelernt.

»Beim ersten Hahnenschrei! Im Morgengrauen! Bei Wind und Wetter!«

»Du bist nicht mehr beim Reichsarbeitsdienst«, maulte Udo manchmal.

»Wer einmal Oberfeldmeister war«, sagte Siegfried, »der bleibt es. Dem bleibt der Mumm in den Knochen.« Er hinkte hinaus, ließ die alte Wasserkanne, die sie einmal in einem Abbruchhaus gefunden hatten, mit kaltem Wasser vollaufen. Am Flur war eine Wasserstelle, ein gußeiserner Brunnen, den sie mitbenutzen durften. Dann zog sich Siegfried aus, stellte sich in eine Zinkwanne (stammte von einer anderen Abbruchstelle) und schüttete das Wasser über sich. »Abhärtung!« schrie Siegfried. »Das habe ich meinen Männern immer befohlen. Da war ich unnachsichtig. Viele haben es mir nachher gedankt. Könnte den Langhaarigen mit dem Klavier auch nicht schaden.«

Udo schaute immer weg. Er konnte den Anblick des nackten Gerippes nicht ertragen (obwohl er selbst wahrscheinlich auch nicht schöner war; aber sich selbst sah er nie, sie hatten keinen Spiegel). Das nackte Gerippe war stellenweise behaart und das einzig Fleischige daran ein längst nutzlos gewordenes und dennoch lächerlicherweise gewaltiges, baumelndes Glied. Einmal schaute Udo doch hin. Da sah er, daß Siegfried den größten Teil des Wassers danebenschüttete.

Das Frühstück richtete sich danach, was man so im Lauf des Tages fand. Siegfried wußte eine Stelle, wo ein Café die gebrauchten Filtertüten wegwarf. Siegfried bröselte das abgesottene Pulver aus dem Papier, sammelte es in einer Blechschachtel und ließ es trocknen. Wenn man genug davon nahm, gab es ein braunes Wasser, das entfernt nach Kaffee schmeckte. Zucker nahmen sie, wenn niemand herschaute, in Straßencafés mit, und zwar die kleinen angerissenen Säckchen, die die Gäste oft halbvoll liegenließen, oder die Päckchen mit zwei Würfeln, von denen die Gäste nur einen verwendeten. Mittags und abends gingen sie entweder zu den Kapuzinern am Südfriedhof oder zu den Benediktinern in die Karlstraße. Einmal im Monat war in der Frauenfachschule in der Antonienstraße Prüfungskochen. Da waren Siegfried und Udo immer zur Stelle, und das war dann ein Festtag. Davon wußten selbstverständlich auch andere. Man mußte früh genug dasein – zu früh durfte man sich jedoch auch wieder nicht anstellen, sonst warf einen die Lehrerin hinaus. Eine Gratwanderung. Leider gingen Siegfried und Udo oft genug leer aus, auch weil andere so brutal waren. Einmal wollte Siegfried – in aller Form – die Lehrerin darauf hinweisen, diese sagte aber nur: »Wenn ihr streitet, werfe ich alle hinaus.« Die Kapuziner-Suppe war dünner, dafür gab es mehr, die Benediktiner-Suppe war besser, allerdings weniger. Außerdem war der Benediktiner-Pater strenger: »*Einen* Ton«, sagte er mit dem Blick auf die Musikinstrumente, »und ihr habt das letzte Mal eine Suppe gekriegt.«

Was Siegfried am wenigsten leiden konnte, waren lange Haare. Zum Glück gab es die Berufsschule für Friseure. Die besuchte Siegfried jede Woche. Er ließ sich einen Hindenburgschnitt verpassen: Praktisch geschoren bis über die Ohren hinauf und der Rest *Bürste*, eineinhalb Zentimeter. Selbst ungeschickte Lehrlinge konnten das. Obwohl Udo nicht wollte, jedenfalls nicht so oft, mußte er mit, bekam auch den Hindenburgschnitt. »Sind Sie Brüder?« fragte einmal der ausbildende Meister. »Nein!« sagte Siegfried. »Das scheint nur so, weil wir so lang beisammen sind. Gezwungenermaßen. Und wegen dem Hindenburg bei beiden.«

Der Meister war froh, wenn die beiden kamen. Übungsmaterial war rar. Manchmal gab es da sogar eine Brotzeit.

Auch der Turnus, wo sie spielten, lag mehr oder weniger fest, nicht so fest wie die Abfolge der Lieder, und mußte nur aufgrund jahreszeitlicher oder augenblicklicher Gegebenheiten geändert werden. An und für sich montags – Stachus-Rondell (unterm Karlstor), dienstags – die Arkaden beim *Hettlage*, mittwochs – Altes Rathaus ... und so weiter. Besondere Gelegenheiten, ein Fußballendspiel oder dergleichen, sahen die beiden im Olympiapark, und was es eben so alles gibt. Pünktlich um zwölf, immer, hörten sie auf. Wenn der letzte Ton der *Liechtensteiner Polka* verklungen war, sagte Siegfried: »Mittagspause!« (um halb sechs: »Feierabend!«), und dann packten sie ein. Vorher allerdings zählte Siegfried das Geld. Auch das war eine Gratwanderung: Es darf nicht zuviel in der Büchse sein, weil da dann die Leute meinen, die haben eh schon genug gekriegt; und es darf nicht zuwenig sein, denn bekanntlich lockt Geld Geld an. Von Zeit zu Zeit mußte also geleert werden. Vor Jahren schon hatte Udo bemerkt, daß ihn Siegfried beschiß. Es gab Streit. Udo wollte nachzählen. »Du wirst doch nicht annehmen«, kreischte Siegfried, »daß ein Oberfeldmeister des Reichsarbeitsdienstes einen Kameraden bescheißt!« Udo wollte doch nachzählen. Siegfried wurde nervös. »Ich ... ich ... ich ...«, brüllte er (die Passanten blieben stehen, neugierig), »ich schwöre auf meine Ehre als Oberfeldmeister, und den Eid, den ich damals geleistet habe ... et cetera! Et cetera! Und außerdem, was warst du schon? Obergefreiter bei den Funkern. Nicht einmal bei der Infanterie. Bei den Funkern. Das Hinterletzte.« Udo ließ es sein. Einmal allerdings klemmte daheim am Klo die Tür. Gleichzeitig – eine glückliche Fügung – hatte Siegfried vergessen, seinen Brustbeutel mitzunehmen, den er sonst nie ablegte, außer bei seiner morgendlichen Abhärtung, und auch da schob er ihn unter die Wanne, in der er stand. Wahrscheinlich hatte ihn Siegfried vergessen, weil es ihm so pressierte. Die Hühnerkeule, die er unter einer Bank im Alten Botanischen Garten gefunden hatte, war offenbar nicht mehr so ganz taufrisch gewesen. Siegfried bekam einen horrenden Durchmarsch, »... wie seit Jahren nicht, das letztemal '42, bei den Zaunarbeiten in Majdanek«, und mußte zehnmal hinaus in der Nacht. Beim zehntenmal klemmte die Klotür. Siegfried schrie um Hilfe. Die Gastarbeiter in den anderen Zimmern wurden rebellisch und brüllten in den verschiedensten Sprachen: »Ruhe!« Udo ergriff die Gelegenheit und zählte das Geld in Siegfrieds Brustbeutel nach. Erst dann befreite er Siegfried.

Siegfried hatte ihn beschissen, zumindest an dem Tag, und wenn an dem Tag, dann wahrscheinlich immer. Da die Ausgaben genau geteilt wurden, mußte Siegfried irgendwo im Zimmer ein Versteck mit Geld haben. Nur wo? Siegfried ließ Udo nie lang genug allein im Zimmer. Udo hoffte, daß irgendwann einmal ein neuer Durchmarsch Gelegenheit bieten würde ... aber es kam keiner mehr.

»So ein Sauwetter«, pfiff Siegfried. Sie hatten das Repertoire gar nicht zu Ende gespielt, nur bis Numero 7 (unter Auslassung von Numero 6, weil ja die Schmutzkonkurrenz von den Studenten draußen den *Ungarischen Tanz* vierhändig hämmerte), dann begann es – Ende Mai! – zu schneien. Es hatte keinen Zweck mehr. Der Wind heulte durch die *Hettlage*-Arkaden, und die wenigen Leute, die jetzt unterwegs waren, rannten, die Hüte ins Gesicht gedrückt oder die Schirme vor sich haltend, so schnell sie konnten, vorbei. Da gibt keiner was. »Keinen Zweck mehr, packen wir ein, gehen wir zu Pater Rupert Mayer uns aufwärmen«, befahl Siegfried. Pater Rupert Mayer liegt nebenan in der Krypta der Bürgersaalkirche.

»Was ist das?« fragte Udo

»Was da liegt?!«

Unter der Kiste lag etwas Gelbes, ein Papier. Udo hatte es offenbar nicht bemerkt, als er die Kiste in der Früh hingestellt hatte. Er hob es auf. »Gib her!« sagte Siegfried. Geld war es nicht. Udo gab es Siegfried. »Ein Ticket für ein Flugzeug«, sagte Siegfried. Er steckte es ein. Sie gingen, ihr Zeug schleppend, zur Bürgersaalkirche hinüber, in die Krypta hinein, wo der selige Pater Rupert Mayer liegt.

Neben dem Grab stehen Bänke. Der Kustode kann einem nicht nachweisen, daß man nicht betet. Allerdings – seit er selig gesprochen war – war der Andrang größer, waren alle Bänke oft besetzt. »Das verläuft sich wieder«, sagte Siegfried. Am Eingang sind Vitrinen mit einer kleinen Ausstellung: Photographien und Erinnerungsstücke an Pater Rupert Mayer. »An und für sich«, sagte Siegfried, »damals eher eine subversive Figur. Hm. Aber der Haarschnitt«, er zeigte auf das Bild, »erstklassig. Gelobt sei Jesus Christus«, fügte er schnell hinzu, verbeugte sich ein wenig, weil der Kustode herschaute.

Im Schein der heiligen Funzeln neben dem Grab von Pater Rupert Mayer prüfte Siegfried das Flugbillet genauer.

»Wahrscheinlich abgelaufen, ich meine, verbraucht. Abgeflogen oder wie man sagt.« Siegfried wendete das längliche, dünne Heft hin und her, blätterte drin. »Nein«, sagte er dann.

Man mußte äußerst vorsichtig vorgehen. Udo erinnerte sich nachher, daß im Lauf jenes Vormittags ein Mann gekommen war und unter den Arkaden herumgesucht hatte. Keiner, der so sucht, wie sie suchen, wie Siegfried und Udo suchen, sondern ein besser gekleideter. Ein Herr. Ein Ticket nach Kopenhagen. Lufthansa. First Class. Neunhundertsechsundvierzig Euro. Ganz in der Nähe, auf der anderen Seite vom Stachus, ist das Stadtbüro der Lufthansa. »Einfach hingehen und sagen: ›Ich habe es mir anders überlegt, ich fliege doch nicht, bitte, geben Sie mir das Geld wieder heraus‹, geht nicht. Nicht, wenn unsereiner so was macht«, sagte Siegfried, »da prüfen sie nach. Forschen. Womöglich hat der Verlierer den Verlust gemeldet.«

»Beim *Hettlage*«, sagte Udo, »gibt es Anzüge zu kaufen. Schon für zweihundert Euro. Habe ich in der Auslage gesehen. Die halten natürlich nicht lang, das heißt, die bleiben nicht lang so elegant. Nicht die für zweihundert. Aber so lang, bis man die Flugkarte zurückgetauscht hat, wird er halten.«

»Bleiben immer noch siebenhundertsechsundvierzig Euro«, sagte Siegfried.

»Und ich hätte endlich einen anständigen Anzug.«

»Wieso *du? Ich* habe den Flugschein gefunden.«

»*Ich* habe die Kiste weggerückt, und …«

»Aber *ich* habe ihn zuerst gesehen.«

»Es wird geteilt«, sagte Udo, »wie immer.« (Diesmal bescheißt du mich nicht. Ich kann neunhundertsechsundvierzig durch zwei dividieren. Macht vierhundertdreiundsiebzig.)

»Aber den Anzug will *ich*.«

»Arschloch.«

»Was hast du gesagt?«

»Nichts.«

»Du hast Arschloch gesagt. *In einer Kirche!*«

»Psst!« zischte der Kustode herüber.

»Also gut«, flüsterte Siegfried, »ich bekomme den Anzug, und die zweihundert Euro werden auf meinen Anteil angerechnet. Zufrieden? Ich habe dich noch nie betrogen.«

Sie baten den Kustoden, auf ihre Sachen aufzupassen, und liefen durch den Regen, in den der Schnee übergegangen war, hinüber zum *Hettlage*. Ein jugendlicher Verkäufer musterte sie mißtrauisch. »Zahlen Sie bar?« fragte er.

»Wir müssen erst«, sagte Udo, »wir haben einen Flugschein …«

»Hier«, sagte Siegfried, versuchte so selbstverständlich zu tun wie möglich, »ein Flugschein. Kopenhagen. Erster Klasse. Wir zahlen später … äh … und lassen den Flugschein als Pfand hier.«

»He! he!« flüsterte Udo und fuchtelte.

»Was ist denn?«

»Wir brauchen doch den Flugschein, damit wir das Geld kriegen!«

»Ach so – ja«, Siegfried wandte sich wieder an den Verkäufer. »Jemandem, der einen solchen Flugschein hat, dem wird ja doch wohl ein Zahlungsziel gewährt? Zwei Stunden.«

»Selbstverständlich«, sagte der Verkäufer, »was für einen Anzug wünschen Sie?«

»Gestreift«, sagte Siegfried, »gedeckte Farbe. Seriös.«

»Zeitlos also«, sagte der Verkäufer.

»Genau«, sagte Siegfried, »und nicht über zweihundert Euro.«

Der Verkäufer wurde eine Spur kühler. »Nicht über zweihundert Euro? Aber das sind sehr, wie soll ich sagen, sehr einfache Qualitäten.«

»Im Schaufenster ist einer«, sagte Udo schnell, »einhundertneunundneunzigfünfzig. Braun-grau gestreift.«

»Ich sagte schon: Sehr einfache Qualitäten, und ich weiß nicht, ob ich Ihre Größe noch habe.«

»Kann auch«, sagte Siegfried gewandt, »dreihundert kosten.«

»Sind *auch* noch sehr einfache Qualitäten ...«

»Führen Sie Plunder?« fragte Udo.

»Wieso?« sagte der Verkäufer, »ich bitte!!«

»Ja, weil Sie ihre billigen Sachen so madig machen.«

»Natürlich ist das kein Plunder. Plunder führen wir nicht. Jedes Stück ist sorgfältig geprüft.«

»Ein Nachthemd von *Hettlage* bewährt sich in jeder Bettlage«, sagte Udo.

»Wie bitte?«

»Nichts, nichts. Wenn Sie keinen Plunder haben, dann verkaufen Sie ruhig dem Herrn da, meinem Freund, einen Anzug für dreihundert Euro. Ich will übrigens auch einen. Aber *blau*-grau gestreift.«

»Wieso du?« flüsterte Siegfried.

»Weil ich«, flüsterte Udo zurück, »mit ins Stadtbüro der

Lufthansa hineingehe. Wenn du verstehst, was ich meine. Zur Sicherheit, wenn du verstehst, was ich meine. Weil ich mich von dir zwar bei zwanzig Euro bescheißen lasse, aber nicht bei tausend, wenn du weißt, was ich meine.«

»*Das* wagt ein ehemaliger Obergefreiter der Funker! – der Funker! – einem Oberfeldmeister ins Gesicht zu sagen, der einen *Eid* …«

»Oberscheißmeister«, sagte Udo.

Siegfried blieb die Luft weg. Er schlotterte. Der Verkäufer entfernte sich freundlich und kam, kurz bevor es zwischen Siegfried und Udo zu Tätlichkeiten kam, mit einem kleinen, rundlichen älteren Herrn zurück, der ein Maßband umgehängt und ein Nadelkissen an einer Spange am linken Unterarm hatte.

»Meine Herren«, sagte der Runde, »ich bin der Abteilungsleiter. Ich habe gehört, Sie wollen Anzüge. Wir sind natürlich gern bereit, die Ware, die Sie aussuchen werden, an der Kasse für zwei Stunden, wenn Sie wollen auch für einen Tag, also bis morgen, zurückzulegen. Ich fürchte jedoch, daß ich weiteres Entgegenkommen nicht verantworten kann.«

»Ich bin Oberfeldmeister«, sagte Siegfried zackig, »und ich verzichte auf Ihre Anzüge. Guten Tag.«

Daß man zwei Anzüge aus einem Kostümverleih holen kann und die erst zahlen muß, wenn man sie zurückbringt, sagte ihnen der lange Max im Stehausschank am Leonrodplatz. Dort verkehrten Siegfried und Udo, tranken allerdings im Gegensatz zu den anderen Gästen nur sehr wenig. Der Kostümverleih war in der Lindwurmstraße. Außerhalb des Faschings ist dort wenig Betrieb. Ein Mann mit Ölhaaren und einem gestutzten, schwarzen Schnurrbart – vielleicht der Chef persönlich – bediente Siegfried und Udo. Zum Glück hatten sie ihre Instrumente dabei, denn offenbar braucht man nicht nur zum Umtauschen eines Flugscheines einen guten Anzug, auch zum Ausleihen eines guten Anzugs braucht man einen guten Anzug. »Wo hört das denn nach hinten auf?« fragte Udo, »ich habe die Welt noch nie verstanden. Vielleicht muß ich deshalb auf der Straße sitzen und Banjo spielen.«

»Wenn es den Reichsarbeitsdienst noch gäbe ...«, sagte Siegfried.

»Ich weiß, ich weiß«, sagte Udo.

Der Kostümverleiher ließ sich die Instrumente zeigen, wackelte mit dem Kopf. Udo sah schon kommen, daß er *nein* sagen würde. Udo faßte sich ein Herz, versuchte zu reden wie einer, der nicht Straßenmusikant ist: »Mein Herr«, sagte er, »die Instrumente sind nicht sehr wertvoll, ich weiß, aber sie sind kein Schrott. Dennoch, das ist mir klar, können *Sie* mit den Instrumenten nichts anfangen. Aber *wir*! Wenn wir diese Instrumente nicht mehr hätten, dann würden wir verhungern. Der da und ich. Wir beide. Siegfried und ich. Sie verstehen. Ich heiße Udo. Wir *können* die Instrumente nicht im Stich lassen. Wir *müssen* sie wieder abholen. Und die Anzüge zurückbringen.« Der Kostümverleiher zögerte zwar noch ein bißchen und sagte dann: »Ja«.

Sie suchten zwei Anzüge aus. Die kleinen Größen waren rar. Maharadscha, Seeräuber oder Pippi Langstrumpf wäre in der Größe von Siegfried und Udo kein Problem gewesen, aber ein normaler Anzug ... der Kostümverleiher ging durch die Reihen nach Mottenkugeln stinkender Kleiderrechen, nahm hie und da etwas heraus, schüttelte den Kopf, hängte es wieder hinein. Kurz schoß Udo der Gedanke durch den Kopf – vielleicht wäre Maharadscha gar nicht schlecht, als Ölscheich quasi … doch das ging nicht, denn auf der Flugkarte stand *Mr. Frank*. Ein Ölscheich heißt nicht Mister Frank.

»Höchstens«, sagte der Kostümverleiher, »Trachtenanzüge … oder … das wäre eine Möglichkeit: Gangster.«

Siegfried und Udo verließen den Kostümverleih in schwarzen, breit weißgestreiften Anzügen mit riesigen Lappenrevers, weißen spitzen Schuhen, schwarzem Hemd und Schlapphut. »Du brauchst nur noch eine schwarze Sonnenbrille, dann siehst du aus wie in *Rififi*«, sagte Udo. »Blödsinn«, sagte Siegfried. (Er hatte mit einer fridericianischen Kürassieruniform geliebäugelt.) Der Erfolg im Stadtbüro war durchschlagend. Als die beiden den Raum durch die Drehtür betraten, nahm die Stewardeß im ersten Moment automatisch die Hände hoch. Doch dann wendete sich das Blatt.

»Guten Tag«, sagte die Stewardeß erleichtert, »was kann ich für Sie tun?«

»Mein Name ist Mister Frank«, sagte Siegfried, »sagen Sie, ich meine, wie ist das, wenn ich nicht nach Kopenhagen fliegen will?«

»Bitte? Ach so – nicht nach Kopenhagen. Sie wollen umbuchen. Wohin? Und welchen Flug haben Sie gebucht?«

»Nein. Das heißt, nicht direkt. Sie verstehen. Ich möchte nirgendwohin fliegen. Überhaupt nicht.«

»Ja dann …«, sagte die Stewardeß und lachte gequält, »dann brauchen Sie ja eigentlich nur *keinen* Flug zu buchen.«

»Schon«, sagte Siegfried, »nur *wenn* ich schon gebucht habe?«

»Ach so – Sie wollten stornieren?«

»Richtig!« sagte Siegfried, »*stornieren*. Mir ist der Ausdruck im Moment nicht eingefallen.«

»Darf ich Ihren Flugschein sehen, Mister Frank?«

»Ja – nein, äh – ich habe ihn im Moment nicht dabei, hähä … eben bemerke ich, daß mein Freund da ihn daheim vergessen hat …«

»… ja, in unserem Landhaus«, sagte Udo.

»Ich wollte nur sozusagen theoretisch fragen, ob das geht. Beziehungsweise wie.«

»Das ist ganz einfach. Ich storniere den Flug, und Sie geben mir Ihre Kontonummer an, und wir überweisen den Betrag. Es sei denn, Sie haben über ein Reisebüro gebucht oder mit Kreditkarte bezahlt …«

»Ich habe … ach so …«, stotterte Siegfried.

»Er hat kein Konto«, sagte Udo schnell, »das ist das Problem. In bar … geht das nicht?«

»So?« sagte die Stewardeß spitz, »Sie haben zwar ein Landhaus, aber kein Konto? Bei mir ist es umgekehrt. Ich bedaure. Die Sache muß ja auch überprüft werden – es könnte ja sein, daß … daß …«

»… daß …?« fragte Udo.

»Na ja«, sagte die Stewardeß, »daß zum Beispiel der Flugschein vor dem Flug verlorengegangen ist …«

Udo konnte Siegfried grade noch unbemerkt am Zipfel

des Jacketts zurückhalten und so dafür sorgen, daß der Rückzug nicht allzu auffällig ausfiel, nicht wie die schiere Flucht.

»Weiß sie schon was?« fragte Siegfried, als die beiden danach auf einer Bank nebenan im Alten Botanischen Garten saßen.

»Ich glaube nicht«, sagte Udo, »ich glaube, die hat nur geraten. Aber *richtig* geraten.«

»Jetzt sitzen wir da«, sagte Siegfried, »was kosten die Anzüge?«

»Wenn wir sie heute noch zurückbringen, jeder 25.«

»Ich hätte die Kürassieruniform nehmen sollen.«

»Da hätten die gemeint, du kommst vom Maskenball.«

»Ohne Uniform ist der Mensch nur ein halber Mensch.«

»Aber eine Kürassieruniform. Lächerlich. Kürassiere sind geritten, nicht geflogen.«

Siegfried dachte nach.

»Dann fliege ich eben«, sagte er dann.

»Wie?«

»Wenn wir das Geld nicht herauskriegen und bevor es verfällt. Fliege ich eben. Man kann sich dort satt essen. Und in der Ersten Klasse kriegt man sogar das Trinken umsonst.« Er nahm den Flugschein aus der Innentasche. »Nächsten Mittwoch. Dreizehn Uhr.«

»Aber der Flugschein lautet auf Mister Frank.«

»Ich heiße Frank.«

»*Wie* heißt du?«

»Frank.«

»Das glaube ich nicht.«

Siegfried wühlte in der Hosentasche und zerrte ein durch

ein dickes Gummiband zusammengehaltenes Bündel abgegriffener Papiere hervor, zog das Gummiband ab, blätterte und reichte Udo einen schmierigen (aber gültigen) Personalausweis. Udo las: *Siegfried Frank.*

»Mich laust der Affe«, sagte Udo. »Und was machen wir mit den Anzügen?«

»Behalten«, sagte Siegfried, »ich kann doch nicht in meinen schäbigen Klamotten First Class fliegen.«

»So«, sagte Udo.

»Wenn wir die Plastikmaschinenpistolen, die an und für sich zu dem Kostüm gehören, mitgenommen hätten, könnten wir eine Bank überfallen.«

»Ich will jetzt keine Witze machen«, sagte Udo, »ich will wissen, wie du dir das denkst?«

»Wie was denken?«

»Du fliegst nach Kopenhagen und ich?«

»Du bleibst da. Es ist ja nur *ein* Flugschein.«

»Du willst mich sitzenlassen? Allein?!«

»Fang jetzt bloß nicht an zu heulen.«

»Ich fang nicht an zu heulen. Ich habe nicht gewußt, daß du *so* schäbig bist.«

»Soll ich den Flug verfallen lassen? Eh?«

»Und mein Banjo?«

»Du kannst ja deinen Anzug zurückbringen und dein Banjo auslösen.«

»Und wenn er es mir nicht gibt? Wenn er es nur herausrückt, wenn wir beide Anzüge zurückgeben?«

»Das ist nicht meine Sache. Ich fliege nach Kopenhagen und punctum.«

»Du bist ein mieser, fieser Schuft, du bist …«

»Wenn du weiter so mit mir redest, stehe ich auf und gehe.«

»Ja – geh doch. Ich bin *froh*, wenn du gehst, ich bin *froh*, wenn du nach Kopenhagen fliegst. Hoffentlich stürzt das Flugzeug ab, du verlauster Oberfeldmeister!«

Siegfried stand auf und ging. Udo blieb sitzen, schaute in die andere Richtung. Es war das erste Mal seit vielen Jahren, daß er ohne Siegfried irgendwo saß.

Spät am Abend kam Udo heim. Siegfried lag schon auf seiner Matratze. »Guten Abend«, sagte Udo leise. Siegfried sagte nichts. Udo zog die weißen, spitzen Schuhe aus. »Guten Abend«, wiederholte er nach einer Weile.

»Und?« sagte Siegfried endlich. »Sonst hast du mir nichts zu sagen?«

»Wieso? Was?« fragte Udo.

»Vielleicht ein Wort der Entschuldigung für deine Frechheiten?«

»Entschuldige«, murmelte Udo.

»Lauter!« sagte Siegfried.

»Entschuldige«, sagte Udo lauter.

»Entschuldige *bitte*, heißt das.«

»Entschuldige bitte«, sagte Udo.

»Gut«, sagte Siegfried und drehte sich zur Wand.

So waren sie ohne Instrumente, ohne Kiste, ohne Notenständer, ohne weiß-blau beklebte Büchse; am Donnerstag, Freitag, Samstag und Sonntag. »Ist das eine Rückflugkarte«, fragte Udo am Montag, »das heißt, kommst du wieder?«

»Es ist ein einfacher Flug«, sagte Siegfried, »sonst würde er eintausendachthundertneunzehn Euro kosten. Steht hier drin.« Siegfried hatte – geistesgegenwärtig, wie er ja war, der alte Oberfeldmeister – beim Rückzug aus dem Lufthansabüro schnell im Vorbeigehen das Heft mit den Flugverbindungen mitgenommen. War aber kein großes Heldenstück, denn die Hefte steckten in einem Karton, gratis für die Kunden.

»Was machst du in Kopenhagen?« fragte Udo nach einer kleinen Pause.

»Was mach ich in München?« fragte Siegfried zurück. »Im Grunde genommen tun wir ja nichts. Das bißchen Musizieren. Mach dich nicht an: Musizieren! Daß ich nicht lache. Lärm machen. Nicht Musizieren. Lärm machen, damit die Leute aufmerksam werden und was geben. Kannst genausogut betteln sagen.«

»Du hast immer gesagt, wir sind sozusagen auch Künstler ...«

»Halt den Arsch zu, du Idiot, Künstler. Du und Künstler. *Wir* und Künstler. Gar nichts sind wir. Bettler sind wir, die Lärm machen. Nichts tun wir. *Nichts.* Verstehst du? Was werde ich in Kopenhagen tun? Das gleiche wie in München. Nämlich nichts. Nichtstun kann man überall.«

Udo tunkte lange und nachdenklich mit einer alten Semmel das Fett aus einer Sardinendose. Dann sagte er: »Und ich?«

»Du? Weiß nicht.«

»Eigentlich habe *ich* die Flugkarte gefunden.«

»Aber *ich* heiße Frank.«

Als Siegfried fort war – Udo brachte ihn noch bis zum Flughafen, sie fuhren per Anhalter; fast hätte Siegfried das Flugzeug versäumt, weil sie lang kein Autofahrer mitgenommen hatte; wahrscheinlich wegen dieser verdächtigen

Anzüge –, bemerkte Udo die Bodenleiste, oder vielmehr bemerkte er, daß ein Stück herausgedreht werden konnte. Dahinter ein Loch. Siegfried hatte sich nicht einmal mehr die Mühe gemacht, das Stück Bodenleiste wieder vors Loch zurückzudrehen. Dort also war das Geld versteckt gewesen. Udo fuhr mit dem Finger in das Loch. Wieviel Geld es wohl gewesen ist? Ziemlich großes Loch, nicht eigentlich groß, eher flach, aber tief. Rückschlüsse auf die Summe ließen sich nicht ziehen.

Der Kostümverleiher war sehr böse. Er ließ Udo gar nicht ausreden, das heißt, er ließ ihn eigentlich nicht einmal anfangen zu reden. Udo hätte sagen wollen: Sein Freund Siegfried habe ihn im Stich gelassen, er sei außerdem für den nicht verantwortlich. Er, Udo, bringe *seinen* Anzug hiermit zurück und wolle *sein* Banjo haben ... doch der Kostümverleiher ballte die Fäuste und schrie: »So! Aha! Bequemen sich die Herren nach zehn Tagen endlich hierher – inzwischen sind Summasummarum 500 Euro aufgelaufen. Zuzüglich Lagergebühren für diesen Plunder! Her damit. Sofort. Oder ich schüttle dich solang, bis das Geld aus dir herausfällt!« Und er riß Udo sofort den Hut aus der Hand, stieß ihn in einen Sessel, seine Beine flogen hoch, der Kostümverleiher – mußte ungeheuer geübt sein in solchen Dingen – ritsch-ratsch zog die schwarzweißen Spitzschuhe von Udos Füßen, riß ihn wieder hoch, wirbelte ihn herum, der Rock, die Weste, die Hose ... Udo war noch ganz schwindlig, als er in seiner grauen Unterwäsche dastand. Der Kostümverleiher, wieder ruhig geworden, hängte die Ganoventracht auf einen Bügel, roch daran. »Pfui Teufel. Ernährst du dich nur von Knoblauch? Das muß ich jetzt auch noch reinigen lassen. Macht nochmals fünfzehn Euro.«

Wenigstens gab er Udo die alten Klamotten, die in einem Knäuel beim Banjo lagen, zurück. Einen Moment lang, erspähte Udo, wäre der Kostümverleiher fast weich geworden und hätte das Banjo herausgerückt. Udo hielt schon den Atem an – doch da wurde der Kostümverleiher wieder hart. »Sehe ich nicht ein«, sagte er. »Immerhin sind fünfhundert Euro aufgelaufen. Wenn Sie binnen, sagen wir, zwei Wochen, also bis zum ...« – der Kostümverleiher blätterte in einem Wandkalender – »... bis zum Montag, dem 1. Juni, die fünfhundert Euro bringen, plus den anderen Anzug, plus Reinigungskosten, plus ...«

»Wie soll ich denn das machen?« sagte Udo leise, »das Banjo ist mein Lebensunterhalt, sozusagen.«

»Das ist Ihre Sache.«

»Außerdem ist Siegfried nach Kopenhagen geflogen ...«

»Was?«

»Ja, nein – nicht was Sie denken, er hat die Flugkarte gefunden ...«

»Hinaus!« schrie der Kostümverleiher, »wenn ich nicht bis zum 1. Juni mein Geld habe, wandert der Krempel da auf den Müll!«

Udo lief hinaus.

Er zog vorsichtig vom Bett die weiß-blaue Folie ab. Langsam – langsam, Millimeter für Millimeter. Er klebte sie auf eine leere Zehn-Kilo-Tonne *Persil*; drehte sie um, schrieb *Danke* drauf. Er ging mit der *Persil*-Tonne in die Fußgängerzone und sang. Manchmal pfiff er auf dem Metallring; den hatte er seinerzeit beim Kostümverleiher nicht abgegeben. Es befriedigte ihn nicht, denn unbegleiteter Gesang wirkt nicht. Gleichzeitig singen und pfeifen ging nicht. Es regnete immer noch. »Der schlechteste Mai seit hundert Jahren«, stand wieder als Schlagzeile in der *Abendzeitung*. Es war kalt. Womöglich ist es in Kopenhagen auch noch wärmer, dachte Udo. Einmal wagte er es, einen aus einer Gruppe von jungen Straßenmusikanten zu fragen, ob er bei ihnen mitsingen dürfe »... und pfeifen«. Er pfiff probeweise. Der junge Mensch lachte: »Mitsingen kannste, auch pfeifen, wennde willst. Geld kriegste nich.«

Am Abend des 1. Juni schlich er sich in die Lindwurmstraße und in den Hinterhof des Hauses, in dem der Kostümverleih war. Dort waren die Mülltonnen. Der Kostümverleiher hatte die Instrumente und ihr restliches Hab und Gut tatsächlich weggeworfen. Vorher hatte er alles zertrümmert. Nur der eine Hocker (es war Siegfrieds Hocker) war noch brauchbar. Udo bog ihn wieder gerade und nahm ihn mit. Besser als die *Persil*-Tonne.

Siegfried kam nie mehr zurück.

Die Geschichte derer von Ittenlohe

Das Postamt hier ist leicht zu übersehen. Ich hätte es ohne ihn nicht gefunden. Bis ich die paar Briefmarken von der seltsam indianisch aussehenden Postbeamtin kaufen konnte – seit einigen Jahren haben die Spanier keine ordentlichen Briefmarken mehr, nur noch so eine Art Abziehbilder wie Jux für Kinder –, mußte ich ewig warten.

Einen Briefträger gab es offenbar in dem Nest nicht. Während ich, ich gebe zu, ungeduldig wartete, stocherte er in dem angeblich geordneten Haufen von Briefen, die zwischen leeren Cola-Dosen und anderem Mist und irgendwelchen langsam verrottenden Stapeln von vermutlich längst ungültig gewordenen Formularen lagen. »Erwarten Sie auch Post?« fragte ich. Er lachte, ich täuschte mich nicht: er lachte hämisch. »Nein«, sagte er dann, »ich kriege keine Post.«

Die indianische Postbeamtin nahm ihm unwirsch den Stapel Briefe weg und begann, ihn ungemein langsam durchzublättern, schnatterte dabei zu einer Kundin hin, einer Frau in einem für ihr Alter und für eine gottesfürchtige Spanierin zu engen braunen Hosenanzug; die Kundin schnatterte gleichzeitig. Beide überprüften dabei die Adressen. Ab und zu zog die Beamtin einen Brief aus dem Bündel. Drei Briefe insgesamt, die gab sie dann der Braunen. Das Geschnatter schepperte noch eine Zeitlang nach, so schnell geht es nicht, wenn Spanier sich voneinander verabschieden. Es schepperte noch, als die Braune schon das sogenannte Postamt verlassen hatte, fernab scheppernd noch die Straße oder vielmehr Gasse hinunter, während inzwischen schon die nächste Kundin zu schnattern, und das Briefesuchen von Neuem anfing.

Warum ordnete die Teufelin nicht die Briefe nach dem Alphabet? Das wäre die Arbeit einer Viertelstunde und sparte …? Er lachte, fast so scheppernd wie die Kundin schnatterte. Es kam dann noch eine dritte vor mir dran, eine gräßlich knochige Alte in einer grauen Kittelschürze. Wer solche Zehen hat, sollte nur geschlossene Schuhe tragen! Das Postamt, wenn für so was überhaupt diese Bezeichnung angemessen ist, bestand nur aus einem einzigen Raum, den man direkt von der Straße aus betrat. Er, der Alte mit dem Bürstenschnitt, war wieder in die Sonne hinausgetreten. Zwei Touristen photographierten ihn. »Was haben Sie«, sagte er, als Tourist und Touristin photographiert hatten und weitergegangen waren, »gegen die Zehen von Señora Cubero, wenn Sie sich die weißen Sulzknie dieser rheinisch-westfälischen Maden vergegenwärtigen?«

Ich bekam endlich meine Briefmarken, klebte sie auf die Postkarten. »Ob die Karten jemals ankommen«, sagte er, »ist fraglich; bin jetzt sechs Jahre auf der Insel und habe nie bemerkt, daß ein Briefkasten geleert wurde.«

»Dann müßten sie überquellen«, sagte ich, »bei den vielen Sulzknies.«

»Auch wieder wahr«, sagte er, »also vielleicht kommen ihre beschissenen Postkarten doch irgendwann an, obwohl Urlaubs-Ansichtskarten das gar nicht verdienen.«

Daß er mit mir im *Bodegon San Antonio* saß und vor

allem daß er redete, hatte damit zu tun, daß die Tankstelle demnächst schließen werde: »Die Verbrecher von der Mineralölgesellschaft haben ihm die Lizenz entzogen. Er verkauft zu wenig Benzin.«

Ich hatte das Postamt nicht gefunden. Unten im Supermarkt – nicht viel mehr als ein vollgestopfter Tante-Emma-Laden – hatte mir die Supermarktesse nur mit einer ungefähren Handbewegung die Richtung gewiesen. Ich folgte der Richtung, ging jedoch zu weit hinauf. Ich bereute es nicht, ein schöner Platz, ein selbst im Reiseführer erwähnter Drachenbaum, eine finstere Kirche mit einem Retabel voll von ziemlich einfältig blickenden Heiligen (heilige Einfalt, ist ja beliebt bei der vielfältigen Curie in Rom) … vor der Kirche dann in ölverschmierten Turnschuhen, zerbeulten dunkelblauen Hosen und – trotz der Hitze – einem löchrigen Pullover in grau-rot: der kurzgeschorene Alte.

»Ich gehe nur zweimal im Jahr zum Friseur. Wenn Sie mich in sechs Monaten treffen würden, hätte ich *so* eine Mähne.«

Ich hatte ihn in meinem äußerst fragmentarischen Spanisch angeredet. Er merkte natürlich sofort, daß ich Deutscher bin, und antwortete mir in deutscher Sprache: »Dort unten ist die Post. Ich gehe ohnehin in die Richtung. Kommen Sie mit.«

*

»Die von Ittenlohe«, sagte er, »wenn Sie das schreiben, also hinschreiben, beim Sprechen merkt man es ja nicht, dann kürzt man, wenn *echter* Adel gemeint ist, nicht irgendso ein

Wischiwaschi – ›von‹, kürzt man ab: ›vau‹ – Punkt. Obwohl, ich habe mich kundig gemacht, interessehalber, so ganz alter Adel sind Die von Ittenlohe nicht. Aber es geht. Immerhin: Adelsbrief für die Brüder Alexander, Winbrecht und Itting Itter, 1597. Kaufherren. Haben wahrscheinlich dem Kaiser oder wem Geld geliehen und statt des Geldes den Adel zurückbekommen. Haben sich aber wacker hinaufgeheiratet. Wappenbesserung 1682, Freiherren 1790 durch den Kurfürsten von Kur-Bayern als Reichsvikar. Prädikat Ittenlohe für Maximilian Winbrecht Itter von Ittenlohe.

Ich heiße auch so. *Habe* so geheißen. Allerdings nicht Maximilian Winbrecht, sondern nur Karl Heinz.

Wenn er seine Tankstelle nicht schließen würde und die kleine Reparaturwerkstätte, würde ich kein Wort mit Ihnen reden. Zu gefährlich. Aber so – selbst wenn Sie zur Polizei gingen … ich meine, zu Hause zur Polizei, hier die spanische Polizei …«, er machte eine wegwerfende Handbewegung. »Ich kenne die beiden müden Krieger hier in Tijarafe.«

»Ich gehe nicht zur Polizei«, sagte ich.

»Selbst *wenn*. Bevor da was in Gang käme, bin ich hier weg. Ich bin sowieso weg in ein paar Tagen, noch bevor er mit seiner Tankstelle endgültig dichtmacht. Und ich sage Ihnen natürlich nicht, wo ich hingehe.«

»Sie haben schon gekündigt?«

Er bekam einen Lachanfall.

»Das geht alles ganz anders«, sagte er dann. »Ich helfe ihm, das heißt, ich habe ihm geholfen, wenn was zu tun war, und er hat mir zehntausend Pesetas in die Hand gesalbt oder zwanzig ... und manchmal habe ich jemandem einen Schiefer herausgezogen oder so was. Natürlich auch illegal. Ich bin nämlich Chirurg.«

Er trank. Ich sagte nichts und schaute ihn an.

»Ich war Chirurg. Nein, ich bin noch immer Chirurg. Das bleibt man ja, wenn man auch aus allen Listen und so gestrichen ist. Wahrscheinlich ist mein *Doktor* auch schon gestrichen worden.«

Er hob wieder sein Glas zum Mund, erstarrte jedoch auf halbem Weg und schaute neben meinem Kopf auf die grelle Straße hinaus.

»Verjährt Mord?« fragte er.

»Nein.«

Er trank.

»Sind Sie Jurist?« fragte er.

»Ja.«

»Staatsanwalt?«

»Nein. Ich war Richter. Jetzt bin ich in Pension.«

Er lachte. »Ich bin auch in Pension. Lang schon. Ich habe mich selbst in Pension geschickt. Ich habe in den guten Zeiten früher so viel verdient, ich sage Ihnen: so viel verdient, daß ich mich selbst in Pension schicken konnte. Sonst hätte ich auch die andere Sache gar nicht gemacht. Wissen Sie ...«

Er schaute wieder auf die Straße hinaus.

»Ich habe das Gefühl«, sagte er dann, »es tut mir gut, daß ich das alles irgend jemandem erzählen kann. Ich wollte es lang schon – aber jetzt kann ich es gefahrlos tun, weil ich morgen von hier verschwunden bin. Vielleicht schon heute abends.«

»Sie wohnen hier in Tijarafe? Haben hier gewohnt?«

Er lachte wieder. »Wohnen kann man das auch nennen ...«

»Erstens«, sagte ich, »geht mich Ihre Geschichte nichts an, und ich habe sie, sofern Sie mir alles erzählen sollten, nicht *dienstlich* erfahren. Wahrscheinlich kann ich als pensionierter Richter ohnedies nichts dienstlich erfahren. Zweitens brauche ich die Geschichte vielleicht nicht zu glauben.«

»Solange ich im Dienst war, also meine Praxis als Chirurg gehabt habe, eine große Praxis!, hätte ich das nie gemacht. Stellen Sie sich vor, die Patienten lesen an einem Tag *Dr. med. Karl Heinz Haubrich* und am nächsten Tag *Dr. med. Karl Heinz Freiherr Itter von Ittenlohe vormals Haubrich*? Nein. Wir haben gewartet, bis ich mich, wie soll ich sagen, in Pension geschickt, zurückgezogen habe. Das Haus in Kitzbühel am Schattberg hatte ich vorher schon gebaut.«

»Um sich als Deutscher in Kitzbühel anzusiedeln, muß man, soviel ich weiß, ein großer Sporthurtig oder ein berühmter Jaultrottel sein ...«

»Das Grundstück hatte schon mein Schwiegervater vor dem Krieg gekauft. So ging's.«

»Und dann haben Sie sich, schließe ich aus Ihrer Bemerkung eben, adoptieren lassen. Adelig adoptieren.«

»Auch ich bin eitel, gebe ich zu, obwohl nicht so eitel, daß ich jenes erwähnte Schild in Kauf genommen hätte – hauptsächlich war meine Frau dahinter her. Meine Frau war großartig, nichts zu sagen, ist es wahrscheinlich noch, sie hatte nur einen Fehler: ihre beste Freundin. Wenn ihre Freundin eine grüne Sesselgarnitur anschaffte, mußten wir auch eine grüne Sesselgarnitur anschaffen. Wenn ihre Freundin sich die Haare abschneiden ließ, hat sie sich auch die Haare abschneiden lassen. Ich war ein junger Assistenzarzt damals, verdiente noch nicht viel, wollte eigentlich erst heiraten, wenn ich soweit war, daß ... aber da hat ihre beste Freundin geheiratet, und dann *mußte* sie auch ... wir kannten uns schon lange, müssen Sie wissen, Jugendliebe und so fort. Also heirateten wir. Es war schwer in der ersten Zeit, doch es ging ... aber das hat ja alles nichts damit zu tun. Anneliese, das war die Freundin, wurde nach fünfundzwanzig Jahren Witwe. Gut – meine Frau hat eingesehen, daß das außerhalb der Möglichkeit der Nachahmung lag. Nur! Dann hat Anneliese das zweite Mal geheiratet. Einen Ungarn. Herrn von Ferkulczy oder so ähnlich. Alle Ungarn, heißt es, sind adelig. So wie es auch kaum einen Italiener gibt, der nicht Marchese ist. So war also Freundin Anneliese Frau von Ferkulczy.

Ich blieb hart bis zu dem Moment, als ich meine Praxis aufgab – ich war damals fünfundfünfzig, als wir nach Kitzbühel zogen. ›Jetzt!‹ sagte meine Frau. ›Wir brechen in Dortmund alle Zelte ab und bauen in Kitzbühel alle Zelte neu auf ...‹«

»Und gleich adelige«, ergänzte ich.

Herr v. Ittenlohe (? – oder wieder Dr. (?) Haubrich?) schaute wieder scharf an meinem Kopf vorbei auf die immer noch hitzegrelle Straße hinaus.

»Die Annonce«, sagte er nach einer Pause, »lautete, ich weiß es noch wie heute: *Freundliche adelige Oma von Chirurgenhaushalt als Hausgenossin gesucht zwecks evtl. späterer Adoption.* Es meldete sich Baronin von Ittenlohe. Meine

Frau war begeistert. Das erste Mal, daß *sie* ihrer Freundin etwas voraushatte. Die Freundin nur *von* und das auch ziemlich obskur, und sie nach der Adoption *Freifrau* und *Baronin*.«

»Und die alte Baronin zog zu Ihnen nach Kitzbühel? Oder war sie gar keine *alte* Baronin? Eine junge? Und Sie haben sich in Ihre eigene Adoptionsmutter verliebt …?«

»Ach was. Natürlich eine alte. Wir haben doch eine *adelige Oma* gesucht. Die Letzte ihres Geschlechtes. Die letzte Derer von Ittenlohe. Ihr einziger Bruder ist jung im Krieg gefallen. Im *Ersten* Krieg, wohlgemerkt. Sonst kein Ittenlohe weit und breit.«

»Sie war unverheiratet?«

»Ja. Mit Recht, wie sich später herausgestellt hat.«

»Und die Familiengüter in Ostpreußen im Zweiten Krieg verloren?«

»Richtig. Zwar nicht Ostpreußen, sondern Schlesien, aber hin ist hin.«

*

Er erzählte die Geschichte, die er mehrmals *Die Geschichte Derer von Ittenlohe* nannte, unbeteiligt und ungerührt, als ob es nicht seine oder zumindest auch seine wäre.

Die freundliche adelige Oma stellte sich, nachdem die Adoption vollzogen und hinfort also familienrechtlich nichts mehr zu machen war, als Berserker heraus.

Die schottische Dudelsackmusik, für die sie schwärmte und die CDs mit Jagdhornquartetten, die sie daneben einzig noch gelten ließ, wären das wenigste gewesen.

Auch daß die »Oma« so streng auf Tischsitten sah, war an sich eher wünschenswert. Nur daß man selbst Erbsen nur auf der gebogenen Seite der Gabel zum Mund führen durfte, war lästig. Überhaupt das Essen: Eine nur von schottischer Dudelsackmusik gelegentlich unterbrochene Mäkelei von früh bis spät. Es durften nur bestimmte Zeitungen gekauft werden, wobei es immer rätselhaft blieb, nach welchen Kriterien »Oma« verfuhr. Das gleiche galt für die Bücher. (»Oma« selbst las eigentlich nur die jauchefarbenen Bände der Gesammelten Werke Hermann Löns' immer wieder; das einzige von den schlesischen Gütern gerettete.) Daß sie das beste Zimmer bekam, war einzusehen; daß sie bald verlangte, daß das große Wohnzimmer mit Panoramascheibe zum Kitzbühler Horn in ihr Schlafzimmer umgewandelt werde, schon weniger. Sie schlief, wenn alle wach waren, und da durfte sich im ganzen Haus niemand mucksen, dafür lärmte sie herum, wenn die anderen schliefen. Ohne zu fragen, schaffte sie einen Hund an. Setter. Er biß die jüngere Tochter. »Wen Hunde beißen, ist ein schlechter Mensch«, sagte sie. Dann kam ein zweiter Setter. Es war eine Setterin, die vom Setter zwei junge Setter bekam. Die Alte war zu bequem zum Ausführen der Hunde, also mußte die Familie umzechig die Köter Gassi führen.

»Aber letzten Endes«, sagte der *Baron*, »waren die Hunde im Grunde genommen die Rettung.«

»Und das alles«, lachte ich, »nur um im *Gothaischen genealogischen Kalender* eingetragen zu sein.«

»Ich werde Ihnen was sagen: Ich habe mir interessehalber den *Gothaischen Kalender* gekauft. Unter dem Stichwort

Ittenlohe war die Alte eingetragen, in normaler Schrift, Irmenlinda Alexandrine und noch ein paar Namen, und darunter ein Strich und darunter eine nicht anders als verächtlich zu nennende Fußnote in kleinerer, in winzig kleiner Schrift: *Nichtadelige Namensträger: durch Adoption, Klammer auf, Beschluß des AG München vom Sowiesovielten*, und das waren wir. Einmal sagte die Irmenlinda Alexandrine zu Judith, unserer jüngeren Tochter, als sie die Erbsen wieder einmal mit der verkehrten – also der normalen – Seite der Gabel aß: ›Man wird euch immer anmerken, daß ihr nur adoptiert seid.‹

Da platzte meine Geduld, ich warf meine Serviette auf den Tisch … aber, irgendwie … es war schon merkwürdig … die Alte riß nur drohend die Augen auf und krähte: ›Karl Heinz! Vergiß dich nicht …‹ Mir blieb mein Fluch im Halse stecken. Ich vergaß mich jedoch so weit, als daß ich am nächsten Tag nach München fuhr und mich erkundigte, ob so was wie diese Adoption nicht rückgängig gemacht werden kann. So gut wie nichts zu machen. Der zuständige Amtsrichter konnte mir nur den Rat geben – und auch das sei, sagte er, eigentlich nicht so ganz hasenrein –, mich von meinem Onkel oder einem Vetter oder irgendwem, der Haubrich heißt, sozusagen zurückadoptieren zu lassen. Ich habe davon Abstand genommen, zumal sich die Sache (er kicherte wieder) bald anderweitig gelöst hat.«

*

Das Familienleben der ehemaligen Haubrichs war, wenn man der Schilderung des *Barons* folgt, und es besteht nicht der geringste Anlaß, es nicht zu glauben, milde gesagt, kühl und gespannt. Er warf seiner Frau selbstverständlich vor, daß ihr blöder Tick an allem schuld sei, sie schimpfte ihn ordinär und nicht willens, richtig adelig zu werden. Die beiden Töchter verließen fluchtartig das Haus, als sie achtzehn waren, der Sohn hielt es bis zu seinem zwanzigsten Lebensjahr aus. Der Sohn hieß eigentlich Thomas, doch die alte Baronin nannte ihn eigenmächtig »Hubertus«: »Das wenigste, was man von einem jungen Adeligen erwarten kann, auch wenn er nur adoptiert ist.«

*

»Das nächste Haus gehörte einem Wiener. Er war nur am Wochenende da, saß dann auf seiner Terrasse in einem Liegestuhl und schaute in die Berge. Seine Frau in einem anderen Liegestuhl neben ihm. So trafen wir sie an, als wir uns nach unserem Einzug vorstellten: ›Gestatten, von Ittenlohe, Ihre neuen Nachbarn.‹

›Angenehm‹, knurrte er, ›Ingenieur Vioral.‹ Alle Österreicher sind Ingenieure, sofern sie nicht Hofräte sind. Offenbar hatten Viorals nicht das Bedürfnis nach näherem Umgang mit uns. Sie waren, scheint's, ausschließlich mit der Betrachtung der Berge beschäftigt.

Bis »Omas« Hunde kamen. Ich kann's ja verstehen. Hundegekläff ist eins der unangenehmsten Geräusche, vor allem eins der längstandauernden, der Natur der Hunde entsprechend. Ingenieur Vioral fühlte sich, mit einigem Recht, bei seinem Betrachten der Berge durch den Hundslärm gestört. Er kam und beschwerte sich bei mir. Ich verwies ihn an ›meine Mutter, die alte Baronin‹. Die ließ ihn abfahren. ›Mit einem‹, sagte sie, ›der nicht anders als Vioral heißt, rede ich nicht über meine Hunde.‹

Es kam zu Beschwerdebriefen, zu Vorstellungen Viorals bei der Gemeinde, zu Anwaltsschreiben, zu Prozessen. Die Alte blieb unbeugsam. Nachbarschaftliche Streitigkeiten sind bei Advokaten und Richtern unbeliebt. Sie drücken sich um Entscheidungen. Sie schieben nicht ungern demjenigen die Schuld zu, der sie zuerst bemüht. Die Alte behielt recht, ihre Hunde kläfften weiter. Ingenieur Vioral verstieg sich bis zu Drohungen, die Hunde zu erschießen. Die Reaktion der Alten hätten Sie sehen sollen!

Unsere Zugehfrau war die Schwägerin oder Cousine oder was von der Frau, die Viorals Haus in Ordnung hielt, und kam auch einmal die Woche, wenn Viorals nicht da waren. Durch diesen Kanal erfuhr ich, daß Vioral sich tatsächlich eine Pistole angeschafft hatte, erfuhr auch das Modell der Waffe, Marke und Kaliber.

So reifte mein Plan. ich kaufte mir auf dem Schwarzmarkt eine Pistole gleicher Sorte …«

Er stockte, trank, lehnte sich dann zurück. Draußen erschien ein Mann im blauen Arbeitsanzug und rief etwas auf spanisch. Offenbar war der Chirurg gemeint. Er antwortete kurz und gereizt. Es gab einen kleinen Wortwechsel, der in beiderseitigen, ziemlich lauten Ausdrücken endete, die ich zwar nicht übersetzen konnte, jedoch ohne Weiteres verstand. Dann verschwand der Mann draußen.

»Ich habe meine Tätigkeit hier eingestellt«, sagte Herr Haubrich, der Adoptiv-Baron. »Darf ich mir noch eins bestellen?« Er hob sein Glas.

»Bitte«, sagte ich, und, »und was dann?«

»Den Rest können Sie sich denken.«

»Sie haben die Alte ...?«

»Ich brauchte nur das nächste Wochenende abzuwarten. Es kam prompt zum Streit. Herr Ingenieur Vioral tat mir den Gefallen, mit seiner Pistole zu fuchteln. Seine Frau fiel ihm in den Arm: ›Mach dich net unglücklich, Vioral!‹ schrie sie. Sie redete ihren Mann nämlich immer mit dem Familiennamen an. Seltsam, diese Österreicher. Ich schlich mich hinters Vioralsche Haus, Sie verstehen, wegen der Schußrichtung – entweder bin ich ein guter Schütze, ohne daß ich es gewußt habe, oder die Wut hat mir das Auge geschärft – ein Schuß, und die Alte lag hingestreckt zwischen ihren vier Hunden.«

Das Bier kam, er trank. »Ja«, fuhr er fort, »der Vioral wurde sofort verhaftet. Es stellte sich dann zwar heraus, daß der Schuß doch nicht aus Viorals Pistole abgegeben worden war, der Schußwinkel doch nicht ganz stimmte ... aber bis die Untersuchungen alle abgeschlossen waren, war ich längst über alle Berge, vielmehr Meere.«

»Warum sind Sie fort? Die Alte war ja ...«

»Man wäre früher oder später auf mich gekommen. So schlau ist die Polizei schon auch. Sie haben meine Frau verhört ... nein, nein, ich mußte fort. War mir auch lieber.«

»Aber Sie hätten doch auch ... aussteigen können, ohne die Alte zu erschießen?«

»Das hätte mich mein restliches Leben zutiefst unbefriedigt gelassen.«

Deutsche Weihnacht

»Wo fahren S' denn um die Zeit noch hin?«

Der Straßenbahnfahrer lenkte seinen hell erleuchteten Wagenzug durch leere, finstere Straßen. Er drehte sich nicht um, setzte sich aber über das Verbot, daß zwischen Wagenführer und Passagieren kein Gespräch stattzufinden habe, hinweg, weil nur der Mann mit dem schwarzen Bart und die dicke Frau im Wagen saßen.

»Endstation«, sagte der Mann.

»Soso«, sagte der Fahrer. »Sie sind nicht von da? Wahrscheinlich?«

»Nein«, sagte der Mann, »wir Türk.«

»Ah ja«, sagte der Fahrer, »verstehe. Du Türk. Aha. Ja, dann. Dann feiern Sie ja nicht Weihnachten. Denk' ich mir. Oder?«

»Weihnachten?« fragte der Türke. »Nein, nix Weihnachten.«

»Drum fahren S' am Heilig Abend mit der Straßenbahn. *Ich*«, sagte der Fahrer, »*ich* nix Türk. Verstehen? *Ich* von hier. Ich tät schon Weihnachten feiern, aber ich hab' Dienst. Scheiße.«

»Scheiße. Verstehe«, sagte der Türke.

An der Endstation stiegen die Türken aus, erst der Mann, dann die Frau. Die Frau war nicht dick, sondern schwanger. Die Frau konnte kaum aussteigen, der Türke half ihr aber nicht, denn er wollte sich sofort eine Zigarette anzünden und war damit beschäftigt, sein Feuerzeug zu suchen. Auch der Fahrer stieg aus und zündete sich eine Zigarette an.

Der Türke trat zu dem Fahrer hin, zog einen Zettel aus der Tasche, auf dem eine Adresse geschrieben stand. »Du wissen, bitte«, sagte der Türke, »wo das sind?«

Der Fahrer nahm den Zettel, trat in das Licht, das aus der Fahrerkabine fiel, las den Zettel und sagte: »Hm. Leider. Ich fahr normalerweise nicht auf dieser Linie. Ich kenn' mich in dieser Gegend nicht aus. Leider.« Er gab den Zettel zurück. Der Türke und seine Frau gingen die Straße, eine breite Allee, hinunter. »Gottverlassene Gegend«, sagte der Fahrer.

*

Es regnete. Von den Ästen ohne Laub tropfte es. Die Bäume boten keinen Schutz. Die Straße spiegelte schwarz. Die Türkin saß auf der Bank eines Bus-Wartehäuschens – der letzte Bus war längst abgefahren – und wimmerte. Der Türke schimpfte. Die Frau wimmerte lauter. Der Türke hörte auf zu schimpfen, zündete sich wieder eine Zigarette an und ging ein paar Schritte auf und ab. Weiter drüben lag eine Reihe Einfamilienhäuser. Aus den Fenstern leuchteten bunte Lichter. Ein Funkstreifenwagen rollte langsam heran. Bevor der Wagen noch ganz angehalten hatte, kurbelte der Beamte, der rechts saß, das Fenster herunter.

»Wer seid's denn nachher ihr?« fragte der Polizist.

»Ich Türk«, sagte der Türke.

»So. Auweh«, sagte der Polizist. »Hast einen Ausweis?

He?! Du –? Ausweis –? haben?« Der Polizist blieb in seinem Wagen sitzen. Der Türke knöpfte seinen groben, kurzen Überzieher auf, langte dann darunter in seine Jackentasche und zog den Ausweis heraus. Der Beamte warf einen gelangweilten Blick darauf.

»Na ja«, sagte er mehr zu sich selbst als zum Türken, »ist schon gut. Kann man eh' nicht lesen. Und schauen alle gleich aus. Wird schon der richtige Ausweis sein.«

»Ha? bitte?« fragte der Türke.

»Nix, nix«, erwiderte der Polizist, dann warf er einen Blick auf die Frau. »Wird bald soweit sein bei deiner Frau!«

»Ha? bitte?«

»Bei deiner Frau«, schrie der Polizist – merkwürdigerweise neigen alle, nicht nur Polizisten, dazu, mit Leuten, die nicht die eigene Sprache verstehen, zu schreien –, »– bald Kind – Baby – ja?«

»Ja«, sagte der Türke dumpf, »Kind nix von mir.«

»Ist das nicht deine Frau?«

»Schon Frau«, der Türke nickte heftig, »nur Kind, was kommen, *nix*. Frau meine Frau, Kind nix mein Kind.« Auch der Türke schrie.

»Brauchst nicht so schreien«, sagte der Polizist. »Na ja, kommt in den besten Familien vor.« Der Polizist kurbelte das Fenster wieder hoch. Vorher sagte er zum Türken: »Frohes Fest, nachher.«

Der Türke wedelte plötzlich mit einem Zettel und lief ein paar Schritte hinter dem schon anfahrenden Wagen her. Der Wagen hielt nochmals, der Polizist kurbelte das Fenster wieder herunter.

»Wo das sind?« schrie der Türke.

Der Polizist las den Zettel und erklärte dann dem Türken mit Hilfe des Stadtplanes, wo das Haus war, dessen Adresse auf dem Zettel geschrieben stand.

Der Fahrer gab Gas. Der Wagen rollte durch die Nacht. »Kommt in den besten Familien vor«, sagte der rechtssitzende Polizist.

»Was?« fragte der Fahrer.

»Daß das Kind nicht vom Ehemann ist.«

»Mhm«, sagte der Fahrer.

*

Etwas abseits der Straße stand das Wohnhaus, ein langgestreckter Bau. Weiter vorn, vom Wohnhaus durch einen großen Hof getrennt, der mit rautenförmigen Betonziegeln bepflastert war, lagen die beiden Wirtschaftsgebäude, das heißt: die Werkstätte und das Lager. Arbeitsmaschinen und ein Lastwagen standen seitlich in der Dunkelheit. Das Tor war weit offen. Das signalisierte dem Türken, daß kein Hund da war. Es war aber doch einer da, ein deutscher Schäferhund. Er schoß aus seiner Hütte und kläffte. Die Türkin schrie auf, doch der Hund hing an einer Kette. Das fette Vieh raste, bis die Kette spannte und es zwang, auf den Hinterbeinen zu tänzeln. Es kläffte und röchelte gleichzeitig. Vor der Hundehütte lag ein großer Knochen, der stank. Auf der Hütte stand ein kleiner Christbaum mit drei Kugeln und etwas Lametta, aber ohne Kerzen. Der Türke und die Türkin machten einen Bogen um den deutschen Schäferhund. Der Hund folgte ihnen, soweit der Radius der Kette, die ihn immer noch aufrecht zurrte, es erlaubte.

Sie brauchten nicht mehr zu läuten. Im ersten Stock des Wohnhauses ging ein Fenster auf. Ein Mann schrie herunter: »Ist wer da?«

»Bitte«, sagte der Türke, »Kollege Orhan?«

Was der Türke sagte, ging im Gekläff des Hundes unter.

»Was?« schrie der Mann oben.

»Bitte«, wiederholte der Türke schreiend, »Kollege Orhan?!«

»Platz, Pascha!« schrie der Mann oben. Der Hund wich etwas zurück und kläffte weniger laut. »Was ist jetzt? Wer sind Sie denn? Sie können doch nicht am Heilig Abend daherkommen. Wir sind mitten in der Bescherung.«

»Bitte«, sagte der Türke. »Kollege Orhan?« Der Türke hob seinen Zettel hoch.

»Was willst denn vom Kollegen Orhan, der ist doch schon längst weggefahren.«

»Bitte nix verstehen?« sagte der Türke.

»Weg!« schrie der Mann oben. »Orhan *weg*! Fort. Weg. In Türkei. Verstehst mich jetzt? Weg in Türkei. Heim.«

»Ah«, sagte der Türke. »Wirklich?«

»Natürlich wirklich. Weg. Fort. Heim. Fort.«

Der Türke steckte seinen Zettel ein.

»Ja, tut mir leid. Am ersten Februar kommt er wieder. Du verstehen? *Erster Februar!* Capito?« Der Mann oben machte das Fenster zu, machte es gleich wieder auf und sagte: »Frohe Weihnachten.«

»Ein Augeblick«, sagte der Türke und lief näher ans Haus hin, was den deutschen Köterhund Pascha veranlaßte, sofort wieder lauter zu kläffen.

»Bist still, Pascha. Braver Burli.« Der fette Hund legte

sich nun hin und röchelte nur noch durch die Zähne. »Was ist denn jetzt noch?« fragte der Mann den Türken.

»Kann Möglichkeit – bitte Frau hier und ich – im Zimmer von Orhan schlafen? Nur eine Nacht? Vielleicht?«

»Was wollt's ihr? Im Zimmer von Nihan übernachten?«

»Orhan zu Hause, dann Zimmer frei – vielleicht? Frau hier … ist bald kleine Kind habe – gehabt – gekriegt …«

»Ja – also … ja – nein …«, sagte der Mann, »aber … das ist ja das Zimmer vom Orhan – das geht ja nicht so ohne Weiteres, da könnt' ja jeder kommen. Ich weiß ja gar nicht, wer ihr seid's.«

»Ich Kollege von Orhan. Gut Kollege!«

»Nein, nein, alles was recht ist. Also: Frohe Feiertage dann.« Der Mann machte das Fenster zu. Er wandte sich ins Zimmer. Sein jüngerer Sohn weinte, weil er einen Electronic-Baukasten A 606 auf den Wunschzettel geschrieben, allerdings nur einen A 604 bekommen hatte. Die Frau meinte von hinten: »Läßt du noch lang das Fenster offen? Heizen wir den Hof draußen?«

»Natürlich ist es schlimm für die Leut' – ausgerechnet am Heilig Abend«, sagte der Mann später auf dem Weg zur Christmette. »Aber ich kenn' s' doch gar nicht. Wer weiß, wer das ist. Zwei Wildfremde – am Heilig Abend.«

»Wenn's Türken waren«, sagte die Frau, die den neuen Persianer trug, »dann bedeutet der Heilige Abend sowieso nichts für sie.«

»Die Frau war in andere Umständ'.«

»Mir wär's genug, dank' schön! Womöglich hätt'st dann mitten in der Nacht den Notarzt holen dürfen.«

Sie fanden den Weg zurück zur Endstation der Straßenbahn nicht mehr. Es hätte auch nichts geholfen, denn die letzte Straßenbahn war schon abgefahren. Es hörte auf zu regnen und wurde kälter.

Die Frau hielt sich den Bauch und jammerte. Der Mann redete auf sie ein. Die Frau setzte sich auf eine jener länglichen Kisten mit Griffen, in denen die Straßenverwaltung Streusand aufbewahrt. Der Mann gestikulierte und zeigte mehrfach in eine bestimmte Richtung. Offenbar meinte er, daß dort die Endstation der Straßenbahn sei. Die Frau jammerte lauter und versuchte, sich auf die Kiste zu legen, deren Deckel war jedoch abschüssig, sodaß die Frau herunterrollte. Der Mann fing sie gerade noch auf. Dann gingen sie in die entgegengesetzte Richtung als die, in die der Mann gezeigt hatte.

Nachdem sie ein kleines Waldstück durchquert hatten, kamen sie an ein großes Gebäude. Der Mann entzifferte in der Dunkelheit eine Aufschrift: es handelte sich um ein Waldgasthaus. Die Frau setzte sich auf eine der Bänke, die im Sommer im Gastgarten unter den Kastanien standen, jetzt aber zusammengeschoben an der Wand der Garage lehnten. Die Frau wimmerte stoßweise in regelmäßigen Abständen. Der Mann ging um das Haus herum. Er fand dort sechs Türen: zwei große, doppelflügelige und vier kleine. An keiner war eine Klingel. Der Mann ging zurück, dorthin, wo die Frau saß. Er klopfte an der einen der großen, doppelflügeligen Türen. Obwohl oben im ersten Stock hinter einigen Fenstern Licht brannte, rührte sich auf das Klopfen niemand. Ein Tonbandgerät war da oben weit aufgedreht. Es ertönte das Lied: »Stille Nacht, heilige Nacht.«

Der Türke rüttelte an der Klinke der Garagentür. Zu seinem Erstaunen war sie offen. Die Garage war für drei Wagen berechnet, es standen aber nur zwei drin. Aus vier Autoreifen schob der Mann eine Liegegelegenheit zusammen und legte einige Säcke drauf, die er hinter dem einen Auto fand. Die Frau brachte einen Knaben zur Welt. Es wurde noch kälter, die Sterne kamen heraus. Im Haus wurde ein Fenster aufgemacht. Das Tonbandgerät war jetzt noch deutlicher zu hören. »Gloria in excelsis deo.« Der Türke deckte die Frau, die das Kind im Arm hielt, mit seinem sperrigsteifen Überzieher zu und setzte sich auf den Kotflügel des einen Autos.

Das Kind starb noch in der gleichen Nacht.

Scherzo für einen Maler

Ab und zu besucht mich der Maler M.M.P., den ich zu den großen Meistern zähle und dessen Umgang ich, auch abgesehen davon, außerordentlich schätze. Ich freue mich immer, wenn er – meist unangemeldet und, ich möchte fast sagen: beiläufig – zu mir kommt, wenn seine markante, etwas gedrungene Gestalt vor der Tür steht, eine Gestalt, die ich schon durch die körnige, alles zu groben Silhouetten zerbröckelnde Glasscheibe der Tür erkenne, eine Gestalt, die seinen kräftigen, vollen Stil widerspiegelt. Dennoch wunderte es mich, als er mich einmal am Neujahrstag gegen zehn Uhr vormittags besuchte, einer für überraschende Besuche ungewöhnlichen, um nicht zu sagen ungünstigen Stunde. Doch ich war schon auf, auch nicht übernächtigt oder gar verkatert. Ich pflege die Silvesternacht nicht mit Exzessen zu feiern. Ein Fläschchen Champagner, ein paar Raketen, eine sorgsam gewählte Schallplatte, die das neue Jahr einleitet – damals war es das tiefbraune, ins Samtrötliche schimmernde erste Streichersextett von Brahms – dann gehe ich schlafen, nicht viel später als jeden Tag. Ich nahm an, daß M.M.P. mir ein gutes neues Jahr wünschen wolle, doch als ich ihm die Hand hinstreckte, um meinerseits seinen Wünschen zuvorzukommen, merkte ich, daß M.M.P. gar nicht wußte oder sich zumindest nicht vergegenwärtigte, welchen Tag wir hatten. Verstört ergriff M.M.P. meine Hand und sagte: »Ich muß

Sie sprechen.« Er drückte mir eine Mappe aus blauem, steifem Leinen in die Hand und fügte hinzu: »Legen Sie das auf eine feuersichere Unterlage.« Ich bot ihm Platz an und legte die Mappe in den Kamin, der natürlich um diese Stunde kalt war. »Aber da wird sie rußig«, sagte ich.

»Macht nichts«, sagte er, »wenn nur die Unterlage feuersicher ist.«

Ich muß gestehen, daß ich zunächst annahm, M.M.P. komme – was gar nicht seine Art gewesen wäre – direkt von einer Silvestergesellschaft und er stände noch unter dem Einfluß einer lauten Geselligkeit und der dort genossenen Getränke. Ich fragte ihn deshalb, ob ich ihm etwa einen Salzhering oder einen Rollmops auftischen könne. »Um alles in der Welt: nein!« rief M.M.P. Er bat um Tee. Nachdem ich den Tee zubereitet, M.M.P. die erste Tasse getrunken hatte, legte sich seine Verstörung etwas. Er lehnte sich in seinen Sessel zurück und begann von dem eigenartigsten Silvestererlebnis zu erzählen, von dem ich je gehört habe.

»Silvester«, sagte er, »ach ja. Dann ist heute Neujahr? Richtig. Ein gutes neues Jahr dann auch«, sagte er, »ein gutes neues Jahr.«

Man muß an dieser Stelle vorausschicken, daß M.M.P. nicht zu den Malern zählt, die bei den, wie man so sagt, offiziellen Kunstjournalisten eine große Nummer haben. Er verpackt keine Gegenstände in Plastikfolie, er schlitzt keine Leinwände, er bestreicht keine Stühle mit Fett, er malt nur Bilder. Das trägt man ihm nach. Er wiederum trägt das mit Fassung, wenngleich mit einigem Groll, den er mit mir teilt.

»Ich werde mein Leben lang«, sagte er, »keinen Salzhering mehr essen, oder – ich will nicht übertreiben: drei Wochen lang bestimmt nicht mehr.«

»Aber wieso denn nicht?« fragte ich.

»Und auch keine Forelle und keinen Hummer.« Er rührte den Tee um. »Wenn Sie erlebt hätten, was ich erlebt habe, dann würden Sie auch nichts mehr dergleichen – raucht es schon?« Er fixierte die Mappe.

Es rauchte nicht. Ich wußte auch nicht recht, was da rauchen solle. »Wissen Sie was«, sagte M. M. P., »um die schöne Leinenmappe wäre es schade ...« Er stand auf, nahm einige Blätter, die in einen großen Bogen eingeschlagen waren, aus der Mappe, stellte die Mappe neben den Kamin und schob den Bogen mit den Blättern ganz hinein auf den Rost.

Am frühen Vormittag des Silvestertages hatte bei M. M. P. das Telefon geläutet. Es hatte sich ein Herr Fink gemeldet, der erzählte, er sei der Sekretär von Frau von Garofano, die den Meister – der Sekretär sagte wörtlich: »den Meister« – dringend zu sprechen wünsche. Äußerst dringend; möglichst noch heute. M. M. P., der auch nichts von den kalendarischen Frohsinnstagen hält und Feste lieber feiert, wenn sie nicht durch Konvention vorgeschrieben sind, fand nichts dabei, am Silvestertag in die Stadt zu fahren, zumal die ganze Sache auf einen Auftrag hinauszulaufen schien, und wenn eine Dame es sich schon leisten kann, dachte M. M. P., sich einen Sekretär zu halten, dann ist es möglicherweise ein guter Auftrag. Ein Künstler wie M. M. P. verdient sein Geld nicht dadurch, daß er seine abgeschnittenen Fußnägel in eine Flasche abfüllt und für den Gegenwert eines Einfamilienhauses an die Sammlung *Ludwig* verkauft, sondern ist darauf angewiesen, im Schweiße seines Angesichtes Bilder zu malen. Da ist so ein Angebot schon interessant.

Der Sekretär Fink hatte eine Adresse in einer der besten Gegenden der Stadt genannt. Sichtlich teure Neubauten wechselten in der Straße, in der Frau von Garofano wohnte, mit alten Villen ab, die meist zurückgesetzt hinter Gartenmauern standen. Es war nicht schwer, in dieser ruhigen Gegend einen Parkplatz zu finden. M.M.P. stellte sein Auto fast direkt neben dem Tor ab, das – in Stein gehauen – die angegebene Hausnummer trug. M.M.P. stieg aus, schaute sich um – es war kalt, leichter Schneestaub wehte durch die Luft –, fand keinen Namen an der Tür und läutete trotzdem. Unverzüglich surrte der Türöffner. M.M.P. ging über einen gepflasterten Gartenweg zum Haus, wo hinter der Tür ein alter Mann stand, der M.M.P. sofort mit Namen begrüßte. Offenbar handelte es sich bei dem Alten um den Sekretär Fink.

»Wenn ich alt sage«, erzählte M.M.P., »dann meine ich in dem Fall wirklich *alt*. Uralt. Er war zwei Meter groß und unglaublich alt. Ich habe immer gern zerfurchte, alte Gesichter gezeichnet, aber so ein uraltes, ein steinaltes Gesicht habe ich mein Leben lang noch nicht gesehen. Steinalt. Alt wie Stein. Wenn ich ihn zeichnen sollte, würde ich ihn bemoost darstellen. In Wirklichkeit hatte er Haare, viele Haare für sein Alter, aber gefärbte. Ich dachte sofort, möglicherweise ist das doch kein gar *so* fetter Auftrag, denn offenbar ist Frau von Garofano geizig. Sie zahlt ihren Sekretär so schlecht, daß er sich das Haarfärben beim Friseur nicht leisten kann. Er färbt sie sich selbst, schlecht und recht. Es gibt so Haarfärbekämme, die in winzigen Annoncen in illustrierten Zeitungen angeboten werden. Wahrscheinlich benutzt Sekretär Fink so einen Patentkamm Farbrichtung Kastanienbraun. Die Haare sehen aus wie mit Schuhwichse eingerieben. Man erkennt es auf hundert Schritte gegen den Wind. Oder er macht es wie der Fürst von Weißenberg-Weißenberg, den ich einmal gemalt habe. Der Fürst ist ungeheuer reich, weil er eine Fabrik hat, in der praktisch alle europäischen Bierdeckel hergestellt werden. Er hat ein Monopol. Inzwischen hat er schon die vierte Frau. Das ist der einzige Luxus, den er sich leistet, sonst ist er krankhaft knauserig. Er färbt sich die Haare im Hotel am Schuhputzautomaten. Ich habe das auch für eine böswillige Unterstellung gehalten, bis ich es einmal – durch Zufall – gesehen habe. Sie kennen diese Schuhputzautomaten in billigen Hotels? Man drückt auf einen Knopf, und eine kreisförmige Bürste setzt sich in Bewegung. Der Fürst hat immer bis spätabends gewartet, um sicher zu sein, daß niemand auf dem Flur ist, dann hat er den Automaten in Bewegung gesetzt, hat sich hingekniet und seinen Kopf unter die Bürste für schwarze Schuhe gehalten, bis die Haare nachgefärbt waren. Dem Fürsten kam dabei seine naheliegende Vorliebe für billige Hotels zugute. In teuren Hotels, wo die Schuhe von Stubenmädchen geputzt werden, hätte er ja seinen Kopf vor die Tür legen müssen. Ich habe eine Zeitlang mit dem Gedanken gespielt, den Fürsten so zu porträtieren: den Kopf zwischen Schuhen mit dem Stubenmädchen. Aber ich habe davon abgesehen. Es hat mit dem Porträt auch ohnedies Schwierigkeiten genug gegeben.«

Obwohl ich darauf brannte, den Fortgang der Geschichte mit Frau von Garofano zu hören, fragte ich ihn: »Aber wie, um alles in der Welt, ist es Ihnen gelungen, Zeuge dieser intimen Haarfärbeszene zu werden?«

»Ganz einfach«, sagte M. M. P., »der Fürst lebt nicht hier, sondern meistens auf seinen Gütern in der Steiermark. Die Sitzungen fanden statt, wenn der Fürst seine Bierfilzfabrik inspizierte, was regelmäßig alle Vierteljahr der Fall war. Ich mußte dann mit Leinwand, Staffelei, Palette, Pinseln und Farbe in das billige Hotel, wo er mir für ein oder zwei Stunden saß. Das war immer spätabends. Warum? Auch da kam ich drauf. Einmal sagte der Fürst: ›Ich kann Ihnen leider nichts anbieten. Die Bar ist schon geschlossen, und der Nachtportier hat keinen Schlüssel für die Küche, leider. Aber wenn Sie aus meiner Thermosflasche einen Kamillentee wollen?‹ Um gleichbleibendes Aussehen zu gewährleisten – als ob ich ihn zu photographieren und nicht zu porträtieren gehabt hätte –, hat er sich vor der Sitzung immer die Haare gefärbt. Einmal bin ich ihm nachgeschlichen und habe es dann gesehen.«

»Aber daß er sich bei seinem Geiz den Luxus eines Porträts geleistet hat?«

»Er hat mir das Honorar nicht bezahlt; sein Anwalt hat mir geschrieben, die Schuhe auf dem Bild seien nicht ähnlich genug.«

»Da hätten Sie ihn doch verklagen können ...«

M. M. P. starrte auf den Bogen mit den Blättern im Kamin. »Raucht es? Nein. Es raucht noch nicht. Wo war ich stehengeblieben? Ach ja: Vielleicht aber, sagte ich mir, ist nicht die Frau von Garofano geizig, sondern nur der Sekretär Fink, und den soll ich ja wohl nicht malen, obwohl mich das, ehrlich gesagt, gereizt hätte. Ich bat also, mich zu melden«, fuhr dann M. M. P. fort. Frau von Garofano sei jung und schön gewesen. Nicht sehr jung, aber sehr schön. Sie sei von einer üppigen, prallen Schönheit gewesen, die sogar durch die Kleider schimmerte, von einer auffallenden, durch nichts zu bändigenden Geschlechtlichkeit, die bewirkte, daß die Dame stets hochgeschlossen und bis zu den Knöcheln verhüllt wie nackt wirkte. Sie kam M. M. P. entgegen und trug ein enges grünes Kleid, das mit Gold bestickt war. Ein Maler hat einen Blick dafür: Unter dem Kleid trug sie nichts. Mehr noch: Die Stickereien aus Gold auf dem dunkleren Grün waren – mit Absicht? – so angebracht, daß sie wie zusätzliche Glanzlichter wirkten. »Als ob sie«, sagte M. M. P., »nur grün angemalt und mit Goldstift gehöht gewesen wäre. War sie aber nicht, bei näherem Hinsehen; natürlich nicht. Nur im ersten Augenblick hat es so gewirkt.«

Es habe Fisch gegeben. Vielleicht, so hat der protestantische M. M. P. die ganze Zeit überlegt, ist Frau von Garofano katholisch, und Silvester ist womöglich ein Fasttag für Katholiken. (»Nein«, sagte ich, »das verwechseln Sie mit dem 24. Dezember.«) Die Tafel sei schon hergerichtet gewesen; zwei Gedecke; altes Silber und schwarzes Porzellan. Auch die Servietten waren schwarz und die Kerzen, die der steinalte Sekretär Fink mit einem Feuerzeug anzündete, das so antik war wie er. »Das nächstältere Modell«, sagte M. M. P., »war der Zündschwamm vom Lederstrumpf.« Der Sekretär hatte eine Art Kellnerfrack angezogen und servierte, ein weißes Tuch über den Unterarm gelegt. »Ist doch *sie* geizig?

dachte ich mir«, sagte M.M.P., »daß der Sekretär servieren muß? Wahrscheinlich kocht er auch. Oder aber, das andere Personal hat heute Ausgang, weil ja Silvester ist.«

Es gab Fischsuppe, dann als Zwischengericht geräucherte Forelle, dann einen Hummercocktail, dann bretonische Lotte, dann gegrillte und in Butter gebackene Meeresfrüchte, dann Krebse, dann Fischkäse. Endlich kam der Pudding. »Ich esse schon Fisch, ab und zu«, sagte M.M.P., »aber ich mache mir nichts draus. Wenn ich es mir aussuchen kann, nehme ich lieber was anderes. Aber so Gekröse, das sich im Meer ringelt, esse ich ungern, am liebsten überhaupt nicht. Aus Höflichkeit habe ich von dem Zeug ein wenig geknabbert. Ich habe mich mehr an den Salat gehalten, obwohl ich den eigentlich auch nicht mag. Die Dame hat es übrigens gar nicht gemerkt. Der Kellner-Sekretär vielleicht schon, der hat natürlich nichts gesagt, hat nur die schwarzen, bei mir halbvollen Teller wortlos abgeräumt und neue hingestellt. Frau von Garofano hat nichts gemerkt, weil sie mit Essen beschäftigt war. So was habe ich – außer bei der vierten Frau vom Fürsten Weißenberg – noch nie in meinem Leben gesehen. Die Frau hat nicht gegessen, die hat hineingespachtelt, anders kann man es nicht sagen. Dann ist der Pudding gekommen. Süße Sachen esse ich eigentlich auch nicht gern, aber lieber als Fisch. Da habe ich mich also auf den Pudding gestürzt, doch sogar der war aus Fisch. Kalt mit Fischstücken und Kaviar drüber. Haben Sie das jemals schon gehört? Einen Fisch-Pudding? Nur der Kaffee danach war wenigstens nicht aus Fisch.« M.M.P. schaute versonnen auf die Blätter im Kamin. Da M.M.P. eine Zeitlang schwieg, fragte ich:

»Wieso darf die Fürstin Weißenberg-Weißenberg so viel spachteln? Das kostet doch auch Geld?«

»Ja-ha«, sagte M.M.P., »das ist ja das Problem. *Fürstin* kann man ja eigentlich gar nicht sagen. Juristisch gesehen schon, doch wenn Sie die sehen, wissen Sie sofort, wo die der Fürst her hat. Aus dem *Gotha* nicht. Bevor sie der Fürst geheiratet hat, war die in keinem *Gotha* verzeichnet, eher schon in der Kartei vom Gesundheitsamt. Die fürstlichen Kinder haben auch ziemlich die adeligen Nasenflügel gekräuselt, wie er sie geheiratet hat. Der Fürst hat das Geld. Da müssen die Kinder den Mund halten, sonst enterbt er sie. Diese sogenannte Fürstin war es dann auch, die das Porträt bestellt und die meisten Schwierigkeiten gemacht hat. Bei den Sitzungen war sie zwar nie dabei, aber sie ist immer wieder zu mir ins Atelier gekommen und hat sich das entstehende Bild zeigen lassen. Jedesmal hat sie was auszusetzen gehabt. Einmal war es die Krawatte. Ich hatte eine getupfte gemalt. Mir kam es nicht auf die Krawatte an, künstlerisch gesehen, ich brauchte nur einen gewissen Farbakzent, malte also eine violette, getupfte Krawatte. ›Unmöglich‹, kreischte die Dame. ›So eine Krawatte trägt Seine Durchlaucht niemals!‹ Sie sagte nicht: ›mein Mann‹, wenn sie vom Fürsten sprach, sondern immer nur von ›Seiner Durchlaucht‹. Sie versuchte, aristokratischer zu sein als die geborenen Aristokraten. Findet man ja oft. Sie brachte mir eine herausragend scheußliche Krawatte in Braun mit rosaroten Querstreifen. Ich mußte also die Krawatte übermalen. Dann der Bart. Eines Tages mußte sich der Pantoffelheld den Vollbart abrasieren, durfte sich mit Mühe und Not einen Schnurrbart stehenlassen. Also mußte ich nahezu die ganze untere Gesichtspartie neu malen. Dann hatte Seine Durchlaucht auf meinem Porträt für das Gefühl dieser morganatischen Nudel zu wenig Haare auf dem Kopf. In Wahrheit hatte ich ihm eh' mehr hingemalt, als er hatte. Dann war die Hose zu wenig jugendlich. Er bekam eine karierte. Dann gefiel ihr die karierte doch wieder nicht, und ich mußte eine weiße malen. Das Bild wird vor lauter Übermalen langsam ein Relief, sagte ich, doch das verstand dieses Huhn natürlich nicht. Das Schlimmste war aber der Hund. Der Fürst hatte mit einem senilen Salz-und-Pfeffer-Schnauzer verewigt werden wollen. Als die sogenannte Fürstin erfuhr, daß es sich dabei um das letzte Geburtstagsgeschenk der dritten Frau ihres Mannes handelte, schenkte sie ihm sofort einen anderen Hund, einen, wie nicht anders zu erwarten, besonders widerwärtigen grauen Pudel. Natürlich mußte ich sofort den Salz-und-Pfeffer-Schnauzer übermalen ...«

M.M.P. erzählte diese ganze Geschichte übrigens auch Frau von Garofano während des Essens, allerdings ohne die Ausfälle gegen Damen von angeheiratetem Adel. Er habe ja nicht gewußt, ob nicht vielleicht Frau von Garofano auch nur eine bürgerliche Meier oder Huber war, die nur den Herrn von Garofano geheiratet hatte. Frau von Garofano lachte herzlich und entblößte dabei herrliche, wenngleich ziemlich spitzige weiße Zähne. Mit der Garderobe des Porträts, das *sie* bei M.M.P. bestellen wolle, sagte sie, werde es keine Schwierigkeiten geben. Sie sagte das mit einem derart knisternden Unterton, daß M.M.P. sogleich wußte, was sie meinte.

»Auch wenn ein Maler durch das jahrelange Aktzeichnen

fast so abgebrüht ist wie ein Gynäkologe«, sagte M.M.P., »verursachte mir diese Ankündigung doch, muß ich zugeben, ein gewisses Nervenjucken; und sei es, daß es nur die Neugier gewesen ist.«

Der Sekretär Fink räumte ab. Frau von Garofano gab ihm die Anweisung, eine Flasche Champagner in das Boudoir zu bringen. Dann bat die Dame M.M.P. »nach drüben«. Für das Boudoir war der Ausdruck *schwül* alles weniger als unangebracht. Sträuße giftfarbiger Orchideen standen in Art-Deco-Vasen. Malvenfarbene Samtvorhänge waren über die Fenster drapiert. Ein Flausch von vaginafarbigem Teppich, so tief wie ein drei Wochen bei Treibhauswetter ungemähter Rasen, bedeckte den Boden. Vier Krokodile aus vergoldetem Porzellan trugen einen gläsernen Tisch. Ein gemaltes Fries von zweideutigen Szenen zog sich in Augenhöhe über drei Wände entlang. Ein ausgestopfter Pfau – offenbar eine Art Kleiderständer – hatte ein blaßgelbes Spitzennegligé im Schnabel, das Frau von Garofano, bevor sie sich in eine meergrüne Récamière räkelte, mit einem Griff an sich nahm und nach hinten zwischen die schwarzen Vorhänge eines Himmelbettes warf.

M.M.P. setzte sich der Récamière gegenüber auf eine Chaiselongue, die mit zungenfarbenem Chintz bezogen war. Sekretär Fink brachte den Champagner, öffnete ihn lautlos und schenkte ein. Dann entfernte er sich.

»Nackt!« sagte Frau von Garofano.

»Ich habe schon verstanden«, murmelte M.M.P.

Frau von Garofano schüttete sofort ein ganzes Glas hinunter, schenkte sich gleich wieder nach. M.M.P. nippte nur, obwohl der Champagner nicht nach Fisch schmeckte.

»Wollen Sie gleich anfangen zu skizzieren?« fragte Frau von Garofano.

»Ja – nein«, sagte M.M.P., »ich …«

»Das Honorar spielt keine Rolle«, sagte Frau von Garofano schnell. »Sie sollen bekommen, was Sie verlangen.«

»Das ist es nicht«, sagte M.M.P., »nur: Einen Bleistift habe ich natürlich immer bei mir. Aber keinen Zeichenblock.«

Frau von Garofano trank das zweite Glas Champagner aus, dann stand sie auf. »In der Schublade hinter Ihnen liegt alles, was Sie brauchen.« Dann ging sie hinaus. Nach wenigen Minuten kam sie zurück, vollständig entkleidet. Nur goldene Schuhe trug sie, einen dicken Goldreif um die Fessel, ein schwarzes Band um den Hals und sehr lange, grünglitzernde Ohrgehänge.

»Selten«, sagte M.M.P., »obwohl ich aus ästhetischen Gründen immer darauf geachtet habe – seit ich es mir leisten kann –, nur ausgesucht schöne Aktmodelle zu nehmen, habe ich einen so brillanten Körper gesehen …«

Doch in den wenigen Minuten, die Frau von Garofano draußen gewesen war, hatte M.M.P. auch noch etwas anderes gesehen. Er hatte die bezeichnete Schublade einer Kommode aufgezogen und drei offensichtlich vorbereitete, unberührte Blöcke guten Zeichenpapiers gefunden, drei verschiedene Formate, daneben ein Sortiment Stifte, auch Kohle und Rötel, Spitzer und Radiergummi und Fixativ waren nicht vergessen, alles fabrikneu. Es sah so aus, als habe Frau von Garofano ihren Sekretär Fink in die Stadt geschickt mit dem Auftrag, im besten einschlägigen Geschäft sich alles zusammenstellen zu lassen, was ein Zeichner brauchen könnte. »Der Kostenpunkt spielt keine Rolle.«

M. M. P. ist ein neugieriger Mensch. Maler sind neugierige Menschen, sonst wären sie nicht Maler geworden. So neugierig, daß er eine Schublade in einem fremden Boudoir in unbeobachtetem Moment aufgezogen hätte, ist M. M. P. nicht, doch es war ihm ja ausdrücklich gestattet worden, diese Schublade zu öffnen. Da konnte er der Versuchung nicht widerstehen nachzuschauen, was unter den drei Blöcken lag. Dort lagen – zwischen uninteressanten Papieren, ein paar dilettantischen Skizzen (zeichnete Frau von Garofano in ihren Mußestunden?) – in einem Pappumschlag zwei Blätter, in die M. M. P. nur einen Blick warf, vielleicht drei, vielleicht vier wahllose Zeilen des ersten Blattes las und wußte, daß er ein Dokument von unglaublicher Brisanz in Händen hielt.

Die nackte Frau von Garofano war zwei Schritte ins Zimmer getreten, hatte die Arme geöffnet, wie um zu sagen: »Hier sehen Sie mich also«, als ihr Blick auf das Papier fiel, das M. M. P. in den Händen hielt, worauf sich ihr Blick sofort verdüsterte. Sie sprang auf M. M. P. zu – es sei, erzählte M. M. P., dann alles sehr rasch, fast schiene es ihm: in Bruchteilen von Sekunden, gegangen –, griff nach den Blättern, wobei sie einen Schrei in einer Stimmlage ausstieß, der mit ihrer vorherigen, eher – wie M. M. P. erzählte – turtelnden Sprechweise deutlich divergierte, und versuchte, M. M. P. die Blätter zu entreißen. M. M. P. sprang auf, drückte die Blätter an sich. Die drei Skizzenblöcke fielen zu Boden. Nun schrie Frau von Garofano wie eine Furie. M. M. P. rannte von Tür zu Tür. Es waren lauter Tapetentüren, auf den ersten Blick gar nicht zu erkennen. Es wäre gar nicht einfach gewesen, berichtete M.M.P., den richtigen Ausgang zu finden, dann habe er ihn doch gefunden und sei hinaus. Im Vorbeirennen riß M.M.P. – die Blätter immer an sich gepreßt – seinen Mantel und seine Mütze vom Garderobenhaken, stieß den verdutzt dastehenden Sekretär Fink zur Seite und stürzte ins Freie. Frau von Garofano, nackt wie sie war, stürzte hinterher. Ihre hochhackigen Schuhe, in denen sie nicht richtig laufen konnte, schleuderte sie von sich. Sie schrie mehrstimmig und heiser wie ein schadhaftes Harmonium. Auch sonst waren Veränderungen an ihr vorgegangen: Ihr Körper schwoll auf und wurde grünlich. Die Haare ringelten sich wie Regenwürmer.

»Auch die Schamhaare«, sagte M.M.P., der, als echter Maler, selbst in dieser Situation die Details kühl registrierte. »Die Brüste«, sagte M.M.P., »verwandelten sich in zwei große, faltige, bräunlichgrüne Kröten, die je ein feuriges Auge hatten.« Der Atem der Dame habe nach faulen Eiern gestunken, was selbst auf eine Entfernung von zehn Metern, welchen Vorsprung es M.M.P. zu erreichen gelang, zu riechen war. Grade als M.M.P. aus dem Gartentor eilte, warf ihm Frau von Garofano die halbleere Champagnerflasche nach, die sie die ganze Zeit schon drohend geschwungen hatte. Sie zielte gut. Die Flasche verfehlte M.M.P. nur um ein Haar, zerschellte neben ihm auf den Steinplatten des Torweges, und eine Fontäne von Blut spritzte in die Höhe.

M.M.P. warf das Tor hinter sich zu. Er hörte die, wenn man so sagen kann, Dame noch am Ende der Straße, das er laufend erreichte, Flüche von nie gekannter Gemeinheit orgeln, aber sie folgte ihm nicht. Im Auto dann fühlte sich M.M.P. einigermaßen sicher, er gab Gas und fuhr schneller, als erlaubt ist, davon. »Am Silvestertag, sagte ich mir«, erwähnte M.M.P., »wird die Polizei wohl nicht Radarkontrollen vornehmen.« Die drei Blätter hatte M.M.P. neben sich auf den Beifahrersitz geworfen. An der ersten roten Ampel, an der M.M.P. halten mußte, bemerkte er, daß die Blätter zu schwelen begannen. Es wurde Grün. M.M.P. fuhr über die Kreuzung und bei der nächsten Gelegenheit rechts heran. Die drei Blätter waren schon gelblich und kräuselten sich am Rand. M.M.P. hatte einen Block Zeichenpapier im Auto. (Er hat, für alle Fälle, immer einen Block Zeichenpapier im Auto.) In fliegender Hast schrieb er das, was auf den Blättern stand, ab. Die letzten beiden Zeilen mußte er aus dem Gedächtnis niederschreiben, denn die Blätter gingen in Flammen auf. M.M.P. konnte sie noch gerade rechtzeitig aus dem Auto werfen. Doch das Spiel wiederholte sich. M.M.P. war noch keine zehn Minuten gefahren, da begannen die Blätter des Zeichenblocks zu schwelen. Wieder hielt M.M.P. und schrieb den Inhalt auf drei weitere Blätter seines Blocks. Aber auch die verkohlten. Dreimal insgesamt mußte M.M.P. im Auto den Text abschreiben, und dann saß er die ganze Nacht und schrieb immer aufs Neue die geheimen Informationen ab. »Ich befürchtete nur eins: einen Schreibkrampf«, sagte M.M.P. »Aber es beruhigte mich, als ich bemerkte, daß die Geschwindigkeit, mit der die Blätter verkohlten, geringer wurde. Gegen drei Uhr in der Früh konnte ich mich sogar für eine Stunde hinlegen. Um zehn Uhr vormittags war es soweit, daß ich die Blätter als resistent für einen halben Tag betrachten konnte. Abgesehen davon weiß ich den Text inzwischen auswendig.«

Ich las.

Ich hielt den Text zunächst für einen kurz gefaßten Abriß der Geschichte der bildenden Kunst von der Jahrhundertwende bis auf unsere Tage, doch je mehr ich las, desto klarer war, daß es sich eher um eine Dienstanweisung handelte.

Offenbar war Wassily Kandinsky der erste Gehaltsempfänger der Dame Garofano gewesen, wonach er sich verpflichtet hatte, nur noch abstrakt zu malen. Alle progressiven Neuerer der bildenden Kunst von Adolf Hölzel bis zu HA Schult hatten Zuwendungen erhalten, zum Teil in nicht unbeträchtlicher Höhe. Die höchste Summe war hinter dem Namen Lucio Fontana vermerkt. »Und vermutlich alles steuerfrei«, raunzte M.M.P. »Mit Sicherheit«, sagte ich.

Dann folgte eine Liste mit den von Frau von Garofano – oder von wem immer – subventionierten Kunstjournalisten. Interessant war auch eine Liste von Künstlern, die sich erboten hatten, die Kunst zu verhunzen, sofern auch ihnen Unterstützung zugebilligt würde, die jedoch mit der Begründung abgelehnt wurden, daß sie auch ohne schädlichen Einfluß talentlos genug seien. Joseph Beuys führte diese Liste an.

»Was bedeutet das alles?« fragte ich.

»Keine Frage«, sagte M.M.P., »wenn man dieses Dokument veröffentlicht, weiß man, woher die progressive Kunst kommt.«

»Und Sie sollten offenbar auch gekauft werden, damit Sie nicht mehr gegenständlich malen?«

»Sicher«, sagte M. M. P.

»Das Ganze«, sagte ich und deutete auf die Blätter, die nun tatsächlich zu schwelen begannen, gelb wurden und sich krümmten, »wird Ihnen kein Mensch glauben. Man wird es für eine billige Polemik halten.«

»Das fürchte ich eben auch«, sagte M. M. P.

»Die Blätter beginnen zu brennen!« rief ich. »Sollen wir sie nicht rasch abschreiben?«

M. M. P. dachte einen Moment nach, dann sagte er: »Lassen wir es. Wenn es uns ohnedies niemand glaubt ...«

Wir standen vor dem Kamin und schauten zu, wie die Blätter verbrannten und sich in Rauch und Asche auflösten. M. M. P. nickte und verabschiedete sich dann. Er müsse jetzt heim, sagte er, und sich nach einer Nacht, in der er so wenig geschlafen habe, ein wenig niederlegen.

Nach einer Woche konnte ich M. M. P. dazu bewegen, mit mir die Villa der Frau von Garofano aufzusuchen. M. M. P. fand den Platz wieder, aber es war ein unbebautes Grundstück. Ein alter Mann, den wir fragten, sagte, daß dort nie ein Haus gestanden habe.

Monolog des Kunstprofessors

Wie Kastenstein. Torsten F. Kastenstein. Ein Schüler von mir. Auch schon Professor. Sogar schon tot. Torsten F. Kastenstein. Der hat sich einmal selbst ausgestellt. Er hat einen Stuhl ins Museum getan, auf ein Podest, so hoch ungefähr, und auf dem Stuhl ist er gesessen: Kastenstein. Ist sogar im Katalog gestanden: Nummer soundso viel: »Torsten F. Kastenstein – Doppelpunkt – Torsten F. Kastenstein.« Von mir sind Filzanzüge in der betreffenden Ausstellung gezeigt worden (lacht). Habe damals Filzanzüge gemacht. Ein Schneider hat mir geholfen. Waren ziemlich steif. Unhandlich sozusagen (lacht). Fünfhundert. Sie haben geheißen: »Verbirg...« (denkt nach) Irgend etwas mit »Verbirg ... verbirg – etwas«. So ähnlich. In den Taschen Fett. Fett und Filz, das war mein Markenzeichen. In den ersten fünfzig handsignierten Exemplaren Butter, in den restlichen vierhundertfünfzig Margarine. Der Museumsdirektor hat den Filzanzug No. 1 an die Wand gehängt, wie ein Bild. Ekelhaft. Wie ein Gemälde. Lächerlich. Ich habe verlangt, daß er ihn anzieht, der Museumsdirektor (lacht). Er hat ausgeschaut wie ... (lacht). War ihm zu groß. Auch waren die Hosen der Einfachheit halber an die Jacke genäht. Ist nach der Vernissage fast nicht mehr herausgekommen (lacht). Und der Kastenstein auf seinem Podest. »Torsten F. Kastenstein – Doppelpunkt – Torsten F. Kastenstein.« Am zweiten Tag ist er erst um elf Uhr gekommen, obwohl das

Museum schon um zehn Uhr aufgemacht hat. Am dritten Tag überhaupt nicht mehr. Ist ja auch langweilig, den ganzen Tag so dasitzen – aber das hätte er sich vorher überlegen sollen. Oder er hätte sich ausstellen sollen als: »Torsten F. Kastenstein, lesend.« Oder: »schlafend«. Der Direktor hat ihn anrufen lassen, wie er am dritten Tag nicht gekommen ist, aber das hat nichts geholfen, weil Kastenstein sein Telefon in einer anderen Ausstellung ausgestellt hatte. »Torsten F. Kastenstein – Doppelpunkt – Torsten F. Kastensteins Telephon.« Danach hat der Direktor ein Telegramm geschickt. Das hat Kastenstein in einer dritten Ausstellung ausgestellt. Der Direktor ist fast wahnsinnig geworden und ist persönlich zum Kastenstein hin: »Ich verklage Sie vor Gericht«, hat der Direktor geschrien, »wenn Sie nicht sofort kommen.« »Ich verbitte mir Ihre Gestapomethoden!« hat Kastenstein zurückgeschrien. »Sie sind die längste Zeit für mich Kunstwerk gewesen!« hat der Direktor geschrien (lacht, wird plötzlich ernst) fünfundvierzigtausend Euro pro Filzanzug; für die ersten fünfzig, die mit Butter, versteht sich. Die anderen fünfundzwanzigtausend.

Wie Kastenstein. Torsten F. Kastenstein. Ein Schüler von mir. Auch schon Professor. Sogar schon tot. Torsten F. Kastenstein.

Früher haben sie nur Gott gemalt und die Heiligen und höchstens Kaiser und Kaiserinnen.

Dann sind auch Könige gemalt worden, dann sogar Personen, die nur Herzog waren oder Prinz. Eventuell mit Hunden oder Papageien. Später sind dann die Hunde und Papageien ohne Prinzen und Herzöge gemalt worden. Natürlich immer wieder ein Christus dazwischen oder ein heiliger Hieronymus, aber schon seltener. Dann nur noch Bäume. Blumen in Vasen. Oder Klöppelstickerinnen. Windmühlen. Schiffe. Und immer wieder Hunde – oft auch Pferde. Sehr oft Pferde. Auch Kühe. Ganze Generationen von Malern, deren Namen man längst vergessen hat – sie hießen Vaarenkamp oder van Averdonchx oder van Fluyssenberghe –, haben Kühe gemalt. Und Landschaften. Landschaften mit Kirchtürmen und ohne Kirchtürme. Bahndurchstriche. Brücken. Berge. Berge mit Schnee und ohne Schnee. Sonnenaufgänge. Öfters aber Sonnenuntergänge. Ist Ihnen schon einmal aufgefallen, daß mehr Sonnenuntergänge gemalt worden sind als Sonnenaufgänge? Das kommt, weil die Maler meistens nicht gern aus den Federn steigen. Hihi. Palmen. Elefanten. Nackte Negerinnen am Strand. Überhaupt Nackte. Nackte Weiber, von allen Seiten. Unanständige Perspektiven. Alles ist ja gemalt worden. »Seni an der Leiche …«, »an der Leiche …« – egal, »Seni an der Leiche«, »Leiche ohne Seni«. Geschlachtete Ochsen. U-Boote. Bauern. Bauern mit Hüten. Nur Hüte. Stühle. Es hat einen Maler gegeben, der hat sein ganzes Leben lang ausschließlich Stühle gemalt – er hat – wie hat er geheißen? Egal. Alles ist gemalt worden. Es ist ein Zeitpunkt gekommen, da waren mehr Bilder vorhanden als Gegenstände, die abgemalt werden konnten. Da hat der … der … ich habe den Namen vergessen, ein gewisser … ein gewisser … ich weiß nicht mehr, wie er geheißen hat … ein Portugiese – oder? Oder Pole, weiß nicht mehr – hat angefangen, Sachen zu malen, die es nicht gibt. Aus purer Verzweiflung. Striche und Punkte. Dreiecke. Oder dann nur noch Linien, Geschmier. Abstrakt. Informel. Oder nur noch die ganze

Leinwand blau. Können Sie sich erinnern? Da hat es einen gegeben, der hat immer nur, immer nur Leinwände blau angestrichen. Er hat geheißen ... hat geheißen ... egal. Eines Tages hat er eine Leinwand rot angestrichen, da hat man ihn für verrückt erklärt und in ein Narrenhaus gesperrt, wo er gestorben ist. Aber das ewige Malen. Leinwand, Keilrahmen, Pinsel, Farbe. Auch wenn man nur Punkte und Striche malt; ewig das gleiche seit Raffael. Immer nur zweidimensional. Da ist einer dahintergekommen, ich weiß nicht mehr, wie er geheißen hat, spielt auch keine Rolle, daß das Malen gar nicht zweidimensional ist. Wenn man einen Pinselstrich unter dem Mikroskop betrachtet: Furchen, Krusten, Abgründe, die reinsten Gebirge. Warum dann nicht gleich Nägel auf die Leinwand kleben. Oder ein Stück Gartenschlauch. Kieselsteine. Sand geworfen ... Leinwand geschlitzt ... und Ruß und dergleichen. Bis zu der Frage: warum überhaupt noch Leinwand? war nur ein Schritt. Die Nägel wurden auf ein Bügeleisen geklebt. Ein getrockneter Fisch in ein Buch gelegt. Wurde alles ausgestellt, nur wie? Die Museumsdirektoren haben sich die Haare gerauft: Wie? Wie? Dabei war das noch einfach, gegen das, was dann kam. Eine Tonne Humus am Boden. Von Heimo Burgmann. Ein Sammler aus Düsseldorf hat es gekauft. Sind dann unversehens Bohnen drauf gewachsen. Ein Motorrad einwickelt. Eine Brücke eingewickelt. Ein Hammel wirklich geschlachtet, ein Holztisch verbrannt. Aktion. Wie soll man das ausstellen? Sehr, sehr schwierig. »Loch im Museumsboden« von Kimmler. Der Rechtsanwalt, der hineingestolpert ist, hat seine zerrissene Hose vom Museum ersetzt verlangt. Verkehrssicherungspflicht! Hat der Rechtsanwalt gesagt: »Wenn Sie schon ein Loch in den Museumsboden bohren, müssen Sie so eine rot-weiße Schnur herumspannen, mit Fähnchen.« Hat Kimmler aufgejault: Das würde sein Kunstwerk verfälschen. Es darf nur das reine Loch sein, ohne Fähnchen. Das Gericht erster Instanz hat entschieden: Wenn einer in ein Museum für neue Kunst geht, muß er damit rechnen, daß ein Loch im Museumsboden ist und sich entsprechend vorsichtig verhalten. Aber in zweiter Instanz hat dann der Rechtsanwalt wieder gewonnen, weil er nachweisen konnte, daß er nicht als Besucher ins Museum gekommen ist, sondern um dem Direktor eine einstweilige Verfügung zu überbringen. Wegen der Badewanne: »Verbirg deinen Plattfuß«. Sie wissen. Dann wollte Kimmler »In die Luft geflogenes Museum« ausstellen, im Maßstab 1:1. Im Museum, das Kimmler in die Luft gejagt hat, konnte man es nicht mehr gut ausstellen. Das hat selbst Kimmler eingesehen. Also in einem zweiten Museum, nur wie? Die ganzen Trümmer, Tonnen von Trümmern ... da hat man sich dann in solchen Fällen damit beholfen, eine Dokumentation auszustellen. Photographien und Texte, meistens sehr philosophische Texte. Wenn Künstler wie Kimmler zu denken anfangen, geht das meistens nicht gut, doch das nur nebenbei. Dokumentation: ein Rahmen unter Glas, an den Wänden. Da waren wir wieder: an den Wänden. Das eigentliche Kunstwerk ist nicht das, was man sieht, sondern das, was ich denke. Ob ich den Käse ausführe, ist wurstissimo. Also habe ich nur noch meine Gedanken ausgestellt. Mit Computer geschrieben, daß es die Leute besser lesen können. Aber was heißt lesen? Lesen heißt gedachte Wörter lautlos nachdenken.

Sind Wörter Kunst? Nein. Was wortlos gedacht wird, ist Kunst. Das im Raum schwebende »AUM«. Das ist Kunst. Verwoben im Sein. Oder so ähnlich. Habe ich auf Tonband gesungen, wurde im Museum gespielt. Ist auch nicht ungefährlich: Da haben sie es auf falscher Geschwindigkeit ablaufen lassen, und ich habe plötzlich gezwitschert. Doch das alles ist noch mit Materie behaftet, ist unrein. Rein ist nur, was davon befreit ist, in die Existenz treten zu müssen. Alles ist Kunst. Nur das, was Kunst ist, ist nicht Kunst.

Lied ohne Worte ohne Lied

»Wissen Sie«, fragte mich der alte Hofrat, »daß es zu den – wie viele sind es? ich weiß es nicht – zu den jedenfalls vielen *Liedern ohne Worte* von Felix Mendelssohn-Bartholdy, die alle längst gedruckt und bekannt und oft und gern sowohl öffentlich als auch privat gespielt wurden und werden, ein weiteres *Lied ohne Worte* gibt, in E-Dur, das nie gedruckt, nie gespielt, nie jemals gehört wurde? Gespielt und gehört vielleicht schon, aber nur einmal, vielleicht zweimal, und das unter strengem Ausschluß der Öffentlichkeit. Nein? Wissen Sie nicht? Können es auch eigentlich gar nicht wissen, denn es ist ein sozusagen gleichermaßen polizeiliches wie musikalisches Geheimnis.«

Der alte Hofrat und ich saßen im Wiener Ringstraßen-Café Landtmann und genossen das in Österreich so beliebte zweite oder Gabelfrühstück. Ein Hymnus auf diesen zum Glück so wenig wie der Titel *Hofrat* vom Aussterben gefährdeten Brauch verbietet sich hier, denn er würde zu weit von dem polizeilich-musikalischen Geheimnis wegführen, von dem eben die Rede war. Gleichermaßen und aus dem gleichen Grund sei davon Abstand genommen, die schillernden Spielarten von einfachen, wirklichen und vortragenden Hofräten darzulegen.

»Naturgemäß können Sie«, sagte der alte Hofrat, »von diesem *Lied ohne Worte* nichts wissen, denn es liegt unter, wenn ich so sagen darf, hermetischem Verschluß im

Staatsarchiv, und ich selbst hatte nur einmal, ein einziges Mal die Gelegenheit, wenigstens den versiegelten Umschlag, in dem das Manuskript ruht, in Händen zu halten. Nur den Umschlag. Ein verblaßter, ehemals ärarisch-gelb gewesener Umschlag. Aber immerhin. Ich verhehle nicht und gestehe, daß ich dienstliches Interesse nur vortäuschte, um zu dem Umschlag, wenigstens dem Umschlag vorzudringen. Ich interessiere mich für Musik. Mendelssohn ist einer meiner Lieblinge. Also benutzte ich gewisse Wege über befreundete Hofräte und gelangte so zu dieser Zimelie – aber das soll Sie weniger interessieren als das eigentliche Geheimnis, das in diesem Umschlag steckte, immer noch steckt.«

Der alte Hofrat, der eben den letzten Bissen seines Gabelfrühstücks gegessen hatte und nun einen *Einspänner* bestellte, blickte zur Decke und summte eine Melodie, die nur schwer als die eines der Mendelssohnschen *Lieder ohne Worte* erkennbar war. Ein *Einspänner* ist nicht oder jedenfalls nicht nur eine Kutsche (*Fiaker* in Wien, unbedingt und ausschließlich auf dem *a* zu betonen) mit nur einem Pferd, sondern auch die Hälfte von einem Paar Würstel und – und das hier in diesem Fall – eine spezielle wienerische Variante, Kaffee zu genießen: zwei Drittel schwarzer Kaffee, ein Drittel unverrührter Schlagobers (das ist – für die Brüder und Schwestern in Norddeutschland übersetzt – Schlagsahne) und das Ganze in einem Teeglas serviert.

»Das ist es naturgemäß nicht«, sagte er, »das, was ich jetzt summend anzudeuten versuchte, denn naturgemäß kann man die Melodie jenes *Liedes ohne Worte* in E-Dur nicht einmal andeuten, eben weil seit damals, seit fast zweihundert Jahren, niemand mehr das Manuskript zu Gesicht bekommen hat. Seit eine, wenn ich so sagen darf, eine amtliche Zunge eines k. k. Kanzleiadjunkten den Rand des Umschlages befeuchtet und diesen zugepickt hat, wodurch das Musikstück naturgemäß in den polizeiarchivalischen Orkus hinabgesunken ist.«

»Naturgemäß« ist ein Lieblingswort aller Hofräte, ja, fast eine Art Rangabzeichen und Erkennungsmerkmal. Es gilt als Anmaßung, wenn man es verwendet, ohne Hofrat zu sein.

»Vor fast zweihundert Jahren?« fragte ich, um den versonnen zur Decke blickenden Hofrat wieder zu seiner Erzählung und zu seinem inzwischen heranservierten *Einspänner* zurückzubringen, denn es versteht sich – naturgemäß –, daß mich die Andeutungen des alten Herrn elektrisiert hatten.

»Ja«, sagte er, »genauer gesagt seit dem Jahr, lassen Sie mich nachrechnen, 1829. Es war eine lange Reise damals, von Berlin nach Mailand, in der Kutsche, selbstverständlich, und über unzählige Grenzen. Das alte Deutsche Reich, das Römische, hatte sich ja verflüchtigt, ›zerging in Dunst‹, wie wenig später einer schrieb, der Mendelssohn gar nicht mochte, und jeder kleine Potentat wachte eifersüchtig auf seine Zollschranken. Ich habe einmal ausgerechnet, daß man von Stuttgart nach Konstanz mehr Zeit an den Grenzkontrollen verbrachte als für die Fahrt selbst. Keine Grenze aber war das Stilfser Joch – ist es auch heute nicht mehr, war es aber jahrzehntelang, damals allerdings, 1829, noch nicht. Die Hensels, das jungvermählte Paar, brauchten also am Stilfser Joch keine Pässe vorzuweisen, kein Gepäck kontrollieren zu lassen …«

»Verzeihung«, sagte ich, »wer? Welche Hensels?«

»Fanny Mendelssohn, Felix' etwas ältere Schwester, hatte nach siebenjähriger streng überwachter Brautzeit den Maler Wilhelm Hensel geheiratet, und sie machten ihre Hochzeitsreise nach Italien, das Hensel von längerem Aufenthalt her kannte, Fanny jedoch nicht. Und nicht Venedig war das Ziel, ausnahmsweise für ein Hochzeitspaar, sondern Mailand und dann, glaube ich, Rom und so fort. Daher also das Stilfser Joch.«

»Nochmals Verzeihung«, sagte ich, »ich kenne das Stilfser Joch. Es ist nicht viel weniger als dreitausend Meter hoch. Haben die Jungvermählten ihre Hochzeitsreise mit Eispickel und Steigeisen angetreten?«

»Die Stilfser-Joch-Straße, damals ein Wunderwerk der Straßenbautechnik, Donegani hieß der geniale Ingenieur, war ein paar Jahre zuvor eröffnet worden, und die Eheleute Hensel fuhren aus der habsburgischen Gefürsteten Grafschaft Tyrol in das ebenso habsburgische Königreich Lombardie in der Kutsche. Nicht zuletzt, um diese durch licht und lichter werdende Föhren- und Lärchenwälder in sechsundvierzig Spitzkehren sich in märchenhafte und dennoch bequem erreichbare Eiswelten hinaufwindende Straße, diese Weltsensation mit hochromantischem Einschlag, kennenzulernen, hat Wilhelm Hensel diese Route gewählt. Die Skizzen, die Hensel in der naturgemäß« (– ! –) »höchst langsam fahrenden Kutsche von der Landschaft gemacht hatte, erregten in Worms dann den Verdacht einer k. k. Bezirksunterindegators …«

»Wo, bitte?«

Der alte Hofrat lachte. »Ich dachte mir, daß Sie das nicht wissen. Und nehmen Sie es nicht als Chauvinismus, wenn ich den deutschen Namen für Bormio verwende. Ich sage ja auch ›Mailand‹ und nicht ›Milano‹, jedenfalls nicht, wenn ich deutsch und nicht italienisch rede. Trotzdem käme ich auf keine revisionistischen Gedanken – Wiedervereinigung der Lombardie (– hören Sie? Ich sage Lombard*ie*, nicht Lombardei) mit Österreich. Nein, nein – obwohl mancher Lombarde heute lieber unter österreichischer Knute schmachten würde, wie bis 1859, als unter der in Rom geschwungenen. Aber wo war ich stehengeblieben und abgeschweift?«

»In Worms«, sagte ich.

»Ja. Der k. k. Bezirksunterindegator, der das Gepäck der Hochzeitsreisenden in dem Gasthof in Worms oder eben Bormio, in dem Hensels abstiegen, nachdem sie auch die achtunddreißig Windungen vom Stilfser Joch südseits hinunter in der Kutsche durchmessen hatten, pflichtgemäß untersuchte, prüfte höchst genau Hensels Skizzen. Ein Spion, der militärische Einrichtungen in seinen Zeichnungen festhielt? Aber der Beamte fand nichts in der Hinsicht Anstößiges und gab, ein wenig unzufrieden über die Erfolglosigkeit seiner Recherchen, die Skizzen zurück.

Daß der k. k. Bezirksunterindegator von Worms oder Bormio sich mit solchem Eifer und so schnell auf das Gepäck der Eheleute Hensel stürzte, hatte seinen Grund nicht nur in seinem möglichen Pflichteifer, sondern auch darin, daß dem Ehepaar Hensel eine geheime Nachricht aus Innsbruck vorausgeeilt war. In Innsbruck war das Ehepaar Hensel im Gasthof *Zum Goldenen Adler* abgestiegen. In einem Nebenzimmer befand sich ein Klavier. Fanny Mendelssohn-Bartholdy, nunmehr verehelichte Hensel, von der ihr Bruder Felix gesagt hat, sie habe von Geburt an ›Bachsche Fugenfinger‹, setzte sich nach dem Abendessen, das, da es aus für Berliner ungewohntem Saurem Züngerl mit Knödel bestand, den Gästen nicht mundete, in genanntem Nebenzimmer ans Klavier und spielte zunächst tatsächlich eine Bachsche Fuge, danach aber ein Stück, das den – wenigen – zufälligen Zuhörern, anderen Hausgästen meist, ungeläufig war. Auf die Frage einer Dame, worum es sich bei diesem ohne Zweifel ansprechenden Stück gehandelt habe, sagte Frau Hensel, das sei ein *Lied ohne Worte* aus der Feder ihres Bruders Felix.

Die Dame, die dies gefragt hatte, war kein Hausgast gewesen, sondern eine Baronin Kripp, die eine durchreisende, im *Goldenen Adler* abgestiegene Freundin, mag auch sein Schwester oder Tante oder Schwägerin, aufgesucht hatte. Die Baronin Kripp erzählte dieses Erlebnis, auch unter Erwähnung des Titels *Lied ohne Worte*, am nächsten Tag in ihrem Damenkränzchen im Café *Silberlöffel* nicht ahnend, daß ein Beamter des Geheimen Hofamtes zur Unterdrückung gefährlicher Umtriebe – die damals sogenannte *Inevidente Depravierungs-Auskulatur* – mit großen Ohren am Nebentisch saß, die Bemerkung aufschnappte, sofort seine Zeitung, in der er zur Tarnung gelesen hatte, zusammenfaltete, sich in sein Geheimes Amt begab und seinen ihm vorgesetzten Wirklichen Perspecularrath – damals naturgemäß noch mit t-h – unterrichtete.

›Erlaube mir gehorsamst, Herrn Wirklichen Perspecularrath einen eventualiter hochverrätherischen Vorgang zu Rapport zu bringen, der sich vornehmlich im auch Herrn Wirklichen Perspecularrath notorischen Gasthof *Goldenen Adler* hiesigen Orts zugetragen hat. Eine hierorts bislang noch nicht polizeievident gewordene Frauensperson weiblichen Geschlechts namens Hänsel oder Hensel hat ohne Aufforderung im Extrazimmer besagten Etablissements ein Musikstück zu Gehör gebracht, das ihrer eigenen Aussage zufolge ein ›Lied ohne Worte‹ war. Endesgefertigter unterfängt sich, expectio der Wohlmeinung Herrn Wirklichen Perspecularraths, zu vermuten, daß es sich bei einem ›Lied ohne Worte‹ unter Umständen um eine konspirative Verzwicklichkeit handeln könnte. Ich selbst, wie Herr Wirklicher Perspecularrath wissen, bin Mitglied des Gesangszirkels *Biedersinn*, sowohl aus Freude am Gesang als auch, um eine Supervision der Mitglieder des Zirkels zu gewährleisten, und daher ist mir geläufig, daß Lieder, zum Beispiel solche des inzwischen verewigten Herrn von Beethoven, ausnahmslos über Worte verfügen, das heißt, an solchen entlang componiert zu werden pflegen. Warum sollte ein Compositeur Lieder *ohne* Worte schreiben? Warum, wenn nicht der Compositeur etwas zu verbergen hat?!‹

Der Wirkliche Perspecularrath belobigte seinen Untergebenen und befahl ihm, sich unverzüglich in den *Goldenen Adler* zu verfügen und das verdächtige Notenmaterial zu konfiszieren. Doch Hensels waren, als der Emissär der Inevidenten Depravierungs-Auskulatur den Gasthof betrat, schon abgereist.

Aber selbstredend«, sagte der Hofrat, »ließ man damit die Sache nicht auf sich beruhen.« (Auch das Wort »selbstredend« ist, strenggenommen, dem amtlichen Wortschatz von Hofräten zugeordnet, ist aber inzwischen auch in niedrigere Sprachschichten hinabgesickert.)

»Aus dem *Durchreisenden Fremden- und Vazierungsregister* war zu entnehmen, daß das Ehepaar Hensel beabsichtigte, nach Mailand weiterzureisen, Herr Professor Hensel unterließ es dabei nicht, arglos wie er war, anzufügen: ›via Stilfser Joch‹. Also eilte eine Depesche den Hensels nach Bormio voraus, in der dem dortigen k. k. Verecundiendirektor, was der örtliche Politische Umtriebsbeobachter war, der Sachverhalt mitgeteilt und er aufgefordert wurde, die Konfiskation des Notenmaterials der – so in der Depesche bereits –, zweifelsohne höchst subversiven, *Lieder ohne Worte* zu veranlassen. Der Vorgang hatte, so die Depesche, vorerst mit gebotener Delicatesse bewerkstelligt zu werden, das diesbezügliche Corpus suspicii möglichst unbemerkt in amtlichen Gewahrsam zu verbringen, da bisher noch nicht geklärt sei, um wen es sich bei Hensel – immerhin: Professor Hensel – handle und welcher Bedeutung sich dieser eventualiter in Berlin, womöglich am königlichen Hofe, erfreue. ›Außerdem‹, so der Verecundiendirektor mit etwas gesenkter Stimme zu seinem Verecundienadlatus, ›*Sie* sind katholisch, *ich* bin katholisch, die beiden Hensel sind lutherisch. Wir kommen in den Himmel, die in die Hölle. Sollen es also wenigstens freundlicher haben, solang sie auf der Welt sind.‹

Die Hensels ahnten nicht, daß der reitende Bote, der ihre Kutsche an der zu Ehren kaiserlicher Majestät sogenannten *Franzenshöhe* überholte, diese sozusagen schicksalsträchtige Depesche in seiner Satteltasche trug.

Der in Bormio residierende k.k. Verecundiendirektor, ein wegen selbst seinen Vorgesetzten aufgefallener Trottelhaftigkeit in diese entlegene Gegend des schwarz-gelben Doppeladlerreiches versetzter Beamter namens Tribus, beauftragte also nach Erhalt der Depesche und ächzend über diese unerwartete Amtsbelastung seinen k.k. Unter-Inevidentadjunkten Schwazer mit dieser heiklen Sache. Schwazer verfügte, freilich ohne eigene Kenntnis davon, dienstintern wegen seiner auffallenden Subalternität über den Spitznamen ›Schleimscheißer‹. Nicht zuletzt deshalb hielt der Verecundiendirektor Tribus ihn für die Behandlung des delikaten Falles besonders geeignet.

In der Tat fädelte Schwazer die Erledigung des Auftrages äußerst geschickt ein. Er beorderte zunächst den oben schon erwähnten Bezirksunterindegator zu Hensels in den Gasthof, wobei die amtliche Auskulation der auf der Reise angefertigten Skizzen eher eine Finte war, das heißt, daß die verdächtigen Individuen durch die klaglose Rückgabe der Skizzen in Vertrauen und Sicherheit gewiegt werden sollten. Danach begab sich Schwazer selbst in den Gasthof, gab sich als Kunstfreund aus, tat so, als ob der Ruhm Hensels bis zu ihm nach Bormio gedrungen sei, und lud den Herrn Professor und seine Ehefrau zu einem Glas Wein in einem wohlweislich etwas außerhalb gelegenen Gasthofe ein. Eigentlich hätte Schwazer an ein Abendessen gedacht, aber Tribus hat das mit der Bemerkung ›Sind Sie in Gehirnzerfressung verfallen?‹ unter Hinweis auf die dabei zwangsläufig (– naturgemäß –) anfallenden ›Impendia‹, für die kein Titulus im Ärarregister des Amtes vorhanden sei, unterbunden.

Während Schwazer, so gut er konnte, den Kunstfreund mimte und er und Hensels den billigen, durch die genehmigten ›Impendia‹ gedeckten Wein tranken, durchsuchte der Bezirksunterindegator, mittels des vom Wirt pflichtgemäß ausgehändigten Zweitschlüssels eingedrungen, das Zimmer der Eheleute Hensel und fand tatsächlich das Notenblatt. Eigentlich hätte er den Auftrag gehabt, das Blatt zu kopieren, doch dazu reichten seine Fähigkeiten nicht, vor allem, weil ja Eile geboten war. Wer weiß, wie schnell Hensels zurückkehren wollten. Also nahm der Subalternbeamte das Notenblatt mit.

Hensels bemerkten, worauf Tribus dann gerechnet hatte, den Verlust erst in Mailand. Schrieben daraufhin an den Wirt in Bormio, vergeblich natürlich, ließen die Sache dann auf sich beruhen, obwohl Fanny der Verlust leid tat: War dieses *Lied ohne Worte* in E-Dur doch ein Hochzeitsgeschenk ihres Bruders gewesen, eigens für diesen Anlaß komponiert.

Nun verschwinden«, sagte der Hofrat, »die Hensels aus meiner Erzählung, um so mehr Gewicht kommt dem Notenblatt zu. Tribus und Schwazer versuchten, das staatsgefährdende Blatt zu entschlüsseln. Sie kamen nicht darüber hinaus, vier Kreuze zu zählen pro Notenzeile und schlossen daraus auf einen Anschlag auf vier hochgestellte Persönlichkeiten. ›Ach was‹, sagte Tribus nach einigen Tagen so mühevoller wie vergeblicher Entzifferungsversuche, ›sollen die sich in Mailand damit abplagen‹, und legte das Blatt mit einem ausführlichen Dossier der k. k. Depravierungs-Auskulatoren-Sektion der österreichischen Statthalterei vor. Dort zerbrach sich ein eigens dafür abgestellter k. k. Inevidentadjunkt den Kopf über weitere Entschlüsselungen, kam jedoch auch nicht viel weiter, war aber immerhin so musikalisch gebildet, daß er das E-Dur erkannte. ›Also betreffen‹, schloß er, ›die vier Kreuze jemanden, dessen Name mit E anfängt. Womöglich ...‹ der Inevidentadjunkt erbleichte, ›... seine Kaiserliche und Königliche Hoheit? Der E: Erzherzog Rainer, Vizekönig der Lombardie? Und die Erzherzogin vielleicht auch noch? Die Elisabeth hieß? Aber auf wen zielten die zwei restlichen Kreuze?‹ Ein viel musikalischerer Kollege des Inevidentadjunkten, dem dieser seine Überlegungen beim Gabelfrühstück unter äußerstem Senken der Stimme mitgeteilt hatte, gab zu bedenken, daß vier Kreuze in der Musik auch cis-Moll bedeuten könne. Sollte das ganze Cisleithanien, also die österreichische Hälfte des Kaiserreiches gemeint sein?

Letztendlich«, sagte der Hofrat, »tat man so wie schon in Bormio auch in Mailand das, was der Beamte am liebsten tut, naturgemäß und meist richtig: Er geht den Weg des geringsten Widerstandes. Man ließ den Vorgang – als ›streng geheim‹ – nach Wien ans Polizeiministerium devolvieren. Kennen Sie den Unterschied zwischen ›vertraulich‹, ›geheim‹ und ›streng geheim‹? ›Vertraulich‹ darf *nicht* verraten werden; ›geheim‹ darf *gar nicht* verraten werden; ›streng geheim‹ darf *ganz und gar nicht* verraten werden. Nun gut – alter Behördenwitz.

Der Kurier ging also mit der streng geheimen Sache und dem Manuskript des *Liedes ohne Worte* nach Wien ab, und man hatte in Mailand die Sorge los.

Im Polizeiministerium nahm sich der Spezialist für Dechiffrierung geheimer Botschaften die Sache vor und entschlüsselte nach dem bekannten Verfahren: Das meistvorkommende Zeichen ist ein ›e‹, das zweitmeiste – glaube mich zu erinnern – ein ›s‹ und so fort – Notenkopf für Notenkopf. Schon nach wenigen Tagen legte der Spezialist seinem Sektionschef das Ergebnis vor. Der geheime Text lautete:

Wohlgesetzte Satztrompeter promenieren drucksend
Kraft-Geist
Schweigen schweigend gebissene Morgenstunde.
Amen.

Der Sektionschef legte das Blatt hin und schaute seinen untergebenen k. k. Dechiffrierungsspezialisten schweigend an. Der zuckte mit den Schultern. ›Amen‹, sagte der Sektionschef und warf das Blatt in den Papierkorb.

Man erinnerte sich dann daran, daß das Ministerium einen Konfidenten in der Oper hatte, einen Korrepetitor mit der Aufgabe, heimlich eventuelle staatszersetzende Äußerungen der Musiker zu melden. Er hieß Franz Schubert; nicht zu verwechseln mit dem k. k. Hof-Notarius gleichen Namens, dem Erfinder des Hirschhornknopfes. Jenem anderen Franz Schubert, dem Korrepetitor (er hieß eigentlich František Šbrt), wurde nun die Aufgabe zuteil, das *Lied ohne Worte* in vernünftiger Weise zu dechiffrieren, das heißt, die wortlose Melodie herauszufiltrieren und herauszufinden, welcher Text paßt. Es war nicht ganz einfach. Šbrt wendete die musikalische Textur hin und her, und zuletzt paßte der Text:

Im Gras sitzt was?
Ein Has'.
Schaut man genauer,
ist es der Bauer;
ist mißgeboren
mit so lange Ohren.

Auch den Šbrt schaute, als dieser seine Entschlüsselung brachte, der Sektionschef lang und schweigend an. Dann sagte er: ›Ohren. Ich hätte Lust Ihnen dieses‹, er hob das Blatt auf und ließ es langsam in den Papierkorb gleiten, ›um dieselben zu hauen.‹ Šbrt bat submissest um die Gelegenheit zu einem weiteren Versuch, was genehmigt wurde. ›Vielleicht‹, sagte Šbrt devot, ›haben der Herr feindliche Spion beliebt, den Text in der Baßführung zu verbergen …‹

Das ergab als Dechiffrierung den Text:

Auch das Schöne muß sterben! Das Menschen und Götter bezwinget,
Nicht die eherne Brust rührt es des stygischen Zeus.

Naturgemäß ohne auf den Hintergrund der Sache hinzuweisen, wurde ein Zirkular im Ministerium herumgereicht mit der Aufforderung, daß sich derjenige melden solle, der weiß, von wem das Gedicht stammt.

Eine daraufhin erfolgte anonyme Anzeige wies auf einen gewissen Ferdinand Grillenpanzer hin, der Veterinärrat vermeintlich in Laa an der Thaya sei. Der Veterinärrat in Laa an der Thaya hieß zwar Brodmergel, wurde aber dennoch observiert. Es wurden jedoch ›keine poetischen Emanationen des Besagten evident‹. Auch Ermittlungen nach einem weiteren Hinweis verliefen im Sande. Ein Individuum namens Friedbert (Friedhelm? Fridolin?) ›glaublich Schnipfler oder Schilker, wohnhaft in Wismar‹ wurde von einem eigens dorthin in den hohen Norden entsandten Agenten als des Lesens und Schreibens unkundiger Sattlergeselle Friedrich Schiller auskuliert, der glaubhaft versicherte, niemals im Leben ein Gedicht verfaßt zu haben. Um einer eventuell stattgehabten Verwechslung Wismars mit Kolmar vorzubeugen, wurde auch im Elsaß ermittelt, allerdings ohne Ergebnis, worauf der Sektionschef seufzend das Mendelssohnsche Notenblatt nahm, in einen damals noch nicht verblaßten ärarischen Umschlag steckte und seinem Kanzleiadjunkten sagte: ›Picken S' es zu. Wieder ein Vorgang, der der Klärung nicht zugeführt werden konnte und nie zugeführt werden wird können.‹

Die Zunge jenes k.k. Kanzleiadjunkten war also diese, welche den Rand des Umschlags befeuchtete, welchen Umschlag ich einmal in ehrfürchtigen Händen halten durfte.«

»Und«, fragte ich, »waren Sie nicht in Versuchung, das Kuvert zu öffnen? Der Welt ein bislang verborgenes, das letzte unbekannte Werk Mendelssohns zu schenken?«

»Freilich, freilich«, sagte der Hofrat, »aber ich habe mich bezwungen. Auch hier gilt: Ein Rest bleibt ungesagt. Herr Ober! Zahlen.«